dtv

Wer war Fontane, wie hat er sein Leben gelebt – mit welchen Ansichten und Einsichten –, und was macht ihn uns so nahe? Die Antwort gibt er selbst.
880 Texte aus seiner Feder, gebündelt in 39 Themenbereiche, lassen ein Lebensmosaik entstehen. »Allerlei Glück«, so wollte er seinen ersten Berliner Gesellschaftsroman nennen, der über Skizzen aber nie hinauskam: ein lockerer, skeptischer, ironisch-heiterer Titel – und eine Art eigener Lebensmelodie.
In diesem Buch kommt der Mensch Theodor Fontane zum Vorschein. Entdecken läßt sich der scharfe Beobachter, der artige Causeur, der erfolglose Außenseiter, der Widerspruchsgeist, der pointensichere Zeitungsmann, der Vollblut-Theaterkritiker, der Spaziergänger, das Familientier und das »Schreibvieh«, der Kinderzugewandte, der zweifelhafte Freund und Zeitgenosse, der Preuße und der Südländer.

Vorgestellt wird dieses »Lebensbuch« von Ulf Diederichs, dem ehemaligen Verleger, der u. a. Fontanes Kriegsbücher herausgab. Seine Auswahl aus dem Gesamtwerk, vor allem den Briefen, hält manche Überraschung bereit.

Theodor Fontane

Allerlei Glück

Ein Lebensbuch

Vorgestellt von Ulf Diederichs

Deutscher Taschenbuch Verlag

Originalausgabe
April 1998
Deutscher Taschenbuch Verlag GmbH & Co. KG.
München

Umschlagkonzept: Balk & Brumshagen
Umschlagbild: Porträt – Gemälde von Carl Breitbach, 1883
Gesetzt aus der Bembo 9,5/11˙ (QuarkXPress)
Satz: KCS GmbH, Buchholz/Hamburg
Druck und Bindung: C. H. Beck'sche Buchdruckerei,
Nördlingen
Gedruckt auf säurefreiem, chlorfrei gebleichtem Papier
Printed in Germany · ISBN 3-423-12538-1

Inhalt

Ohne ein gewisses Quantum von Mumpitz geht es nicht

»Trauriges Dasein und draußen Tauwetter. Ich könnte den Hamletmonolog deklamieren, aber ich wähle das Kürzere: ›Nymphe, bete für mich.‹ Es wird wohl falsch zitiert sein; die meisten Zitate sind falsch.«

Im reinen Licht verbrennt alles. Es wird einem in der Jugend immer gepredigt, man solle seine Phantasie nicht ausschweifend wirthschaften lassen, und der Satz ist gut und richtig; aber was noch richtiger ist, ist das: man hüte sich vor Gefühlssecirungen Andrer, vor dem ewigen Suchen nach dem eigentlichen Motiv, vor Betrachtung alles Irdischen im »reinen Licht«. Erstlich kriegt man's doch nicht 'raus, hinter dem Letzten liegt immer noch wieder ein Allerletztes; aber *wenn* man's nun auch herausgekriegt hätte, was hat man davon? entweder Ueberheblichkeit, wenn man die Untersuchung am eignen lieben Ich vorbeigehen läßt, oder Deprimirtheit und Katzenjammer, wenn man dahinter kommt: »ja, so bist Du nun auch.« Ohne ein gewisses Quantum von »Mumpitz« geht es nicht.

Eigentlich bleibt es zeitlebens so; immer wenn mit allem Fug und Recht die großen Gefühlsregister gezogen werden sollen, denkt man, als Kind, an Kuchen und Traubenrosinen, zehn Jahre später an einen neuen Schlips und wenn endlich wer gestorben ist, an den Boule-Schrank und wer ihn wohl eigentlich kriegen wird.

Die erste Hälfte [...] war ein richtiger Garten, während die zweite Hälfte mehr einer Wildnis glich. [...] Diese zweite Gartenhälfte war unser Reich. Da spielten wir halbe Tage lang und legten Burgen an, oder turnten am Reck, oder brachen Planken aus dem Zaun und zogen auf Raub in die Nachbargärten. Schöner aber als alles das war, für mich wenigstens, eine zwischen zwei Holzpfeilern angebrachte, ziemlich baufällige

Schaukel. Der quer überliegende Balken fing schon an morsch zu werden und die Haken, an denen das Gestell hing, saßen nicht allzu fest mehr. Und doch konnt' ich gerade von dieser Stelle nicht los und setzte meine Ehre darin, durch abwechselnd tiefes Kniebeugen und elastisches Wiederemporschnellen, die Schaukel derartig in Gang zu bringen, daß sie mit ihren senkrechten Seitenbalken zuletzt in eine fast horizontale Lage kam. Dabei quietschten die rostigen Haken und alles drohte zusammen zu brechen. Aber das gerade war die Lust, denn es erfüllte mich mit dem wonnigen und allein das Leben bedeutenden Gefühle: Dich trägt dein Glück.

V*ersteckspiel*-Passion [...] Eigentliches Versteckspiel, nach meiner damaligen Auffassung, war etwas viel Großartigeres, Poetisch-phantastischeres und jedenfalls gleichbedeutend mit einem völligen stundenlangen Verschwinden, wozu der riesige Heuboden, den wir auf unserem Hofe hatten, eine nicht zu übertreffende Gelegenheit bot. Bis unter den First eines langen Stallgebäudes lag das Heu dicht aufgeschichtet und in die tiefen und engen Löcher, die sich hier und da zwischen den Dachbalken und der Heumasse befanden, ließ ich mich leise hinabgleiten. Da saß ich dann endlos, unter beständigem Herzklopfen, vor Enge und Schwüle beinahe erstickend und immer nur durch die glückselige Vorstellung aufrecht erhalten »und wenn sie dich suchen bis an den jüngsten Tag, sie finden dich nicht«. Und sie fanden mich auch wirklich nicht, gaben zuletzt alles Suchen auf, brachen das Spiel ab und gingen in die Küche, wo sie, Schemel und Fußbänke an den Herd rückend, unter Verwünschungen gegen mich ihr Vesperbrot verzehrten. Ich aber, wenn ich an dem Stillwerden im Hof und Garten merkte, daß man die Jagd auf mich aufgegeben hatte, wand mich aus meinem Heuloche wieder heraus und erschien nun unter ihnen mit dem Ausdruck höchster Geringschätzung. Ich tue wieder die Frage, worin wurzelt da das Glück?

Mit einer Art Grauen sehe ich auf fast alle meine Reisen zurück; am besten ist es mir in der Gefangenschaft ergangen.

Wunderbares Leben, das in solchem Gefängnis, wenigstens zeitweilig, an der Tagesordnung ist. Sehr viel anders, als es der Draußenstehende sich ausmalt. Wir begannen in der Regel mit einer Stunde deutschen Unterricht. Er [der 13jährige Louis] hatte Lesebücher, darin auch viele deutsche Gedichte eingestreut waren, unter andern Claudius' »Abendlied«. Und so lasen wir denn:

Der Mond ist aufgegangèn,
Die goldenen Sterne prangèn,

immer mit dem Akzent auf der letzten Silbe, was einen unendlich komischen Eindruck machte. Nach dem deutschen Unterricht kamen Rätsel und Rebus an die Reihe, worin er mir unendlich überlegen war. Dann schritten wir zu den verschiedensten Gesellschaftsspielen; wir arrangierten mit großen Zwei-Sousstücken eine Art Boccia, die darauf hinauslief, das ausgeworfene Zwei-Sousstück zu treffen, oder ihm möglichst nahe zu kommen; dann gingen wir zum jeu au bouchon über, das, dem eben absolvierten Boccia verwandt, die Pointe verfolgte, einen mit Sousstücken belegten *Pfropfen* zu treffen, bis zuletzt jenes bekannte Geduldspiel, das im Französischen junchets, im Englischen und Holländischen »Spilleken«, im Deutschen aber *Zitterspiel* heißt, alles andere in den Hintergrund drängte. Wir spielten es mit Schwefelhölzern, oft mehrere Stunden lang; an einem dicken Exemplar, das eigentlich aus drei, durch Phosphormasse zusammengeklebten Hölzchen bestand, hing in der Regel der Sieg. Er galt als Zehner.

Waren wir dann ermüdet von dem vielen Spielen, so wußte cher Louis durch eine Art ernsteren Sport die Nerven wieder zu beleben. Er hatte ein kleines Pistolet, dessen Lauf nur etwa die Dicke einer Rabenfeder besaß, und gegen welches die rostigen Schlüsselbüchsen meiner Jugend wahre Monstrekanonen waren. Dieses Pistolet handhabte cher Louis nun mit eben soviel Kühnheit wie Geschick. Er holte eine Schachtel mit Amorces, d.h. also mit Knallpapieren, deren jedes nur die Größe eines kleinen Stückchens englischen Pflasters hatte. Diese Amorces verwendete er doppelt: zunächst als *Zünd*pulver, indem er eins der Stückchen Papiere auf die *Pfanne* legte, dann aber namentlich auch als eigentliche Explosionsmasse, indem er aus etwa 6 oder 8 Amorces die Knallsubstanz sandkorngroß herausschälte und mit diesen 6 oder 8 Körnchen die Waffe lud. Ein Schrotkorn, das dem Kaliber entsprach, wurde aufgesetzt. Nun hefteten wir eine Papierscheibe an die Wand, und während Papa Bourgaut unten in seinem entlegenen Bureauzimmer Listen schrieb und revidierte, standen wir hier oben mit unserer Mordwaffe und feuerten auf 5 Schritt ins Schwarze, daß der Kalk von den Wänden flog.

Meine Gefangenschaft hat mich zu einer Sehenswürdigkeit (Rhinoceros), zu einem nine days wonder gemacht; die »Gartenlaube« ist sogar drei Tage lang entschlossen mich, mit Text und Holzschnitt, unter die berühmten Zeitgenossen aufzunehmen, besinnt sich aber schließlich eines Beßren, da sie erfährt, daß alle meine Glieder heil geblieben sind.

Der Zauber steckt immer im Detail.

Dies »Etwas« kann das Mannichfachste sein: ein Beefsteak, ein Glas Château d'Yquem, eine wundervolle Birne, ein Brief, ein heitres Gedicht, ein Witz, ein Lachen, vor allem ein Luftwechsel, ein liebes Gesicht, ein Glück. Das Allerletzte ist selten (vierzehn Tage im Leben) aber das Andre giebt es alles noch.

Was ich *wollte*, was ich dann *wurde*,
Manchmal grenzt es ans Absurde.
Sprachen sprechen, tutti quanti,
Wollt' ich à la Mezzofanti,
Reisen zum Chan, zu zwei'n oder solo,
Wollt' ich mindestens wie Marco Polo.
Dazu dichten im Stile Dantes,
Prosa schreiben wie Cervantes,
Und gemäß dem Schillerschen »Blonden«
Mein Aug' erheben zu Kunigonden.
In Dichtung, in Liebe, wie die meisten,
Wünscht' ich Erhebliches zu leisten.

All das wollt' ich. Aber zur Zeit,
Ach, wie bin ich davon so weit!
Leben zwingt uns die Segel zu reffen,
Sechse treffen, sieben äffen.
Sprachen? An »comment vous portez-vous«
Reiht sich schüchtern »how do you do«.
Reisen? Ach, zwischen Treptow und Stralau
Fährt mein Kahn. Den Rest tut Kalau.
Aus den erträumten Orgelakkorden
Ist ein Tipptipp am Spinett geworden,
Im günstigen Fall ein Klimperstück -
Und dabei spricht man noch von Glück!

Ich bin zeit meines Lebens anspruchslos gewesen, weil ich's sein *mußte*. Ich habe immer ein Auge für die Thatsächlichkeiten gehabt, und die Thatsächlichkeiten schrieben mir Bescheidenheit vor. Ebenso ist es mit meiner gesellschaftlichen Stellung. [...] In meinem *Herzen* aber hat es mir nie an Selbstgefühl gefehlt. Was wäre auch wohl sonst aus mir geworden?

»Er hegte dieses Selbstgefühl nur ganz im stillen, und wenn es dennoch zum Ausdruck kam, so kleidete sich's in Humor, auch wohl in Selbstironie, weil er seinem ganzen Wesen nach überhaupt hinter alles ein Fragezeichen machte. Sein schönster Zug war eine tiefe, so recht aus dem Herzen kommende Humanität, und Dünkel und Überheblichkeit (während er sonst eine Neigung hatte, fünf gerade sein zu lassen) waren so ziemlich die einzigen Dinge, die ihn empörten. Er hörte gern eine freie Meinung, je drastischer und extremer, desto besser. Daß sich diese Meinung mit der seinigen deckte, lag ihm fern zu wünschen. Beinah das Gegenteil. Paradoxen waren seine Passion.«

»Unanfechtbare Wahrheiten gibt es überhaupt nicht, und wenn es welche gibt, so sind sie langweilig.«

»Ach, Luise. Laß ... das ist ein *zu* weites Feld.«

Die Fontanes sind alle hartgesottene Egoisten

Mein Vater war ein großer stattlicher Gascogner voll Bonhommie, dabei Phantast und Humorist, Plauderer und Geschichtenerzähler, und als solcher, wenn ihm am wohlsten war, kleinen Gasconaden nicht abhold; meine Mutter andrerseits war ein Kind der südlichen Cevennen, eine schlanke, zierliche Frau von schwarzem Haar, mit Augen wie Kohlen, energisch, selbstsuchtlos und ganz Charakter, aber [...] von so großer Leidenschaftlichkeit, daß mein Vater, halb ernst- halb scherzhaft von ihr zu sagen liebte: »wäre sie im Lande geblieben, so tobten die Cevennenkriege noch.«

Aber verzeihen Sie diese Apotheose meiner von Großvaters Seite her – er war ausgerissen und wurde in der Schweiz von preußischen Werbern aufgegriffen – aus Toulouse stammenden Frau, von der ich, je nach ihrem Hoch- oder Niedrig-Flug, zu sagen pflege: »heute ist sie aus Toulouse« oder aber »heute ist sie aus Beeskow« (der Toulouser heirathete nämlich eine Beeskowerin). Es kommt mir nicht zu, mich montmorencyhaft in die Stammbäume meiner Familie – die Fontanes waren durch Generationen hin »Zinngießer«, potiers d'étain, – zu vertiefen.

Ich bin Märker, aber noch mehr Gascogner.

Wie stolz und wie glücklich bin ich, daß »meiner Ahnen Wiege« im Languedoc, ja sogar in der Gascogne gestanden hat. Uebrigens bist Du auch da her; Toulouse und Montpellier liegen bei einander.

Vergiß beim Baden nicht, daß Du eine Erdgeborene bist und trotz unsrer Herkunft aus dem südlichen Frankreich, nicht von den Lusignan's stammst, aus denen die »schöne Melusine« entsproß. Wolle also nicht zu sehr »mermaid« sein und halte Dich im Seh- und Stimmbereich mecklenburgischer Badefrauen. Vor denen erbangen selbst die Geister der Tiefe.

Von dem was mir mein Vater beizubringen verstand, ist mir nichts verloren gegangen und auch nichts unnütz für mich gewesen. Nicht bloß gesellschaftlich sind mir, in einem langen Leben, diese Geschichten hundertfach zu gute gekommen, auch bei meinen Schreibereien waren sie mir immer wie ein Schatzkästlein zur Hand und wenn ich gefragt würde, welchem Lehrer ich mich so recht eigentlich zu Dank verpflichtet fühle, so würde ich antworten müssen: meinem Vater, meinem Vater, der so zu sagen gar nichts wußte, mich aber mit dem aus Zeitungen und Journalen aufgepickten und über alle möglichen Themata sich verbreitenden Anekdotenreichtum unendlich viel mehr unterstützt hat, als alle meine Gymnasial- und Realschullehrer zusammengenommen.

Mitunter wurde diese Fassung [napoleonischer Anekdoten] auf Satzbildung und Grammatik hin beanstandet, worauf mein in die Enge getriebener Papa mit unverbrüchlicher Ruhe antwortete: »Mein französisches Gefühl lehrt mich, daß es so heißen muß, so und nicht anders.«

Versteht man unter Erziehung ein fortgesetztes Aufpassen, Ermahnen und Verbessern, ein mit der Gerechtigkeitswaage beständig abgewogenes Lohnen und Strafen, so wurden wir gar nicht erzogen; versteht man aber unter Erziehung nichts weiter, als »in guter Sitte ein gutes Beispiel geben« und im übrigen das Bestreben, einen jungen Baum, bei kaum fühlbarer Anfestigung an einen Stab, in reiner Luft frisch, fröhlich und frei aufwachsen zu lassen, so wurden wir ganz wundervoll erzogen.

Ich habe nun mal zeitlebens keinen Druck ertragen können, geh aber bis diesen Tag noch immer mit Lust und Freude im Geschirr, wenn man bloß vom Bock her schnalzt und mit der Peitsche die Bremsen fortjagt.

Die Fontanes sind alle hartgesottene Egoisten, die dann und wann Anfälle von Generosität kriegen, aber selten. Im ganzen verfahren sie nach dem Prinzip: »nehmen ist seliger denn geben« und erkennen die Pflicht der Dankbarkeit theoretisch an, ohne sie praktisch zu betätigen.

Man ließ mich Apotheker werden, weil man das Geld verprassen wollte, was zur Ausbildung der Kinder hätte verwendet werden müssen, und jetzt, wo sich die Reue darüber leise im Herzen regt, ist es zu spät: die Noth ist da, der Bankrutt bricht herein – jetzt *kann* Niemand mehr helfen.

Sein Lebelang in der Welt herumzukutschieren, immer auf der Suche nach einer Apotheke, ohne diese je finden zu können, wäre wohl eigentlich sein [des Vaters] Ideal gewesen.

Er ist eigentlich ein schiefgewickelter, oder ins Apothekerhafte übersetzter Weltweiser.

Alles, was vor mehr als fünfzig Jahren in der Roseschen Apotheke um mich her war, als ich Kamillentüten drehte, wurde von mir wie Kaff behandelt; nein, nicht behandelt, sondern bloß angesehn. Im Gegenteil, ich behandelte jeden artig, gütig, zuvorkommend, und das rettete mich und hat mich schließlich das werden lassen, was ich jetzt bin. Fehlte mir aber damals das heitere Gleichmaß der seelischen Kräfte, spielte ich die Hochmuts- und Wichtigkeitsrolle ohne begleitenden Humor, und ich darf hinzusetzen, ohne begleitende Bescheidenheit durch, so war ich verloren.

Es giebt mehr denn 2 Dutzend Posten zu denen ich nicht schlechter wie andre Menschenkinder zu verwenden wäre. Geschäftsführer einer Apotheke, Eisenbahnbeamter, Sekretär, Calculator, Registrator, Lehrer in Chemie, Geographie und Geschichte, Constabler-Wachtmeister, Redacteur einer gesinnungslosen Zeitschrift, ministerieller Zeitungsleser und Berichterstatter, Billetteur eines Theaters, Bücher-Croupier in der Königl. Bibliothek und noch hundert andre Dinge könnt' ich so gut werden wie alle die Hinze und Kunze, denen das Glück des Lebens, in Gestalt von 400 Thalern, so reichlich zufließt.

Ich habe den Wunsch, Poet von Fach zu sein, lange und für alle Zeit begraben. Nach meiner Meinung muß ein Dichter allemal *Dilettant* sein und bleiben; sowie der Fall mit der melkenden Kuh eintritt, ist es mit der Poesie Matthäi am letzten. In zwei Jahren hoff ich selbständig, d.h. Apothekenbesitzer, Gatte und resp. Familienvater zu sein.

Ich wäre gegen mich selber viel flauer gewesen, denn ein Apotheker, der anstatt von einer Apotheke, von der Dichtkunst leben will, ist so ziemlich das Tollste, was es gibt.

»Sehen Sie, dieser Ibsen, man kann nicht drei Seiten lesen, ohne zu merken, daß er Apotheker war.« Wie mir dabei zumute wurde, können Sie sich denken; im Hause des Gehenkten spricht man nicht vom Strick.

Nach meiner nun durch vier Generationen gehenden Kenntnis zählt es zu den fragwürdigen Vorzügen unsres Geschlechts, daß nie ein Fontane das Abiturientenexamen gemacht, geschweige vorher die Stelle eines primus omnium bekleidet hat.

»Autodidakten übertreiben immer. Ich bin selber einer und kann also mitreden.«

Ohne Vermögen, ohne Familienanhang, ohne Schulung und Wissen, ohne robuste Gesundheit, bin ich ins Leben getreten, mit nichts ausgerüstet als einem poetischen Talent und einer schlecht sitzenden Hose. (Auf dem Knie immer Beutel). Und nun malen Sie sich aus, wie mir's dabei mit einer gewissen Naturnothwendigkeit ergangen sein muß. Ich könnte hinzusetzen mit einer gewissen preußischen Nothwendigkeit, die viel schlimmer ist als die Naturnothwendigkeit. Es gab natürlich auch gute Momente, Momente des Trostes, der Hoffnung und eines sich immer stärker regenden Selbstbewußtseins, aber im Ganzen genommen darf ich sagen, daß ich nur Zurücksetzungen, Zweifeln, Achselzucken und Lächeln ausgesetzt gewesen bin. Immer, auch als ich schon etwas war, ja, auf einem ganz bestimmten Gebiete (Ballade) an der Tête marschierte, sah ich mich beargwohnt und andre, oft wahre Jammerlappen, bevorzugt. Daß ich das alles gleichgültig hingenommen hätte, kann ich nicht sagen, ich habe darunter gelitten, aber andrerseits darf ich doch auch hinzusetzen: ich habe nicht *sehr* darunter gelitten. Und das hing, und hängt noch, damit zusammen, daß ich immer einen ganz ausgebildeten Sinn für *Thatsächlichkeiten* gehabt habe. Ich habe das Leben immer genommen, wie ich's fand und mich ihm unterworfen. Das heißt, nach außen hin; in meinem Gemüthe nicht.

Ich bin absolut *einsam* durchs Leben gegangen, ohne Klüngel, Partei, Clique, Coterie, Club, Weinkneipe, Kegelbahn, Skat und Freimaurerschaft, ohne rechts und ohne links, ohne Sitzungen und ohne Vereine. Der Rütli mit 3 Mann kann kaum dafür gelten. Ich habe den Schaden davon gehabt, aber auch den Vortheil, und wenn ich's noch einmal machen sollte, so macht' ich's wieder so. Vieles büßt man ein, aber was man gewinnt ist mehr.

Wieder Fähnrich sein. Aber nicht noch 'mal anfangen. Nur ob ein gewisses Etablirt- und Beruhigtsein ohne Jugend und Hoffnung, oder Jugend und Hoffnung ohne Etablirt- und Beruhigtsein besser ist, – *die* Frage drängt sich einem immer wieder auf. Wenn es nicht *zu* toll kommt, ist das Jugendleben doch vielleicht schöner. Vielleicht. Vielleicht auch nicht. Man schwankt auch darin wie in allem, und nur *das* bleibt: das Ganze ist eine sonderbare Geschichte.

Jeder ist ein Egoist und die Eitelkeit ist mindestens eine Cousine des Egoismus, vielleicht Schwester ja vielleicht ist Beides so ziemlich dasselbe. Will man bis auf die letzten Wurzeln graben, so findet man immer sein Ich.

Meine Force ist die Schilderung

Von Kindesbeinen an hab ich eine ausgeprägte Vorliebe für die Historie gehabt. Ich darf sagen, daß diese Neigung mich geradezu beherrschte und meinen Gedanken wie meinen Arbeiten eine einseitige Richtung gab. Als ich in meinem 10. Jahre gefragt wurde, was ich werden wollte, antwortete ich ganz stramm: Professor der Geschichte. (Dies ist Familientradition, die es erlaubt sein mag zu zitieren.) Um dieselbe Zeit war ich ein enthusiastischer Zeitungsleser, focht mit Bourmont und Duperré in Algier, machte 4 Wochen später die Julirevolution mit und weinte wie ein Kind, als es nach der Schlacht bei Ostrolenka mit Polen vorbei war. Seitdem sind 23 Jahre vergangen, doch weiß ich noch alles aus *der* Zeit her.

Die Journale paßten ganz genau zu mir, waren mir um einen Schritt voraus, und von einer derartigen Lektüre hat man viel viel mehr, als von solcher, die einem über den Kopf geht. Es ist ein Unsinn, jungen Leuten immer mit dem »Besten« zu kommen. Man hat sich in das Beste hineinzuwachsen, und das dauert oft recht lange. Schadet auch nichts. Vor allem ist es ganz unnatürlich, mit Goethe zu beginnen. Ich bin glücklich, mit Freiligrath begonnen zu haben.

Ich soll Dir schreiben, Dir Geschichten erzählen, so wunderbar romantisch wie aus tausend und einer Nacht, denn ich lebe ja inmitten des poetischen Dresden's, inmitten des Elbflorenz, das einen Baron Lorenz gebar und einen Hofrath Winkler großgezogen. Aber ach, mir fehlt die Poesie, die Scheherezade, die mir die »märchenhafte Zauberwelt« erst wahrhaft erschließt, und so lang ich mit Prosa behaftet, o mehr – von ihr durchdrungen bin, werd' ich blind sein für die Reize, die Kunst und Natur vereint mir bieten.

Meine Neigung und – wenn es erlaubt ist, so zu sprechen – meine Force ist die Schilderung. Am Innerlichen mag es gelegentlich fehlen, das Äußerliche hab ich in der Gewalt. Nur so wie ich die Geschichte als Basis habe, gebiet ich über Kräfte, die mir sonst fremd sind, wie jener dem auf heimatlicher Erde die Seele wieder stark wurde. – Das Lyrische ist sicherlich meine schwächste Seite, besonders dann, wenn ich aus mir selber und nicht aus einer von mir geschaffenen Person heraus dies und das zu sagen versuche.

Wie ruppig verlaufen historische Momente und wie gut nehmen sie sich in der Beschreibung aus.

Die richtige Historienschreiberei ist zwar wohl nicht das Höchste in der Kunst, *aber es interessirt mich am meisten.*

Warum machte Luther die Reformation? Warum wurde der 30jährige Krieg nicht vermieden? Warum führte Schiller-Goethe die deutsche Literatur auf Abwege? Wir wissen jetzt ganz genau, daß man das alles viel klüger hätte anfangen müssen. Aber nach 50 Jahren!

Man kann alles klein machen, und man kann auch *alles beweisen.* Ja, ich verpflichte mich, einen Essay zu schreiben, in dem ich nachweise, daß Bismarck nach einem von Dietrich v. Quitzow hinterlassenen politischen Testament das Deutsche Reich aufgebaut hat, um auf diese geniale Weise die Hohenzollern zu stürzen und dadurch die märkischen Radaubrüder von damals an dem Nürnberger Burggrafentum ein für allemal und zwar großartig zu rächen. Es war auch schon alles fertig: da, im letzten Augenblick, merkte Wilhelm der Zweite Lunte und stürzte den Verschwörer mit Hülfe der Sozialdemokratie. Soll ich solchen Essay schreiben? Ich kann es.

Die meisten raisonniren so: es ist von Goethe oder Grimm oder Arnim *folglich* gut, es ist vom Burgemeister Karl Hoppe in Rheinsberg *folglich* schlecht. Hoppe mag sehr dumm gewesen sein, das schließt immer noch nicht aus, daß man von ihm lernen oder eine überlieferte Geschichte von ihm dankbar empfangen kann.

Ganz besonders interessiren mich immer die Mittheilungen aus dem High-Life; Geschichten aus dem Gebirge, vom Sterbebette wunderlicher Heiligen, die ihren armen Krimskrams vermachen oder auch nicht vermachen, sind ja eigentlich auf novellistischen Effekt angesehn, viel pikanter, aber bei allem Respekt vor dem »Genre«, *das* was »Historie« ist oder daran streift, geht mir, bei meiner Organisation, immer tiefer ins Blut. Alles was der Zeitgeschichte dient und zugleich Aufschluß über wirkliche oder prätendirte »höhere Menschenseelen« giebt, hat einen ganz besonderen Reiz für mich.

Im letzten ist Kriegsgeschichtsschreibung doch nichts anderes als Geschichtsschreibung überhaupt und unterliegt denselben Gesetzen. Wie verläuft es? Ein reiches Material tritt an einen heran und es gilt unter dem Gegebenen eine Wahl zu treffen, ein »Für oder Wider« ein »Ja oder Nein« auszusprechen. Auch die Darstellung des Kriegshistorischen ist, zu sehr wesentlichem Theile, Sache literarischer und nicht bloß militärischer Kritik. Ordnen und aufbauen können, ist wichtiger als ein reicheres Wissens- und Erkenntnismaß und alles in allem kann ich nicht einsehen, warum es leichter sein soll über den Charakter Wallensteins, als über den Gang der Schlacht bei Großbeeren ins klare zu kommen.
[Für Fontane war der Schulaufsatz »Das Schlachtfeld von Großbeeren« sein *Erstlingswerk*.]

Natürlich war ich [zu einer Partie nach Eger] gleich bereit, da meine Vorliebe für historische Mordplätze ungeschwächt geblieben ist – fast die einzige Passion, von der ich das sagen kann. Es verlief denn auch alles in jener Fidelität, die man meistens empfindet, wo 'was besonders Schreckliches passiert ist. Diese Fidelität, die zum wesentlichen in dem schön-menschlichen Gefühle wurzelt: »Siehst du, du Dummbart, ich lebe noch« (ein Gefühl, das bei jedem Begräbnis in alltäglicherer Form wiederkehrt), hat aber doch glücklicherweise einen zweiten Grund, den, daß für den mit einiger Sachkenntnis Ausgestatteten die Sache nie stimmt, so daß das fossil gewordene Schrecknis als eine Art Mumpitz an einen herantritt. In Eger wird z. B. die Hellebarde gezeigt – an der Spitze blutrostig – mit der Deveroux den Wallenstein niederpiekte.

In meinen ganzen Schreibereien suche ich mich mit den sogenannten Hauptsachen immer schnell abzufinden, um bei den Nebensachen liebevoll, vielleicht *zu* liebevoll, verweilen zu können. Große Geschichten interessieren mich in der Geschichte; sonst ist mir das Kleinste das Liebste. Daraus entstehen Vorzüge, aber auch erhebliche Mängel.

Aber schließlich, *was* ist interessant? Doch am Ende nur das, was fleißig und ordentlich ist. Alles andre ist Schwindel oder nicht besser als Polizeibericht. Im Gegentheil; *der* hat wenigstens die Phrasenlosigkeit.

Ich las das Tollste, die Hauptgeschicht',
immer nur im Polizeibericht.
Und dieses Tollste – von ihm zu lesen,
ist eigentlich *auch* schon zuviel gewesen.

»Das Nebensächliche, soviel ist richtig, gilt nichts, wenn es bloß nebensächlich ist, wenn nichts drin steckt. Steckt aber was drin, dann ist es die Hauptsache, denn es gibt einem dann immer das eigentlich Menschliche.«

Der eigentliche Kern zu einer Novelle kann in vier Zeilen stecken. Sogenannte »interessante Geschichten«, wenn es Einzelvorkommnisse sind, sind gar nicht zu brauchen; es kommt immer auf zweierlei an: auf die Charaktere und auf ein nachweisbares oder poetisch zu muthmaßendes Verhältniß von Schuld und Strafe. Hat man *das*, so findet der, der sein Metier versteht, alles andre von selbst. Die Nebendinge lassen sich erfinden, aber die Hauptsache muß gegeben sein; diese Hauptsache ist aber in der Regel ganz kurz, während die Nebendinge in die Breite gehen.

Wenn ich in den Vesuv falle, etwas angebraten wieder herauskomme, nachdem ich unten die Erde habe kochen hören, dann im Triumph nach Neapel geschafft und von einer Nonne und drei Engländerinnen gepflegt werde, so kann *das* jeder beschreiben, aber über »saure Gurken« und »warm sind sie noch« sich angenehm zu verbreiten ist sehr schwer. Es zu verklären wird leicht geschmacklos, und es echt zu geben, wird leicht trivial.

Die Arbeit [d. i. »Graf Petöfy«] ist nun ganz wie sie sein soll und liest sich wie geschmiert. Alles flink, knapp, unterhaltlich, so weit esprit-volles Geplauder unterhaltlich sein kann; wer auf plot's und große Geschehnisse wartet, ist verloren. Für solche Leute schreib' ich nicht. Ich fühle, daß nur ein feines, vielleicht nur ein *ganz* feines Publikum (der Thiemus'sche *eine* Leser!) der Sache gerecht werden kann, aber ich kann um dem großen Haufen zu genügen nicht Räubergeschichten- und Aventüren-Blech schreiben. Natürlich giebt es auch *höhere* Räubergeschichten und vielleicht sind *diese* das Roman-Ideal. Aber weder die Lust noch das Talent dazu liegt in mir.

Ich bin mit Maria Stuart zu Bett gegangen

Wie hätte ich leben und alle Miserabilität des Tütendrehens und Tütenklebens (und nun erst gar die Menschen!) ertragen können, wenn ich nicht die Passion gehabt hätte, Terzinen zu machen. Denn mit dem Schwersten muß man immer anfangen, dadurch kriegt die Geschichte einen Glorienschein.

Literatur-Machen ist mir ein Greul.

Hüte Dich vor Reminiszenzen, vor dem Nachpfeifen andrer Klänge und Weisen. Es gibt nur *ein* Präservativ: das eigentliche Dichtertum selbst, den Beruf. Hier ist der Probierstein. Wer Gedichte *macht* (gleichviel ob lyrisch, episch oder dramatisch, wiewohl es in der Lyrik am schlimmsten ist), wird immer in die Tonart eines Vorgängers verfallen. Das echte Talent ist immer selbständig. Suche die Muse nicht; warte ab, bis sie Dich sucht.

Vor 8 Tagen erhielt ich aus Leipzig 4 Taler, geschrieben: vier Taler, für meinen »Tag von Hemmingstedt«. Da ich 2 Monate dran gearbeitet hatte, macht das pro Tag 2 Sgr. Dabei kann man satt werden. Vivat das deutsche Dichtertum und die Noblesse der Buchhändler!

Denke an meine »Männer und Helden«, die mich auf einen Schlag zu einer kleinen Berühmtheit machten: an drei, vier Stellen wurden sie zu gleicher Zeit gedruckt, der Tunnel [d. i. der literarische »Sonntagsverein im Tunnel über der Spree«] hatte gejubelt, in Theatern und öffentlichen Lokalen wurden sie gesungen und G. Schwab bedauerte in einer Vorrede, »daß er die Bekanntschaft dieser Lieder im ›Morgenblatt‹ zu spät gemacht habe, um sie noch in seine Sammlung aufnehmen zu können«. Seitdem sind sie volksthümlich geworden und die Lieder vom alten Zieten und Derfflinger stehen in allen Anthologieen. Und nun vergleiche damit, was ich davon gehabt habe. Ich meine nicht an Geld, nein auch an Ehre, Namen,

Anerkennung. Die wenigsten wissen, daß ich diese Sachen geschrieben habe. Dies Schicksal begleitet mich nun durch dreißig Jahre.

Ich bin mit Maria Stuart zu Bett gegangen und mit Archibald Douglas aufgestanden, das romantisch Phantastische hat mich von Jugend auf entzückt und bildet meine eigenste südfranzösische Natur und nun kommt Hart und sagt mir: ich sei ein guter, leidlich anständiger Kerl aber Stockphilister mit einem preuß. Ladestock im Rücken. O, Du himmlischer Vater.

Da, dicht neben einem alten Elisabethbilde – die »Virgin-Queen« in einem orientalischen Phantasiekostüm – hing ein kleines, nur etwa drei Hand breites Bildnis der *Maria Stuart*. Name des Malers unbekannt. Ein eigentümlich schwermütiger und ohne schön zu sein ungemein anziehender Nonnenkopf, – ebenso Tracht und Kopfbekleidung ganz nach Art einer Konventualin. [...] Ich nahm [...] in meiner Schwärmerei für die schöne Königin – eine Schwärmerei, von der ich übrigens, wie von mancher anderen, etwas zurückgekommen bin – alles begierig auf Treu und Glauben hin und war ganz wie benommen davon, diese »Holdselige« wenigstens im Bilde gesehen zu haben.

Als ich noch direkt unter Euch war, sah ich meine damals doch auch nur literarische Beschäftigung mit der Politik schon als ein besondres Glück an, als ein frisches, stärkendes Bad, als ein Schutzmittel gegen alle Einseitigkeit und die bei uns so häufige Überschätzung der Kunst auf Kosten des *Lebens*. Hier hab ich nun das Leben; die Dinge selbst, nicht mehr bloß ihre Beschreibung, ihr Zeitungsschatten tritt an mich heran, und jede Stunde belehrt den armen Balladenmacher: daß jenseits des Berges auch Leute wohnen.

Es sind dies vielmehr Dinge, zu denen mich die Gedoppeltheit meiner Natur mit Kräften, die sich einander unterstützen, hindrängt. Poet und Politiker operieren hier Hand in Hand, und wenn ich anfange klar zu sehn in dem Gewirr der Fäden, weiß ich kaum, was mich mehr erfreut, der *dramatische* Stoff, der da vor mir liegt, oder der Einblick in ein Stück *Geschichte*. Einige mögen auch vielleicht glauben, daß ich nur »horchen« will, um nachher das Erhorchte für einen Darlehnkassenschein oder irgendeine Anstellung als »Oberster der Eunuchen« an den Mann zu bringen. Diesen lieben Leuten kann ich dann freilich nicht helfen.

Ich fürchte sehr, daß die Welt um jenes Dutzend Dramen kommen wird, die als mikroskopische Keimchen in mir ruhn; ich werde wohl immer zu schanzen und zu büffeln haben, und es schadet auch nicht. Sagt doch mein Balladenheld: »Und wie es fällt, so nimmt er's hin.« Sollten mir die Götter indes eine Sinekure mit 1200 Rtl. für die nächste Zukunft vorbehalten haben, so werd ich ihnen dankbar sein, aber aller Wahrscheinlichkeit nach auch dann – keine Dramen schreiben.

Mit eigentümlichen Empfindungen gedachte ich einer Strachwitzschen Douglas-Ballade.

Sie ritten vierzig Meilen fast
Und sprachen Worte nicht vier.

Beneidenswerter Douglas! Wir hatten noch nicht vier Meilen gemacht und waren längst in die Tausende hinein.

Und er schlief mit klaffendem Kettenhemd,
Und aus war Stolz und Schmerz,
Doch unter dem Schilde fest geklemmt
Lag König Roberts Herz.

Ich habe das immer wunderschön gefunden und find' es noch so bis diesen Tag, und daß es trotzdem so wenig volkstümlich geworden, das hängt mit unserer Anthologie-Fabrikationsmethode zusammen. Ein paar Ausnahmen gern zugegeben, schnappt es in diesen Sammelwerken immer mit Uhland und Umgegend ab. Und das nicht etwa, weil nichts anderes da wäre, sondern bloß weil mit einer bequemen Tradition nicht gebrochen werden soll.

Vördem bi minem Balladenkroam
Mit all de groten schottschen Noam:
Percy un Douglas un noch manch een
(All mit Is'n uppn Kopp un mit Is'n an de Been)
Doah wührd' mi de Bost so wied, so wied,
Un ick schreew denn wull sülwer en Percylied.

So gung dat männig, männig Joahr,
Awers as ick so rümmer um fortig woahr,
Doa seggt' ick mi: »Fründ, si mi nicht bös,
Awers all dat Tüg is to spektakulös;
Wat süll all de Lärm? Woto? Upp min Seel,
Dat allens bumst un klappert to veel;
Ick bin mihr för allens, wat lütt un still,
En beten Beschriewung, en beten Idill,
Wat läuschig is, *dat* wihr so mine Oart,
Dat Best' bliewt doch ümmer dat Menschenhart.«

Daß es mir noch 'mal vergönnt sein würde, zu den Göttern oder Hämmeln meiner Jugend zurückzukehren, hätt' ich mir nicht träumen lassen. Es handelt sich dabei um ein ganzes Dutzend Balladen, so daß mein Balladenkapital, das ich Euch als einziges Vermögen hinterlasse, dadurch um ein Drittel anwächst. Wie hoch Ihr das veranschlagen wollt, muß ich Euch überlassen. Wäre der Sinn der Nation ein andrer, so würde dem vorstehenden Satz jede Bitterkeit, jede Selbstironie fehlen; wie's aber 'mal steht und liegt, ist eine alte, sieben Jahre getragene Hausweste allerdings mehr wert als eine Ballade. Die Weste bringt auf dem Trödel wenigstens 1,50 Mark ein.

Ich *persönlich* liebe allerdings auch die dustersten Stoffe, das Publikum aber – und zwar mit Recht, denn die alten Balladenstoffe waren auch mal Tagesereignis – verlangt jüngste Geschehnisse, und wir können aus der alten Zeit nur den Ton, aber auch diesen nur moderiert, herübernehmen.

Beim Balladenschreiben dürfen wir nur »Anleihen« bei der Volksballade machen, aber wir müssen durchaus von unsrem Eignen hinzuthun, ja dies Eigne muß die Hauptsache bleiben. Oder mit andern Worten, wir müssen dem alten Balladenton eine neue Stoffwelt, oder der alten Stoffwelt einen neuen oder wenigstens einen sehr veränderten Balladenton zuführen. Am Besten ist es, wenn wir *Beides* auffrischen und die alte Ballade nur als einen Erinnerungsklang im Ohr behalten.

Da habe ich neulich, auf redaktionelles Ansuchen, ein Dutzend kleinere und größere Sachen an Dominik und Dobert geschickt; wenn noch Gerechtigkeit in der Welt wäre, so müßten die Kerle Kopf stehn, denn es sind Sachen darunter, die nicht von schlechten Eltern sind, apart, lebendig und den preußisch-brandenburgischen Ton treffend, wie ich ihn kaum je zuvor getroffen habe. Und das liegt nun alles seit vier, fünf Wochen auf der Redaktion, kein Wort, kein Dank, am wenigsten aber Zusendung eines Abzuges, worauf ich warte. Und das passirt *mir*, von dem nun schon 3 deutsche Kaiser gesagt haben, ich sei ihr Lieblingsdichter, *mir*, dem alle Jahre ein Buch gewidmet wird, auf dessen Widmungsblatt steht: »dem Meister der Ballade«. Wenn man scharf zusieht, so sieht es freilich auf jedem Gebiete ähnlich aus.

Eine Ballade schreiben, namentlich wenn sie glückt, ist interessanter, als Regulirung einer öden Nachbarzänkerei in Quirl, aber andrerseits hat es doch auch etwas tief Deprimirendes, sich am Ende seiner Tage sagen zu müssen: »an dem allen hast nur *Du selbst* eine kurze Freude gehabt; für die Welt war es ganz gleichgültig; nur noch 3 oder 30 haben es gelesen und es als langweilig bei Seite geschoben.«

Alles, was ich geschrieben, auch die »Wanderungen« mit einbegriffen, wird sich nicht weit ins nächste Jahrhundert hineinretten; aber von den »Gedichten« wird manches bleiben.

Vor ein paar Tagen las ich in einer stattlichen Anzahl von Korrekturbogen mal wieder meine aus dem Altenglischen übersetzten Balladen durch und fand dabei halb zu meinem Entsetzen halb zu meiner Freude, daß mich nicht mehr die Liebes- und Heldenballaden interessierten, sondern nur noch Robin Hood, der seinen alten Onkel Gamwel besucht, zusieht, wie Festkuchen gebacken wird, ungeheuer viel ißt und trinkt und zuletzt mit einer schwarzzöpfigen Jenny zur Stadt hinauswalzt, wieder in seinen Sherwoodwald hinein.

Wenn die Gewehre erst losgehen

Wie's ein Hohenzollernwetter gibt, so gibt es auch ein Revolutionswetter.

»Große Zeit ist es immer nur, wenn's beinah schief geht.«

Bekanntlich weiß man auf dem Kriegsschauplatze selbst am wenigsten, was geschieht.

Wenn die Gewehre erst losgehen, weiß man nie wie die Kugeln fliegen.

Das mit einemmal in der bürgerlichen Sphäre lebendig werdende Gefühl: »Ach was! Wir wollen *auch* unsere Freiheit haben«, war freilich noch lange nicht dazu angetan eine Revolution zu machen, aber es unterstützte diese sehr stark, ja entscheidend, als sie schließlich da war. Zwischen denen, die zuguterletzt die Sache durchfochten und denen, die mehr oder weniger vergnügt bloß zusahen, war, mit Ausnahme des Couragepunktes, kein allzu großer Unterschied.

Dazu kommt noch, daß auch Schlagwörter, plötzlich heraufbeschworene Vorstellungen, Imponderabilien, über die hinterher leicht lachen ist, mit einemmal eine halb unerklärliche Macht gewinnen. So weiß ich oder glaub ich zu wissen, daß für bestimmte kleinere Truppenteile mit einemmal der Schreckensruf da war: »Die Bürger kommen.«

Vorläufig befand ich mich noch keinem Feinde gegenüber und schritt dazu, wohlgemut, wenn auch in begreiflicher Aufregung, meinen Karabiner zu laden. [...] Als ich so den Lauf halb voll haben mochte, sagte einer, der mir zugesehen hatte: »Na, hören Sie ...« Worte, die gut gemeint und ohne Spott gesprochen waren, aber doch mit einemmal meiner Heldenlaufbahn ein Ende machten. Ich war bis dahin in einer fieberhaften Erregung gewesen, die mich aller Wirklichkeit, jeder nüchtern verständigen Erwägung entrückt hatte, plötzlich aber – und um so mehr als ich als gewesener Franz-Grenadier doch wenigstens einen Schimmer vom Soldatenwesen, von Schießen und Bewaffnung hatte – stand alles, was ich bis dahin getan, im Lichte einer traurigen Kinderei vor mir, und der ganze Winkelriedunsinn fiel mir schwer auf die Seele.

So hat denn alles Einsetzen von Gut und Blut, von Leib und Leben zunächst meine herzlichsten Sympathien, obenan die Kämpfe der Niederländer, neuerdings die Garibaldischen. Aber noch einmal, es läuft, mir selber verwunderlich, ein entgegengesetztes Gefühl daneben her und so lange die Revolutionskämpfe des sicheren Sieges entbehren, begleite ich all diese Auflehnungen nicht bloß mit Mißtrauen (zu welchem meist nur zu viel Grund vorhanden ist) sondern auch mit einer größeren oder geringeren, ich will nicht sagen in meinem Rechts- aber doch in meinem *Ordnungs*gefühle begründeten Mißbilligung.

Ich weiß, daß milde Seelen bemüht gewesen sind dies geizige Zurückhalten [unsrer Fürsten] mit der Phrase zu entschuldigen: »das Volk war noch nicht reif«; ich aber erwiedere darauf: *»ein gutes und gesittetes Volk ist immer reif für die Freiheit.«* Wir haben jetzt eine constitutionelle Monarchie, und – man mag über unsre Zustände denken wie man will – kein Mensch wird behaupten, wir wären nicht reif dafür, oder unsre Unreife wäre der Quell aller Wehen dieser Zeit. Und ich sage Dir lieber Lepel, wenn wir noch heut am Tage 37 Fürsten nach Van-Diemensland schicken – es geht uns nicht um ein Haar schlechter, wir sparen viel Geld und sind in 8 Tagen auch reif für die schönste Republik. Und wären wir's nicht, was liegt daran – so müßten wir's *werden*, und, auf Wort, wir *würden* es. Scheußliche Verhöhnung, in der Knechtschaft reif für die Freiheit zu werden! Schwimmen zu lernen auf dem Trocknen; nur in der Freiheit wird man frei.

Wir wenden uns in *altpreußischem Stolz*, mit Schmerz und Scham von einer Regierungsform ab, die [...] an die Stelle eines *militärisch organisirten Rechtstaates das Schreckensregiment polizeilicher Willkür gesetzt hat.*

Eine Republik herstellen wollen, ist nicht notwendig eine Dummheit, am wenigsten eine Gemeinheit.

Man hat ein Volk, das, in ähnlicher Weise wie die Italiener, Anspruch auf unsre Sympathien, auf Bewundrung ihrer hohen Geistesgaben hat, oft mit Brutalität, immer aber mit stupider Selbstüberschätzung niedergetreten, und ich freue mich stets, wenn in Fällen solcher oder ähnlicher Unbill der Rückschlag kommt und wenn die getretene Schlange siegreich nach jener Stelle zischt, wo die überlegene, aber rohe Kraft verwundbar geblieben ist. [...] Mein Herz jubelt stets, wenn ein getretnes Volk, Christ oder Heide, seine Bedrücker niederwirft.

»›[...] Aber lassen wir die Politik, Herr Lieutenant. Ich gebe Ihnen Herwegh als politischen Dichter preis, da das Politische nur ein Tropfen fremden Blutes in seinen Adern war. Indessen groß ist er, wo er nur Dichter ist. Erinnern Sie sich? 'Ich möchte hingehn wie das Abendrot und wie der Tag mit seinen letzten Gluten ...‹ – '›... Mich in den Schoß des Ewigen verbluten ...' Ja, das kenn' ich, meine Gnädigste, das hab' ich damals auch nachgebetet. Aber wer sich, als es galt, durchaus nicht verbluten wollte, das war der Herr Dichter selbst. Und so wird es immer sein. Das kommt von den hohlen, leeren Worten und der Reimsucherei. Glauben Sie mir, Frau Rätin, das sind überwundene Standpunkte. Der Prosa gehört die Welt.‹«

Es bleibt [...] wahr, daß man die wichtigsten Aufschlüsse, Bekenntnisse, Handlungen immer oder doch fast immer den fragwürdigsten Personen zu verdanken hat. Revolutionen gehen zum großen Teile von Gesindel, Va banque-Spielern oder Verrückten aus, und was wären wir ohne Revolutionen! Das sage ich, der ich eigentlich ein Philister bin. Es ist fast, als ob die große Triebkraft mehr im Schlechten als im Guten der menschlichen Natur läge.

»Ins Innere der Natur dringt kein erschaffener Geist. Und zu dem innerlichsten und verschlossensten zählt der Karpfen; er ist nämlich sehr dumm. Aber nach der Wahrscheinlichkeitsrechnung wird er sich beim Eintreten der großen Eruption wohl verkrochen haben. Wir verkriechen uns nämlich alle. Heldentum ist Ausnahmezustand und meist Produkt einer Zwangslage.«

Man darf Heldentaten nicht in der Nähe betrachten.

Mit Todesangst im Herzen *doch* ausgehalten; der einzig wahre Muth.

Richtig placirt, bin ich für Einsetzung aller Kraft, auch wenn man dabei mit in die Brüche geht, aber jede Kraftvergeudung aergert und reizt mich. Ich glaube, daß ich in jeder Schlacht, auch unter furchtbarster Angst, immer ein Stückchen Held gewesen wäre, die Vorstellung aber mich wegen eines beim Skat gemachten Ulks todtschießen zu lassen, hat was Entsetzliches für mich.

Heldentum ist eine wundervolle Sache, so ziemlich das Schönste, was es gibt, aber es muß echt sein. Und zur Echtheit, auch in diesen Dingen, gehört Sinn und Verstand. Fehlt das, so habe ich dem Heldentum gegenüber sehr gemischte Gefühle.

Die letzte Rolle, die zu spielen ich geneigt sein könnte, ist die des Kriegsberserkers. Abgesehen von dem Entsetzlichen jedes Krieges, stehe ich außerdem noch allem Heldentum sehr kritisch gegenüber. Es gibt nur ein ganz *stilles* Heldentum, das mir imponiert. Was aber meist für Heldentum gerechnet wird, ist fable convenue, Renommisterei, Grogresultat.

Immer dieselbe Geschichte, wenn der Morgen anbricht, sieht man, daß es ein Handtuch war, aber in der Nacht hat man sich gegrault. Die Tapfersten haben mir solche Zugeständnisse gemacht. Nur der Feigling ist immer Held.

Feigheit ist der Menschheit bestes Theil.

Ich habe mich heut der Reaction für monatlich 30 Silberlinge verkauft.

Uebrigens hab' ich doch auch heute wieder gesehn, daß alle ernsten Leute, die nach Zuverlässigkeit, Treue, Charakter, meinetwegen auch ein bischen nach Fanatismus und Verbissenheit aussehn, *Conservative* sind; – das andre ist doch der reine Treibsand, der durch die Strömung, wie sie gerade geht, mal hierhin mal dorthin geworfen wird.

»Das Junkertum (trotzdem es vorgibt, seine Strohdächer zu flicken, und sie gelegentlich auch wirklich flickt) dies Junkertum – und ich bin inmitten aller Loyalität und Devotion doch stolz, dies sagen zu können – hat in dem Kampf dieser Jahre kolossal an Macht gewonnen, mehr als irgend eine andre Partei, die Sozialdemokratie kaum ausgeschlossen, und mitunter ist mir's, als stiegen die seligen Quitzows wieder aus dem Grabe herauf. Und wenn das geschieht, wenn unsre Leute sich auf das besinnen, worauf sie sich seit über vierhundert Jahren nicht mehr besonnen haben, so können wir was erleben. Es heißt immer: ›unmöglich.‹ Ah-bah, was ist unmöglich? Nichts ist unmöglich. Wer hätte vor dem 18. März den ›18. März‹ für möglich gehalten, für möglich in diesem echten und rechten Philisternest Berlin! Es kommt eben alles 'mal an die Reihe; das darf nicht vergessen werden.«

Die fünfzigjährige Wiederkehr des 18. März [hat] eine ganze Literatur gezeitigt, Altes ist neu hervorgesucht, Neues, von damals Beteiligten, niedergeschrieben worden. Aber von einem *Aufhellen* der Ereignisse kann keine Rede sein; das Dunkel und die Widersprüche werden auch bleiben. Schon der gegenseitige Parteistandpunkt schließt das Licht aus; man *will* dies Licht nicht einmal.

Wie war es früher? Eine revolutionaire Natur, ein mit Potenzen ausgerüsteter Thunichtgut verführte entweder große, harmlose Volksmassen, oder er stellte sich an die Spitze bereits vorhandener Unzufriedener. Im ersten Falle fing man den Anführer, hing ihn und alles war vorbei, im letztren Falle geschah zunächst dasselbe, aber kleine berechtigte Forderungen (Bier- oder Brottaxe heruntergesetzt, und ähnliche Lapalien) mußten erfüllt werden. Das alles war Kinderspiel; man befand sich einer stupiden Menge gegenüber. Das ist jetzt anders. Millionen von Arbeitern sind grade so gescheidt, so gebildet, so ehrenhaft wie Adel und Bürgerstand, vielfach sind sie ihnen überlegen.

»Und dabei diese merkwürdigen Verschiebungen in Zeit und Stunde. Als Anno siebzig die Pariser Septemberrevolution ausbrach, wußte man's in Amerika drüben um ein paar Stunden früher, als die Revolution überhaupt da war.«

»Alle Stubenhocker dringen beständig auf ›Opfertod‹; alte geschulte Soldaten aber, die aus fünfzig Schlachten her wissen, einerseits, welch ein eigen und unsicher Ding der Mut ist, andererseits, welche niedrige Organisation, welch bloßer, wer weiß woher genommener Taumelzustand ausreicht, um ein Heldenstück gewöhnlichen Schlages zu verrichten, alle diese denken sehr ruhig über Bravourangelegenheiten und haben in der Regel längst aufgehört, alles, was dahin gehört, in einem besonderen Glorienschein zu sehen.«

London hat die Fettaugen meiner Begeisterung abgeschöpft

London hat einen unvertilgbaren Eindruck auf mich gemacht; nicht sowohl seine Schönheit als seine Großartigkeit hat mich staunen lassen. Es ist das Modell oder die Quintessenz einer ganzen Welt. Der mehrerwähnte Umstand, daß London mehr Nachtwächter hat als das Königreich Sachsen Soldaten, ist am ehsten geeignet, eine Vorstellung von den Dimensionen dieser Riesenstadt zu geben.

Ankunft in London 11 Uhr. Räthselhafterweise ein wahres Heimatgefühl gehabt; mir wurde die Brust weit, und das Herz schlug mir höher, als mein Cab über die schöne Waterloo-Brücke hinweg, in das vollste Leben der Stadt zwischen City und Westend hinabrollte. Ich vergaß für einen Augenblick alles andre: Frau, Kind, Noth, Sorge – der alte Zauber dieser Londongröße ward wieder lebendig und hatte mich.

Es ist lächerlich zu behaupten, daß man irgendeine Sprache in 6 Monaten oder gar in 4 Wochen lernen könne, man lernt freilich sprechen, man versteht alles, man kann selbst Reden halten über Cobden und Lord Derby, aber das ist nicht das, was unsereins unter Innehabung einer Sprache versteht. Wir verstehen darunter die völlige Gewalt über dieselbe, und diese zu haben erfordert Jahre; ja, ich wage die Behauptung, daß es von Hunderten immer nur einer zu dieser Meisterschaft bringt, auch wenn er 30 Jahre in Frankreich oder England lebt. Wir Schreiber aber bedürfen dieser Meisterschaft über die Sprache, um uns überhaupt wohl zu fühlen, wir müssen uns mit Leichtigkeit in Assonanzen und Alliterationen ergehen können, wir müssen imstande sein, unser Ohr mit dem Wohllaut eines neuen Reimes zu kitzeln, wir müssen mit der rechten Hand 6 Antithesen und mit der linken 12 Wortspiele ins Publikum schmeißen können, und wo wir das *nicht* können, wo wir's nicht einmal verstehen, wenn's andere tun, da ist nicht unser Boden, da ist nicht unsre Lebensluft, und Heimweh befällt *uns* doppelt.

Es ist langweilig hier; aber ich lerne einsehn, daß Langweiligkeit durchaus nicht das Schlimmste ist was dem Menschen passiren kann und daß geistreiche Zirkel, Tunnel mit guten und schlechten Versen, Cap-Keller und selbst Niquet-Habel nichts sind gegen eine Tasse Thee, aber mit dem Bewußtsein getrunken: ihr könnt mir alle gestohlen werden.

Niemand macht sich eine Vorstellung von der äußersten Einfachheit und Schlichtheit meines Lebens hier. Ich würd' es auch faktisch nicht ertragen können, wenn diese Art zu leben nicht einigermaßen zu meinen Neigungen stimmte; ein andrer Mensch von gleichen Ansprüchen und gleicher Verwöhntheit könnt' es nicht aushalten. Aber *das* Leben, das mir mitunter als Ideal einer Existenz vorgeschwebt hat, hab' ich eigentlich hier: still sitzen, wenig Störung, schreiben, lesen und Kaffee trinken.

Aber der »civilisirte Mensch« ist ein sehr complizirtes Ding und hat eine Unzahl kleiner, feiner Bedürfnisse auch wenn er weder raucht noch Billard spielt.

Die englischen Kneipen mit ihren hundert Namen: Hôtel, Tavern, Coffee-Room, Salon, Halle, Ale-Shop, Wine-Vaults u.s.w. sind das erbärmlichste was man sich denken kann. [...] Und es ist charakteristisch, daß ich erst *einen* Ort gefunden habe, wo man für sein schweres Geld wenigstens *gut* ißt. Was folgt daraus? nicht mehr und nicht minder als eine gewisse Uncivilisirtheit, als ein halber Barbarismus, der vielleicht die Wurzel englischer Kraft und Größe ist und von dem ich gelegentlich große Stücke halte, der mir aber bei Tische gestohlen werden kann.

Heut ist St. Valentines Tag, wo man sich in England Neujahrswünsche schenkt. Könnt ihr euch etwas Tolleres denken! So ist diese stolze Nation in allem um vierundvierzig Tage zurück. Sie selbst behauptet freilich, sie sei um zehn und einen halben Monat voraus, was sich auch hören läßt. So kommt man aus dem Zwiespalt nicht heraus, wer größer sei: Deutschland oder England. Die Angelsachsen haben wir mit ihnen gemein, und statt Shakespeare haben wir Hermann den Cherusker und den Fechter von Ravenna.

Ein Engländer sagt: »Für 300 Pfund tu ich das« und tut's hinterher. Der Deutsche sagt: »Meine Überzeugung? Nicht für die Welt.« Hinterher läßt er sich handeln und tut's für zehn Reichstaler. Der Engländer erklärt rund heraus: »Ich bin ein Geldmensch«; wir aber sprechen mit Verachtung vom Gelde und reißen uns nachher um eine Summe, die ein passabler Engländer als Trinkgeld gibt. Wir haben alle den Bettelstolz, solange wir gar nichts haben; so wie wir aber mit dem verführerischen Golde in Berührung kommen, so verlieren wir die Contenance, werden ungeschickt und uns selber untreu.

Sie [die Deutschen] halten sich ganz aufrichtig für kolossal bescheiden. Dies ist aber grundfalsch. Die bescheidensten, ja lächerlicherweise die einzig bescheidenen, sind die Engländer. Sie haben freilich einen ungeheuren nationalen Dünkel, aber in dem, was sie *persönlich* leisten, ordnen sie sich gern unter. Bei den Deutschen ist es umgekehrt, war wenigstens so, eh man »Deutschland, Deutschland über alles« sang. Und *seit* man es singt, ist es in dieser Beziehung wohl nicht viel besser geworden.

Ich *meinerseits* habe indessen immer nur gefunden, daß die Bewohner anderer Kulturländer, besonders der westlichen, nicht schlechter lesen, wohl aber erheblich besser schreiben können, als die Menschen bei uns. So in England, Schottland, Dänemark; so auch wieder in Frankreich. Die statistischen Zahlen um deshalb zu befehden, fällt mir nicht ein; sie werden schon richtig sein. Es wird unzweifelhaft, namentlich in England und Frankreich, ganze Volksschichten geben, die ich nicht kennen lernte, *unterste* Schichten, die von der Schule unberührt mithin auch unerobert blieben; die Zahlen sollen also bestehen bleiben. Aber gestützt auf eben diese Zahlen wächst für viele unter uns ein falsches *Gesamt*bild empor, ein Bild, das von vornherein verschoben und immer ins *Dunkle* retouchiert, schließlich einfach zu einem Zerrbild wird. Hinterm Berge wohnen auch Leute.

Vorzüge der modernen englischen Literatur: feine Beobachtung und jene frappante Treue der Schilderung, die daraus fließt.

Die Engländer haben ein Schul- und Kinderbuch, das den Titel führt: »Peter Parley's Reise um die Welt, oder was zu wissen not tut«. Gleich im ersten Kapitel werden die europäischen Nationen im Lapidarstil charakterisiert. Der *Holländer* wäscht sich viel und kaut Tabak; der *Russe* wäscht sich wenig und trinkt Branntwein; der *Türke* raucht und ruft Allah. Wie oft habe ich über Peter Parley gelacht. Im Grunde genommen stehen wir aber allen fremden Nationen gegenüber mehr oder weniger auf dem Peter-Parley-Standpunkt; es sind immer nur ein, zwei Dinge, die uns, wenn wir den Namen eines fremden Volkes hören, sofort entgegentreten: ein langer Zopf, oder Schlitzaugen, oder ein Nasenring. Unter einem Korsen hatte ich mir nie etwas anderes gedacht als einen kleinen braunen Kerl, der seinen Feind meuchlings niederschießt und drei Tage später von dem Bruder seines Feindes niedergeschossen wird.

Die Engländer sind von der absoluten Vortrefflichkeit ihrer Sitte und ihres Tuns durchdrungen und jede Abweichung davon, *selbst die berechtigste*, erscheint ihnen als ungentlemanlike. Diese Borniertheit auf die Dauer zu ertragen, ist unmöglich, und es bleibt einem nichts anders übrig, als ihr zu entfliehn.

Um sich hier [in Paris] zu amüsieren, bedarf es gewisser guter und schlechter Eigenschaften, die ich *beide* nicht habe. Zunächst muß man französisch können, und das ist die eine große Tugend, die ich nicht habe. Außerdem muß man Libertin sein, Hazard spielen, Mädchen nachlaufen, Rendezvous verabreden, türkischen Tabak rauchen, das Billardqueue zu handhaben wissen etc. Wer von alledem nichts hat und weiß, der ist ein verlorenes Subjekt und tut gut, seine Koffer zu packen, wenn er sich den Schwindel angesehn und seine Kunstvisiten im Louvre und in Versailles beendigt hat.

Paris macht im Verhältniß dazu einen dürftigen, gezierten Eindruck, was der Berliner »poplich« nennt. Man sieht viele tausende von blitzenden Läden, aber man hat keine Courage irgend was darin zu kaufen, weil man die Reellität der Leute bezweifelt. Es kommt einem vor als sei alles auf Beschwatzung und Verführung abgesehn. Die Läden haben die Form einer länglichen Wurst und sind auch wirklich nicht viel größer; Glas und Spiegelscheiben thuen das beste. Dahinter ist noch ein Käfterchen von der Größe einer Nußschale; das ist das Familienzimmer.

Und nun im Westend, in Oxfordstreet und Regent-Street! alles funkelt von Gold und Silber, von Sammt und Seide, und es funkelt *so* daß man gleich merkt: ha ha, hier ist was dahinter. Kommt man dann in die wahrhaft noblen Quartiere, in das Westend des Westends, so fällt die Buntheit der Läden fort; aber endlos ziehen sich nun die Wohnungen der reichen Leute hin.

Wie mir es immer geht, wenn ich ein Urtheil ausgesprochen habe, so auch diesmal – kaum steht es da, so fang' ich an die Richtigkeit zu bezweifeln.

Gestern war Sonntag; wenn ich einen englischen Sonntag dagegen halte, welche furchtbare Oede und Langeweile! Auf den Boulevards aber lachten und scherzten gestern viele Tausende, vor den blitzenden Cafe's saß man im Freien und dampfte die Cigarre und spielte Domino; drinnen klapperten unaufhörlich die Kaffeetassen und oben hörte man die Billardbälle hin- und herfahren und das dixhuit à quarante des Kellners. Ich persönlich mache mir nicht viel aus dem Schwindel, aber es giebt doch ein hübsches Bild.

Die Boulevards mit ihrem Lichtermeer und der dichtgedrängten Menschenmasse gaben ein täuschend ähnliches Bild von unsren »Linden«, wenn Königs Geburtstag ist und Illumination und Feuerwerk. Was wir alle Jahr an Licht und Menschen 'mal zusammensehn, das sieht man hier alle Tage; außerdem sind die Boulevards von der Madeleine-Kirche bis zum Bastille-Platz 4mal so lang als unsre Linden. Auch London hat, in bezug auf das Café- und Kneipen-Leben, nichts entfernt Aehnliches aufzuweisen.

Daß Ihnen die Londoner Briefe [d.i. »Ein Sommer in London«] gefallen, gefällt mir wiederum. Mit den »Reisebildern« ist doch nur eine teils zufällige, teils scheinbare Ähnlichkeit da. Ich will nämlich wirklich eine Art »Guide« geben und bilde mir ein, das auch erreicht zu haben. Diesen Zweck hat Heine nie. Ich möchte behaupten, daß mit Ausnahme von ein paar Theatern und der berühmten Barclayschen Bierbrauerei *alles* in meinem Buch beschrieben oder angedeutet ist, was London an Sehenswürdigkeiten aufzuweisen hat. Insofern haben diese Briefe einen ganz praktischen Zweck.

Frankreich verändert, – auch das Gute; England konserviert, – auch das Schlechte.

Daß nicht alles Gold ist, was glänzt, weiß ich sehr wohl und daß kleine Pfennigzustände dieser zunächst nur äußerlichen Herrlichkeit überlegen sein können, weiß ich ebenso gut; nur kann ich davon nicht abgehn, daß diese englische Inscenirung des Lebens mich mit einem unsagbaren Wohlbehagen erfüllt und mir die Brust weitet, wie wenn der Duft eines Resedabeets zu mir ins Fenster dringt. Ein Zustand, von dem ich bei Berliner Canal-Luft weit ab bin.

London hat die Fettaugen meiner Begeisterung abgeschöpft.

Nimmt man die Reiseschrecklichkeiten gern mit in den Kauf

Zu den Eigentümlichkeiten unserer Zeit gehört das Massenreisen. Sonst reisten bevorzugte Individuen, jetzt reist jeder und jede.

Der Reisedrang, je allgemeiner er geworden ist, hat nicht Willfährigkeit und Entgegenkommen, sondern das Gegenteil davon erzeugt. Vielfach reine Wegelagerei. *Wirte, Mietskutscher* und *Führer* überbieten sich in Gewinnsucht und Rücksichtslosigkeit.

Einige machen die Hotels zur Hauptsache, andre die Bildergalerien, noch andere das Bergeklettern, als ob der Mensch von der Ziege abstammte. [...] Das Beste ist *fahren*; mit offnen Augen vom Coupé, vom Wagen, vom Boot, vom Fiacre aus die Dinge an sich vorüberziehen lassen, das ist das A und das O des Reisens. Was noch übrigbleibt, ist Sache des Studiums.

Wenn es Zweck des Reisens ist, sich zu enthusiasmiren und innerhalb des Enthusiasmus sich glücklich zu fühlen, so kann man nicht früh genug auf Reisen gehen, handelt es sich umgekehrt um jene gerechte Würdigung, die verständig gewissenhaft abwägt zwischen Daheim und Fremde, zwischen Altem und Neuem, so kann man seinen Wanderstab nicht spät genug in die Hand nehmen. So schön und herrlich Italien ist, so ist es mir doch ganz unzweifelhaft, daß es durch *jugendliche* Menschen, namentlich durch die unglückselige Klasse der Maler, noch zu etwas Herrlicherem hinaufgeschraubt worden ist, als nöthig war.

Sitze in dem in seiner Art entzückenden Albergo-Hofe, der, von allen Seiten eingefaßt, bemalt und umrankt, im Erdgeschoß aus Küche, Ställen, Remisen und Torwegen, in Höhe des ersten Stocks aber aus Galerien besteht. Ueber diesen

Galerien ist ein Leinwanddach ausgespannt, das die eine Hälfte des Hofes in Schatten hält, während auf der andern (ungeschützten) Sonne liegt. Und vor dem Leinwanddach sitz' ich nun mit andern Gästen und schreibe diese Zeilen. Topfgewächse und Kübel-Bäume: Camelien, Oleander, Cypressen, bilden einen Honoratiorenplatz, einen salle à manger, in dem Kellner, in langschößigen Alpacca-Fracks, an gedeckten und ungedeckten Tischen geschäftig sind. Die Küchenfenster, nur sechs Schritt von mir, stehen offen und gestatten mir einen Blick auf die rußigen Wände und die weißbemützten Köche. [...] Zu gleicher Zeit drängt sichs mir auf, daß die Italianissimi unter unsern deutschen Künstlern und Musikern von ihrem Standpunkt gewiß Recht haben, wenn sie einen immer wieder beschwören: die großen Hotels zu meiden und die nationalen Albergos aufzusuchen. Man wird billig, freundlich und sehr gut bedient, lernt Volk und Landessitte kennen und kommt aus dem zuletzt langweilig werdenden, weil scharf vorgeschriebenen Turisten-Geleis heraus. Alles sehr wahr. Dieser Lion d'or ist im Grunde viel interessanter als das Hotel Grande Bretagne, von dem ich komme; nichtsdestoweniger geht es nicht. Die fabelhaften Gerüche, die aus allen Poren eines solchen nationalen Gasthauses quellen, die »Oertlichkeiten«, resp. die »Jardins« (wie es in Mailand hieß), das beständige Gebundensein gleichsam mitzukochen, und mitzubraten – schaffen Zustände, die man in einem gewissen Alter und bei gewissen Verwöhnungen auf die Dauer nicht ertragen kann.

Es ist doch ein eigen Ding um das Reisen. Alles eingefrorene Wesen schmilzt, und die Steifheit, innerlich und äußerlich, macht einer Geschmeidigkeit Platz, als hätte man sich allabendlich mit Ol: Lumbricorum eingerieben.

»Ja, reisen und in den Krieg ziehen, da lernt man, da wird man anders.«

[Auf der Poststation:] Hüllte mich [...] fester in meinen Mantel und begann aus Langerweile (man verzeihe das Motiv) die Kunstschätze des Zimmers zu mustern. O, Himmel, da hing die Loyalität und vor allem der Patriotismus in ganzen Schubkarren-Ladungen an der Wand.

Die [Eisenbahn-] Reise bis Köln ist eigentlich langweilig oder richtiger, die *Art* des Reisens ist es. Um sich darüber hinwegzusetzen, daß man an einer Fülle von interessanten Dingen vorbeifliegt, oder um lediglich die Schnelligkeit des Fortkommens zu preisen, dazu geht es doch nicht schnell genug. Man hat das Gefühl, nichts gesehn und sich strapaziert zu haben, wogegen man früher von seinen Reisestrapazen wenigstens eine Ausbeute hatte und in künftigen Zeiten notwendig dahin kommen muß, wenn auch nichts zu sehn, so doch wenigstens nicht gequält zu werden.

Das Gefühl »dies *mußt Du* sehn« hab' ich nie, wenn nicht die Dinge entweder billig und bequem zu haben sind, oder aber meinen ganz speziellen Zwecken dienen. [...] Das *Wichtigste* hat man, beinah ausnahmslos, immer ganz billig, denn das Wichtigste ist doch immer das, was so zu sagen auf der Straße liegt. Über die Piazza del Popolo oder den Korso fahren, den Vatican und die Peterskirche sehn, durch das Colosseum schreiten und auf dem Forum romanum unter Trümmern Umschau halten, kostet zunächst gar nichts. Der Tiber fließt kostenlos an mir vorbei und die sieben Hügel präsentiren sich mir, ohne Entrée zu verlangen. Hat man das was ich eben aufgezählt, so hat man schon ein gut Theil.

»... Und wenn Sie bei Passierung eines stillen Squares einem sogenannten ›Straßen-Raffael‹ begegnen, dann stehenbleiben und zusehen, was das sonderbare Genie mit seiner linken und oft verkrüppelten Hand auf die breiten Straßensteine hinmalt. Denn diese Straßen-Raffaels haben immer nur eine linke Hand.« – »Und was malt er?« – »Was? Das wechselt. Er ist imstande und zaubert Ihnen in zehn Minuten eine richtige Sixtina aufs Trottoir. Aber in der Regel ist er mehr Ruysdael oder Hobbema. Landschaften sind seine Force; dazu Seestücke. Die Klippe von Dover hab' ich wohl zwanzigmal gesehn und über das Meer hin den zitternden Mondstrahl. Da haben Sie schon was zur Auswahl.«

Das herkömmliche durch die Galerien gejagt Werden ist nicht bloß eine Grausamkeit, sondern der reine Unsinn. Es müßte, wenn man Rom oder Paris oder die holländisch-flandrischen Kunststädte besucht, Leute geben, die dem Laien ein Dutzend oder, wenn's hoch kommt, zehn Dutzend Sachen zeigen – damit müßte man entlassen werden.

Man kann alle Reisenden in zwei Charakterklassen teilen: in freundliche Sanguiniker, die überall sehen und auch sehen *wollen*, wodurch sich die Fremde vorteilhaft von ihrer Heimat unterscheidet, und in leberkranke Nörgler, die sich zu Hause eine Vortrefflichkeitsschablone zurecht gemacht haben und über alles verstimmt sind, was davon abweicht. Wir gehören zur ersteren Klasse, wofür Gott gedankt sei; aber sie bleibt doch sehr an der Oberfläche hängen und ist hinterher um so verstimmter, wenn sich zeigt, daß auch nicht alles Gold ist, was glänzt. Zudem spielt das Glück auch *hier* mit. Es gibt unter den vielen Glücks oder Glücken auch ein ganz bestimmtes *Reise*glück; manche haben's nie, andre immer.

In den meisten Fällen heißt reisen, sich ärgern, und wäre nicht der Wechseltrieb im Menschen so stark, der Hang 'mal was andres zu sehn und zu erleben, so reiste kein Mensch.

Es wird einem selten das Schlimmste zugemutet, aber es kommt doch vor, und keine Lokalkenntnis, keine Reiseerfahrung reichen aus, dich im *voraus* wissen zu lassen, wo es vorkommen wird und wo nicht. Zustände von Armut und Verwahrlosung schieben sich in die Zustände modernen Kulturlebens ein, und während du eben noch im Lande Teltow das beste Lager fandest, findest du vielleicht im »Schenkenländchen« eine Lagerstätte, die alle Mängel und Schrecknisse, deren

Bett und Linnen überhaupt fähig sind, in sich vereinigt. Regeln sind nicht zu geben, Sicherheitsmaßnahmen nicht zu treffen. Wo es gut sein könnte, da triffst du es vielleicht schlecht, und wo du das Kümmerlichste erwartest, überraschen dich Luxus und Behaglichkeit.

Es [Norderney] ist doch unterhaltlicher als Langeoog, und das spielt bei mehrwöchentlichem Aufenthalt eine große Rolle. Das mit den »größren Kosten« ist meistens Unsinn; man muß mitunter an den primitivsten Stellen am meisten bluten und kann an Weltplätzen billig leben. Es hängt alles von Glück und unberechenbaren Umständen ab. Als ich das erste Mal in Norderney war, wurde, 6 Stunden nach meiner Ankunft, ein großer Dampfer mit 500 Gästen abgewiesen, weil auf der ganzen Insel kein einziges freies Bett mehr sei. Ja, da war in den fashionablen Straßen alles sehr teuer, und doch habe ich an der Wattseite der Insel nicht bloß angenehm, sondern auch ziemlich billig gelebt.

Die Touristen [in Thale] zu beobachten war außerordentlich amüsant. Ich unterschied verschiedene Gruppen. Da waren zuerst die ganz jungen Leute, lauter »*Kraftmeier*«. Sie stiegen aus, würdigten das Hotel, als eine Stätte der Verwöhnung, keines Blicks, rückten sich den Spitzhut, der einen Eichenzweig und bei einigen sogar einen Gemsbart trug, kriegerisch zurecht, zogen den Rock aus und nahmen die Roßtrappe sofort im Sturm.

Eine andre Gruppe bildeten die *Renommisten*, die See-Befahrenen, die Neunmalklugen. Sie kehrten nicht ein, aber sie sahen sich das Hotel wenigstens an, oder vielmehr, sie ließen ihren Trupp halten, um jeden einzelnen auf diese Sehenswürdigkeit aufmerksam zu machen. Diese Renommisten hatten nämlich sozusagen Offiziersrang; sie waren Rottenführer und standen immer an der Spitze eines Trupps, den sie kommandierten. Unglücklich der arme Harzer Guide, der sich einem solchen Rottenführer näherte, um ihm und seinem Trupp seine Hilfe anzubieten. Mit souveränem Lächeln, wie es nur der anschlagen kann, der seinen Baedeker in der Tasche führt, ging es an solchem Unglücklichen vorüber, Karte in der Hand, auf den Hexentanzplatz los.

Eine dritte Gruppe waren die *Elegants*. Sie standen immer als liebenswürdige Schwerenöter an der Spitze weiblicher Heerscharen. Wie man auf 500 Schritt die große Trommel hört, wenn irgendwo zum Tanze aufgespielt wird, so hörte man auf weiteste Entfernung immer nur die eine Wendung: »Meine Damen«. Die also Angeredeten hatten alle Ursache, sich der häufigen Wiederkehr dieser Wendung zu freuen. Diese Damentrupps, mit männlicher Führerschaft kehrten ein und genossen ein Bierchen, Schokolade, auch Bouillon mit Ei. Wenn die Damen zum Aufbruch mahnten, so lächelte der Führer verführerisch, wie wenn er sagen wollte: »Meine Damen, was is mich Roßtrappe? Liebe, Liebe is mich nötig.«

Viele können im Gebirge nicht schlafen, andere an der See; die meisten kriegen an der See Cholerine-Zustände und brauchen im Gebirge Strahlsche Pillen. Dabei das furchtbare Gasthofselend. Um 12 Uhr kommt der letzte Zug: Trampeln, Stiefelschmeißen; um 4 Uhr geht der erste Zug: Klingeln, Wecken, Türenschmeißen. Man hat ein Beefsteak und eine Kulmbacher genossen und am Morgen eine Portion Tee, und für diese Leistung sind mindestens sechs Hände da, die sich nach einem Trinkgeld ausstrecken. Entsetzliche Table d'hôte-Gesellschaft, betrügerische Kutscher, ein Zimmer, drin es nach Schwamm oder, wenn hinten 'raus, nach Pferdestall riecht! Es ist mir ganz lieb, daß ich mich trotz all dieser Dinge in der Welt umhergetrieben habe; denn man braucht das alles als Studium und Lebensmaterial.

Das Beste, was man aus dunklen Gegenden erhalten kann, sind Karten. Vor etwa einem Jahr erhielt ich eine Daily Graphic-Nummer von Ihnen mit einer Karte von Transvaal; diese Karte, in meinen Augen ein Ideal, (ich bin nämlich ein *Karten*mensch, was etwas sehr Wichtiges ist, weil das Orientierungsbedürfnis, der Hang nach Klarheit damit zusammenhängt) – diese Karte habe ich beständig vor Augen und bin mit Hilfe derselben allen meinen Freunden an Süd-Afrikakenntnis weit überlegen.

Der einzige Trost (freilich ein leidiger) muß mir bleiben, daß es mit Sehenswürdigkeiten vielfach ist wie mit Quellenbüchern; man hört von ihrer Existenz erst, wenn man mit der Arbeit fertig ist.

Nach dem alten Satze, daß nichts in der Welt umsonst ist, und daß jeder Vorteil seinen Nachteil bringt, werden wir den altehrwürdigen deutschen Reiseenthusiasmus auf dem Altar unsres immer mehr erstarkenden Nationalbewußtseins opfern müssen.

In den Schlössern und schloßartigen Villen, die in »Country Life« als »to be let« angeboten werden, möchte ich meine Sommermonate nicht verbringen. Da ziehe ich kleine Tagelöhnerhäuser im schlesischen Gebirge mit Schweinestall und Misthaufen weit vor. Überhaupt nur das Natürliche lockt mich, nicht das Aufgesteifte.

Das Reisen ist nur für sehr reiche und infolge ihres Reichthums für sehr reisegeübte Leute; die »kleinen Leute« dürfen nicht reisen, sondern müssen in Schmöckwitz oder auch in Zinnowitz einen »Sommeraufenthalt« mit Bettsack und Schmortopf nehmen und sich selber kochen.

Bei dieser [Photographien-] Fülle von malerischem und poetischem Orient, regt sich, einen Augenblick lang immer wieder der Wunsch in mir »dergleichen doch auch noch mal zu sehn«, wenn ich mir dann aber vergegenwärtige, daß es ohne Ratten, Mäuse, Skorpione, vor allem aber ohne »vermin«, und zwar aller Arten und Grade, schlechterdings nicht zu haben ist, und daß unter Umständen ein Schluck Wasser, drin man die »Schrecken der Tiefe« auch ohne Mikroskop im Kampfe miteinander sehn kann, als Labsal gilt, so bin ich von aller Sehnsucht geheilt.

Die weiten Reisen fangen an, mir langweilig zu werden, und ich beginne Königswusterhausen und ähnliche Nester dem Comer See vorzuziehn. Starke Zeichen des Alters und der Décadence.

Die Reisezeit rückt heran. Wenn ich einen Menschen hätte, mit dem ich jeden Tag nach Charlottenburg gehen und die Karpfen im Schloßteich füttern könnte, so reiste ich gar nicht. So lange man noch lernen, neue Eindrücke empfangen und Bekanntschaften machen will, nimmt man die Reiseschrecklichkeiten gern mit in den Kauf, ist man aber ruhebedürftig und menschenscheu geworden, so verdrießen einen alle diese Etablissements, die nichts wollen, als die Citrone auspressen. Athen, Jerusalem, die Pyramiden sehn, das könnte mich noch reizen, aber Parks, Brunnenpromenaden, Bildergalerien und Kirchen interessiren mich nicht mehr.

Menschenglück und Putenbraten

Erst unter natürlichen, wohlhabenden, sorglosen und freien Menschen fühlt man so recht, welch ein stellenweis erbärmliches Leben man in unsern großen Städten und unter unsern kleinen, dürftigen Sechserverhältnissen führt. Allerdings möcht' ich nicht tauschen. Unser geistiges Leben hat eine Süße, von dem ich unfähig wäre, mich zu entwöhnen, aber inmitten eines *äußerlichen* Behagens, das bei fünfunddreißig Talern monatlichen Gehalts schlecht zu kultivieren ist, wird einem wenigstens fühlbar, daß das Glück, das man genießt, nur ein halbes ist, ein schwererkauftes, dessen Einsatz oft höher ist als der Gewinn. Es ist wunderbar, in wie nahen Beziehungen Menschenglück und Putenbraten zu einander stehn, und welche Püffe das Herz verträgt, wenn man jeden Schlag mit einer Flasche Markobrunner parieren kann.

Wie gleichgültig mich der Wechsel der äußern Glücksumstände, der Wegfall des sogenannten Komfort berührte; ich fand bald heraus, daß sich bei einer dünnen Fleischbrühe, einem Glase Landwein und einigen Schnitten Weißbrod sehr wohl leben lasse, im Grunde genommen besser als bei Mayonnaisen und Nußtorte.

Ich litt nicht unter dem Wegfall dessen, was man mit größerem oder geringerem Recht als die künstlich gesteigerten Ansprüche einerseits des Wohllebens, andererseits eines gewissen Gefühls-Luxus, ansehen kann, aber ich litt dafür unter dem Wegfall *solcher* Dinge, die sich der gebildete Mensch recht- und *pflicht*mäßig zur zweiten Natur gemacht hat, unter dem Wegfall der Sauberkeit und alles dessen, was zum geistigen Bedürfnis gehört.[...] Für uns liegen die Dinge so, daß mit dem Gefühl des äußerlichen Unsauberseins mehr und mehr auch die Vorstellung einer gewissen innerlichen Unreinheit über uns kommt, ein Gefühl, das uns gradatim allen Mut und alle Zuversicht raubt, und uns schließlich dahin bringt, im tiefsten Mißtrauen gegen uns selbst, jede

Unbill als etwas Selbstverständliches und Wohlverdientes hinzunehmen.

Eine korpulente [Lothringer] Wirtin empfing mich, die, nach einigen Begrüßungsworten, ihrer Freundlichkeit nicht bessern Ausdruck geben zu können glaubte, als durch Angebot von »du jambon avec choucroute«. In *nichts* aber, und am wenigsten in Sauerkrautsfragen, dem Deutschtum rücksichtslos verfallen, lehnte ich ihre beabsichtigte Guttat ab und entschied mich für einen »gigot«, zu dem ich, an dieser Stelle, ohnehin ein größeres Vertrauen hegte.

Die Opulenz der Tafel konnte über alles andere was fehlte, schwerlich hinweghelfen. Nichtsdestoweniger mag es mir, als Beitrag zur Länder- und Völkerkunde, gestattet sein, hier aufzuzählen, wie wir in *Bitsch* zu Nacht speisten. Es gab: Suppe; Fleisch und Sauce; Spargel; Hammelrücken; Kalbsmilch; Kapaun und Salat; Quarkkuchen; Butter und Käse; Biscuits. Also schlecht gerechnet *sieben* Gänge. Dabei muß man gegenwärtig haben, daß Bitsch ein Ort ist, der noch lange nicht auf der Höhe von Bernau steht ... Und ... ich habe auch in Bernau zu Nacht gegessen!

In Mailand [...] Einnahme eines Soupers: Hammelkotelettes, in denen ein mir vorschwebendes Ideal endlich zur Wirklichkeit wurde.

Gott, was ist Glück! Eine Griessuppe, eine Schlafstelle und keine körperlichen Schmerzen – das ist schon viel.

Der Gewöhnlichkeit gehört die Welt. Es tangirt mich aber nicht, so lang ich ein Bett und ein Glas Thee habe.

Einfache Lebensverhältnisse sind allen andern vorzuziehn; der Geist ist dabei am freisten. Nur die tägliche Schrippe darf nicht fehlen.

Ein Stück Brot ist nie Sechserwirthschaft, ein Stück Brot ist ein Höchstes, ist Leben und Poesie, ein Gänsebraten-Diner aber mit Zeltinger und Baiser-Torte, wenn die Wirthin dabei strahlt und sich einbildet mich der Alltäglichkeit meines Daseins auf 2 Stunden entrissen zu haben, ist sechserhaft in sich und doppelt durch die Gesinnung die es begleitet. Der Bourgeois versteht nicht zu geben, weil er von der Nichtigkeit seiner Gabe keine Vorstellung hat. Er »rettet« immer und man verschreibt sich ihm auf eine Schrippe hin für Zeit und Ewigkeit.

Wenn man die Wahl hat zwischen Austern und Champagner, so pflegt man sich in der Regel für Beides zu entscheiden.

Wenn ich zu Jemandem geladen bin, so muß Kirschkuchen oder Butterbrot und Käse der letzte Gang sein, aber nicht eine Kleinkinderbewahr-Anstalt.

Wenn man älter wird so lernt man eben einsehn, daß man von einem Menschen nicht alles verlangen kann und daß man zufrieden sein muß wenn ein Weinstock Trauben trägt. In jüngren Jahren verlangt man auch noch Erd- oder Himbeeren dazu, womöglich gleich mit Schlagsahne.

Weil ich es hasse, wenn einem eine gebratene Taube ins Maul fliegt, beim Schicksal auch noch auf Kompott zu bestehn.

Ein Gaskronleuchter gibt Licht und Heizung, und wem noch nicht warm genug ist, dem präsentiert die Dame des Hauses Tee, und wen noch immer friert – den sieht sie an. Sie ist sehr schön, ziemlich groß, voll und doch Taille; das reichste schwarze Haar von der Welt (so daß man der Coiffüre die Verlegenheit anmerkt, all die Massen unterzubringen), blaue Augen und schöne Farben. […] Nach Tisch (d. h. supper) kommt die beste Zeit, die brandy and water-Stunde: man knabbert und trinkt und plaudert bis Mitternacht und turkelt in die Nacht hinein mit dem süßen Bewußtsein, eine Oase von drei Stunden Umfang in der Londoner Wüste gefunden zu haben.

Die einzige Oase in dieser Londonwüste, der einzige Ort wo eine unversiegbare Quelle guten Kaffe's sprudelt und unter dem milden Blatt der Kölnischen Zeitung der Wüstenwanderer (er sei Kameel oder Mensch) in Frieden ruhen kann ist das Café Divan.

Im Café Divan wieder einmal
Starr' ich still in die flammenden Leuchter,
Das Herz wird weihnachts-sentimental
Und die Wimpern werden feuchter; [...]

Ich [...] speiste mit dem Wirth selber, zwei Mann hoch. Brühsuppe, Schnittbohnen und Hering, und Kalbsbraten. Es hatte einen Werth von 5 Sgr, kostete aber 15, die ich, mit Rücksicht darauf daß ich der einzige Gast war, gern bezahlt hätte, wenn nicht der Wirth selbst, im Uebrigen ein guter, dämlicher Kerl, durch Verbrauch von wenigstens 15 Zahnstochern und beständiges Nachhelfen mit allen fünf Fingern (und was für welchen) mir den Appetit total verdorben hätte. Ich empfand wieder ganz die Wonne einem höhren Culturvolk – nach einigen dem »einzigen« – anzugehören.

»Und wenn er dann, er, der Krebs, in Petersilienbutter geschwenkt, im allerappetitlichsten Reize vor uns hintritt, so hat er Momente wirklicher Überlegenheit, vor allem auch darin, daß sein Bestes nicht eigentlich gegessen, sondern geschlürft, gesogen wird. Und daß gerade das, in der Welt des Genusses, seine besonderen Meriten hat, wer wollte das bestreiten. Es ist, so zu sagen, das natürlich Gegebene.«

Eben komme ich von einem reizenden Spaziergange nach der Woltersdorfer-Schleuse zurück, wo ich in dem »Gasthaus zum Kranichsberg« einen Gilka und eine Flasche Sodawasser genoß, beides zusammen kostete 20 Pfennige, der Gilka 5, das Sodawasser 15, dergleichen thut mir wohl, ich bin nun mal für's Kleine, da ich das Große nicht haben kann. Vielleicht wäre ich aber auch *unter allen Umständen* für's Kleine.

Es ist bekannt, daß, wenn man bei allen Heiligen schwört: »Nie einen Kümmel mehr«, man sich am andern Tag in Nordhäuser Korn betrinkt.

Was doch ein Glas Grog alles machen kann, und noch dazu aus dem philiströsesten Menschen von der Welt! […] Aber finde darin Deinen Trost, daß in der Unbewachtheit des Rausches der eigentliche Mensch erst zutage tritt.

Doch die Ehe, die ist besser

Eheglück (meistens eine Sache für Flickschuster).

Es ist ein Unsinn zu glauben, man könne glücklich werden, wenn man vierhändig eine Sonate spielt. Die Ehe ist auf andern Sachen aufgebaut.

Es kommt nicht darauf an, daß irgend etwas, oder wohl gar alles, auf einer Musterhöhe wandelt, es kommt auf das »Zu einander passen« an und wenn man sich auf diesen Punkt hin nicht verrechnet, so wird man glücklich. Auch das ist richtig, daß das gegenseitige sich Helfen eine große Rolle spielt. In dieser Beziehung ist mir immer die Geschichte vom »Swinegel un süne Frau« als Musterstück niederdeutscher Weisheit und Poesie erschienen.

Als ich 1835 das damals ziemlich verwilderte Kind [Emilie] im Hause meines Onkels August kennen lernte, schien es nicht bloß ein französisches Kind aus dem Languedoc zu sein, sondern mehr noch ein Ciocciaren-Kind aus den Abruzzen. [...] Das Gesicht, ein blasses Dreieck mit vorspringender Stirn und Stubsnase, war nahezu häßlich, aber die zurückliegenden, etwas unheimlichen Augen glühten wie Kohlen und machten, daß man das Kind bemerken mußte.

Ich sagte, daß ich mich, als ich das von allem Herkömmlichen so stark abweichende schwarzäugige Kind sah, eigentlich gleich in sie verliebt hätte. Vielleicht hätte sie dies Gefühl auch erwidert, wenn nicht, und zwar als Mitpensionär in meines Onkels Hause, mein Freund Hermann Sterz gewesen wäre. Der war mir um ein Jahr voraus, hatte schon einen kleinen schwarzen Schnurrbartansatz und spielte sich überhaupt auf den Petit-Maitre aus. Vor allem benahm er sich artiger und verbindlicher als ich. Denn wenn ich mich auch für das Kind ganz entschieden lebhaft interessierte, so blieb es doch immerhin ein Kind, noch dazu ein sehr sonderbares, und ein bißchen Konventionalismus steckte mir, neben einem gleichzeitigen ganz entgegengesetzten Herzenszuge, wohl auch schon damals im Geblüt.

Erst als ich Ostern 44, um mein Jahr abzudienen, nach Berlin zurückkam, knüpfte sich die Bekanntschaft wieder an. Die Kleine, mittlerweile neunzehn Jahr alt geworden, war total verändert. Nicht bloß das Abruzzentum war hin, auch die mildere Form: das Südfranzösische hatte sich beinah ganz verflüchtigt und die tief liegenden dunklen Augen, die mir, ohne schwarz zu sein, immer kohlschwarz erschienen waren, sahen jetzt, in dem hierlandes üblichen Halbgrau hell und lachend in die Welt hinein.

Ich glaube nicht daran daß nur eine Stellung, ein bestimmtes Verhältniß den Menschen glücklich macht, mit Ausnahme der Ehe wenn man den kleinen Teufel gekriegt hat, der im Himmel für einen bestimmt wurde. Mehr kannst Du nicht verlangen.

Von solchen Eheschließungen gilt dasselbe wie von der Kunst: auf das Detail kommt es an.

Um nur zwei Dinge zu nennen: sie hat mir alle Bücher und alle Zeitungen vorgelesen und hat mir alle meine von Korrekturen und Einschiebseln starrenden Manuskripte abgeschrieben, also, meine dicken Kriegsbücher mit eingerechnet, gut vierzig Bände.

Ich muß aber auf die Gefahr hin, mich in ein komisches Licht zu stellen, noch weiteres an meiner Ehehälfte loben und zwar ihr Temperament, ihren ausgesprochenen ästhetischen Sinn, ihre Naivität und nicht zum wenigsten ihre Unlogik.

Du weißt aber, daß ich sie für witzig, espritvoll, klug und umsichtig gekauft habe. Witzig ist sie wirklich, aber sie ist zu gleicher Zeit in allem was sie sagt so hin- und herhuschig, so planlos, so unselbstständig, so abhängig vom Moment und von jedem neuen Einfall, der ihr durch den Kopf geht, daß eine Unklarheit entsteht die mich mitunter auf's höchste ärgert. Ich mag darin oft hart und ungerecht sein, aber der Grund ist au fond schmeichelhaft für Emilien und liegt darin, daß ich von ihren Fakultäten eine zu gute Meinung habe.

Wir sind beide nicht vom christlichen Märtyrergeschlecht und werden es schwerlich zur *Freudigkeit* des Leidens bringen, aber laß uns wenigstens *Fassung* darin finden, daß wir nichts andres tragen, als was uns bestimmt ist und von Anfang an bestimmt war.

Ich kenne keinen Menschen, der so die Fähigkeit besäße, aus dem verschwindend-klein Gegebenen, je nach Stimmung, einen Ozean von Leid oder eine Südsee von Seligkeit fertig zu kriegen.

Sie verlangt in jeder Minute oder doch mindestens in jeder Stunde das Ideal des Daseins, das es bekanntlich überhaupt nicht giebt, und wundert sich, es nicht einfliegen zu sehn, besonders jetzt, wo doch alle Fenster aufstehn. [...] Sie hat nun mal ganz den Zug nach einem kleinen Schnack, Sensation und Medisance und ich wollte täglich 2 Mark (was sie aber auch wieder zu hoch finden würde) in die Armenbüchse thun, wenn ich ihr diesen kleinen Schnack verschaffen könnte.

Du glaubst so praktisch zu sein; ich bin auch praktisch, sogar sehr, aber auf meine Weise. Wenn ich von morgen ab den Pfennigfuchser oder auch nur den ängstlichen Berechner spielen wollte, wär ich sehr unpraktisch. *Der* ist praktisch, der das *ihm* Passende thut und erreicht.

Das Schlimme ist, daß Du Dich nicht daran gewöhnen kannst und auch nicht gewöhnen willst, mich für einen verständigen und auf *meine* Weise ganz praktischen Menschen anzusehn. Du läßt mir alle möglichen Vorzüge, betrachtest mich aber wie ein poetisches Kind, das jeden Augenblick auf dem Punkt steht, sich als Familien-Enfant-terrible aufzuspielen. So liegen aber die Dinge durchaus nicht; ich weiß auch, daß man Miete und Steuern bezahlen muß und daß man von der Luft nicht leben kann. Am wenigsten ich.

Du mußt Dich mit zwei Gedanken ernstlich auszusöhnen trachten, damit nämlich, daß wir erstens ein *armes* und zweitens ein *unsichres* Leben zu führen haben *werden*, wie wir es bis jetzt geführt haben. Das klingt nun freilich wenig verlockend, selbst die *arme* Existenz soll auch noch eine *unsichre* sein, aber, wenn man sich zum Leben richtig zu stellen weiß, wenn man Mut, Freudigkeit und Gottvertrauen hat, so darf ich wohl sagen, der Satz *klingt* trauriger, als er ist. Im großen und ganzen leben wir nach diesem Rezept 20 Jahre, und trotz Armut und Unsicherheit, welch bevorzugtes Leben haben wir geführt!

Vier Monate lang wirst Du mich immer nur besuchsweise hier haben; ich werde mich in Stille und Einsamkeit verfügen und dort meinen Roman schreiben.

Wenn man sich mit seiner Frau gezankt hat, berührt einen die »blaue Grotte« wie ein Gefängnißloch, drin man sie einsperren möchte.

In diesem Schweizer-Hof 14 Tage leben und das Dasein in Liebe, Rheinfall und substantiell breakfast's gipfeln zu sehen, muß für einen 25jährigen himmlisch sein. [...] Die Natur ist in einem steten Donner, und wenn es donnert, schweigt der Mensch. So wird hier auf natürlichem Wege, und fast von Schicklichkeits wegen, die Klippe vermieden, an der fast alle Liebespaare scheitern: die Unterhaltungsnot. Gesagt ist alles, und *immer* küssen geht über die menschliche Kraft. Deshalb gehe denn heute auch nur *ein* Kuß in die Heimat; über die Adresse schweig ich verschämt.

»… Und die schlimmsten Ehen sind die, lieber Krola, wo furchtbar ›gebildet‹ gestritten wird, wo, wenn Sie mir den Ausdruck gestatten wollen, eine Kriegsführung mit Samthandschuhen stattfindet, oder richtiger noch, wo man sich, wie beim römischen Karneval, Konfetti ins Gesicht wirft. Es sieht hübsch aus, aber verwundet doch.«

»Wie bei vielen Eheleuten, so stand es auch bei den Holkschen. Wenn sie getrennt waren, waren sie sich innerlich am nächsten, denn es fielen dann nicht bloß die Meinungsverschiedenheiten und Schraubereien fort, sondern sie fanden sich auch wieder zu früherer Liebe zurück und schrieben sich zärtliche Briefe.«

»Man muß sich untereinander helfen, das ist eigentlich das Beste von der Ehe. Sich helfen und unterstützen und vor allem nachsichtig sein und sich in das Recht des andern einleben. Denn was ist Recht? Es schwankt eigentlich immer. Aber Nachgiebigkeit einem guten Menschen gegenüber ist immer recht.«

Solche Ehen, wie *wir* geschlossen haben, kommen gar nicht mehr vor. In einer Beziehung ist es auch recht gut, denn Armuth, die nicht *ganz* zu resigniren versteht, ist ein Verbrechen; aber andrerseits ist dies bloße Plüsch-Sopha-heirathen auch eine traurige Geschichte. Will man aus der ganzen Pastete jeden Rest von Neigung streichen, so wird nicht nur das Vergnügen, sondern schließlich auch die Bevölkerungsziffer auf ein Minimum herabgedrückt.

Du sprichst von unsrer Vereinsamung. Ja, sie ist da; aber wir müssen sie für den Rest unsres Lebens tragen. Ein Haus machen können wir nicht, andren nachlaufen dazu sind wir zu alt, und auf neutralem Boden mit aller Welt sich treffen, dazu sind wir zu kritisch und zu verwöhnt. Die Einsamkeit thut weh, aber doch nicht so weh wie falsche Geselligkeit. Es ist wie mit der Ehe. Keine Frau ist schlimm, aber immer noch besser als eine schlechte.

Meine Mutter liebte Vatern sehr,
Und sie küßten sich unter 'ner Buche,
Sie sahn sich oft und dann nicht mehr
Und stehn nicht im Kirchenbuche.

Und das ist mein Pech, Potzsapperment,
Daß sie nie die Ringe gewechselt,
So hieß ich zeitlebens ein »Prätendent«,
Bis den Kopf sie mir abgedrechselt.

Ich hab' es bezahlt mit meinem Blut'
Und fühle noch das Messer, –
Und die Moral, die lautet: *Ja, Lieb' ist gut,*
Doch die Ehe, die ist besser.

Wenn der Ehemann nicht schlecht ist, so ist er komisch, und wenn er nicht einmal komisch ist, so ist er langweilig; bei Lichte betrachtet ist diese Mittelstellung immer noch die günstigste.

Wenn es aus Liebe und in richtiger Weise geschieht, so haben kluge Frauen die *Pflicht*, die Eitelkeiten ihrer Männer zu verletzen. Dadurch, daß sie dem Hündchen immer mehr Zucker geben, wird es nur belliger, reizbarer und unerträglicher.

Da quatscht jetzt jeder von Ibsens *Wahrheit*, aber gerade *die* spreche ich ihm ab. Er ist ein großer epochemachender Kerl, aber mit seiner »Wahrheit« kann er mir gestohlen werden. In der Mehrzahl seiner Dramen ist alles unwahr, die bewunderte Nora ist die größte Quatschliese, die je von der Bühne herab zu einem Publikum gesprochen hat.

Daß in meinem Ibsen-Aufsatz und in »Irrungen, Wirrungen« dieselbe Tendenz lebt: »Ehe ist Ordnung«, ist mir erst durch Ihre Kritik zu Gemüthe geführt. Und diese Tendenz selbst, – ja, das ist ein weites Thema, das man eigentlich nur behandeln kann, wenn man an einem schönen Sommerabend zwölf mal um den Kroll'schen Platz herumgeht. »Du sollst nicht ehebrechen«, das ist die Norm und wohl dem, der, nicht in Versuchung und nicht in Kämpfe geführt, dieser Norm entspricht; aber der Complicirtheiten modernen Lebens sind so viele, daß das Gesetz jeden Tag und jede Stunde durchlöchert wird, weil es durchlöchert werden *muß*, wodurch wir, wollend oder nicht, unsere Stellung zur Schuldfrage beständigen Wandlungen unterworfen sehen.

»›Effi, du bist so stürmisch. Ganz die alte.‹ – ›Ach nein, Mama. Nicht die alte. Ich wollte, es wäre so. Man ändert sich in der Ehe.‹«

Sowie man über den Kreis der Familie hinaus ist, beginnt die Sahara

Die Kinder sind wirklich sehr nett; der Kleine scheint mir, wie Onkel August zu sagen pflegt: »etwas mit dem Dummbeutel gekloppt.« George ist Liebling, leider ziert er sich und hat eine völlig diplomatische um nicht zu sagen intriguante Natur. Ich bin neugierig, was daraus wird. Erziehen läßt sich da nichts; erziehn und doktorn heißt in der Regel – verderben. Man steht vor all diesen Dingen wie vor Räthseln und weiß eigentlich gar nichts.

Am allerwenigsten muß man an den Charakteren herumbasteln wollen; es führt zu gar nichts, außer zu Verstimmung und Aergerniß. Wie sich ein Mensch giebt, das ist nicht ein Zufall, auch meistens nicht ein Erziehungsfehler, sondern der Ausdruck seiner Natur, und ebensowenig wie Dir einer die Sturmkrankheit oder nur das halb scheue halb soupconnöse Wesen wegdisputiren wird, eben so wenig kannst Du Martha ihre verbockte Hochmuthsanlage, Georgen seinen Egoismus, und Theo'n seine Verranntheit und Verschrobenheit nehmen.

Kinder sind eigentlich ein Luxusartikel, den nur, wie Pferd und Wagen, vornehme Leute zu halten berufen sind.

Meine Kinder fressen mir die Haare vom Kopf, eh die Welt weiß, daß ich überhaupt welche habe.
[Bezieht sich auf zwei uneheliche, anonym gebliebene Kinder.]

Wer sich nie gewaschen hat, wird sich waschen, wenn seine Eitelkeit oder sein Talent ihn in eine Gesellschaft führt, wo es Mode ist sich zu waschen; wer nie zur rechten Zeit aufsteht, wird die Stunde nicht verschlafen, wenn er vorhat in die sächsische Schweiz zu reisen; wer nie eine Handarbeit gemacht hat, wird eine Börse zusammen prudeln, wenn der berühmte Liebesfrühling kommt und wer nie Strümpfe gestrickt hat, wird sie stricken, wenn 2 kleine Jungens da sind, die Strümpfe gebrauchen. Ich könnte Dir an meinem eignen Leben am besten darthun, wie Rechtsbewußtsein, Pflichtgefühl, Eitelkeit, Ehrgeiz, einzelne (aber sehr wenige) Neigungen in Kunst und Wissenschaft, durchaus reformirend auf meine ganze Natur eingewirkt und mich aller Faulheit etc. zum Trotz schließlich – mit der gewöhnlichen Elle gemessen – zu einem passablen Menschen gemacht haben.

Es giebt kein andres Mittel, als das alte »sich nach der Decke strecken«. Mama und ich haben diese schwere Kunst gelernt und ihr müßt sie auch lernen. Nur dem Siege der Pflicht über die Neigung, nur dem Verzichten-können, nur der Erkenntniß und dem Handeln danach »*dies* geht noch gerade und *dies* unmittelbar Danebenliegende geht schon nicht mehr« nur dieser, ich darf uns beiden das Zeugniß ausstellen, klugen und gewissenhaften Innehaltung bestimmter Normen, verdanken wir es, daß wir ehrlich gelebt, unser Haus ordentlich bestellt und unsre Kinder anständig erzogen haben.

Immer eine Art dankbares Staunen darüber, daß man, von so schwachen wirtschaftlichen Fundamenten aus, überhaupt hat leben, 4 Kinder großziehn, in der Welt umherkutschieren und stellenweis (z.B. in England) eine kleine Rolle spielen können. Alles auf nichts andres hin als auf die Fähigkeit, ein mittleres lyrisches Gedicht und eine etwas bessere Ballade schreiben zu können. Es ist alles leidlich geglückt, und man hat ein mehr als nach einer Seite hin bevorzugtes und namentlich im kleinen künstlerisch abgerundetes Leben geführt, aber, zurückblickend, komme ich mir doch vor wie der »Reiter über den Bodensee« in dem gleichnamigen Schwabschen Gedicht, und ein leises Grauen packt einen noch nachträglich, Personen von solcher Ausrüstung, wie die meine war, kein Vermögen, kein Wissen, keine Stellung, keine starken Nerven, das Leben zu zwingen – solche Menschen sind überhaupt keine richtigen Menschen, und wenn sie mit ihrem Talent und ihrem eingewickelten 50-Pfennig-Stück ihres Weges ziehn wollen (und das muß man ihnen schließlich gestatten), so sollen sie sich wenigstens nicht verheiraten. Sie ziehen dadurch Unschuldige in ihr eigenes fragwürdiges Dasein hinein.

Schon ich selbst bestehe, nach der Seite der Beanlagung hin, aus allerlei Gegensätzen, aber ich bin Nachtwächter gegen Theo; ich kenne keinen Menschen, der höchste clumsiness mit so viel geistiger und was das Merkwürdigste ist, *dann* auch körperlicher Grazie zu vereinigen weiß; ein glänzender Beleg dafür, daß das Geistige doch alles bestimmt und aus Häßlichkeit Schönheit macht. Seine Frau ist glaub ich nicht recht auf ihre Kosten gekommen, weil sie unfähig ist, von ihrer Person abzusehn und die Freude am Schönen und Klugen, blos weil etwas schön und klug ist, gar nicht kennt. Aber darüber darf man nicht zu sehr mit ihr in's Gericht gehen; von der eignen Person absehn, wie wenige können das und nun gar wenn man jung ist und aus Demmin stammt.

Die andre Schwiegertochter, (die ehemalige) jetzige Frau v. Neve, setzt ihr Merkwürdigkeitsleben fort. Sie hat jetzt ein Töchterchen und übt nach wie vor, speziell auch gegen uns, die Tugenden, die sie schon früher hatte: Freundlichkeit, Artigkeit, Aufmerksamkeit. Sie hat wohl auch einen Schimmer davon, daß ihr erster Mann ein andres Kraut war, als der zweite; jener [d. i. Georg] überaus fein angelegt, dieser trotz Adel (neu gebacken, glaub ich) und Streberthum, doch nichts als ein plattirter Kommißknüppel. Dies alles könnte einem ja nun tiefe Theilnahme einflößen, aber dazu kommt es nicht, weil die »Lady mit der weißen Pelle« doch eigentlich keinen Menscheneindruck macht; sie hat was Amphibiales, Beauté mit dem Fischschwanz, was richtiger ist als Melusine, weil diese letztre von den Lusignans stammte, während meine frühre Schwiegertochter nur ein Kreuzungsprodukt der Häuser Bechmann und Robert ist. Ihr Großvater Bechmann war bairischer Brauknecht und besaß zuletzt, als vielfacher Millionär, die Spandauer Bock-Brauerei mit Tingeltangel und Charfreitags-Radau; ihr Großvater Robert war ein Lebemann, ihr Vater auch, beide halb verrückt, alles nur auf Geld zugeschnitten, –

zwei Häuser ohne jeden Beisatz von Edelmetall (trotzdem sie viel davon im Kasten hatten), alles Tomback, Zinkguß mit Anstrich.

Mein Onkel [August], Halbbruder meines Vaters und auch Fontane benamset, war ein Ausbund von Liebenswürdigkeit und zugleich ein Ausbund von – Fragwürdigkeit, ein verwöhnter Liebling und dazu Schofelinski und Waschlapski in einer Person. *Nicht* Krapulinski, – dazu sah er zu gut aus und trug zu reine Vatermörder. Ich führe sein Leben (und das seiner Frau, die noch merkwürdiger war) bis zu Ende durch. Er starb natürlich in Amerika.

Mit solchem amphibiolen Abwartemann [d.i. Marthas erster Verlobter] sich durch's Leben zu schleppen, der immer nur zu Bier geht, und seine Kinder um Gottes willen und weil's doch mal hergebracht ist im halben Dussel zeugt, ist auch kein Vergnügen. [...] Ich halte (ganz im Gegensatz zu meinem Renomee) furchtbar viel von der Ehe und bin *sehr* fürs Heiraten. Es ist das Natürliche. Aber ich bin nicht *so* dafür, daß unter allen Umständen geheiratet werden muß. Bierfässer gehören in den Keller, aber nicht in die Brautstube.

Schnappt es über kurz oder lang doch ab, so wünsche ich nur, daß ein angenehmer deutscher Jüngling, ein Amtsrichter, ein Doktor, ein Oberlehrer, selbst ein Pastor die Veranlassung sein möge. Natürlich habe ich auch nichts gegen einen Rittergutsbesitzer, Banquier oder Schiffsrheder, es ist aber nicht nöthig immer nur nach *der* Richtung hin auszuschauen; 8 Monate Amerika haben hoffentlich ausgereicht Dir zu zeigen, wie wenig bei Minenthum, Kofferpacken und Hôtel-Essen herauskommt. Zwischen Goldprinzessin und Linchen in der Fliederlaube liegt vielerlei.

Nur sich nicht immer auf dem Halse liegen, wenn weder der eine noch der andre dieser Halsliegerei froh wird. Einem in Trübsinns-Apathie Verfallenen darf man nicht zurufen: »lache, tanze, sei heiter« man muß ihn gewähren lassen, das ist sein gutes Recht; aber es ist in gleichem Grade das gute Recht der Andern zu sagen: »wir wollen Dir nicht Deine Trübsinns-Wolke stören, störe *Du* uns nicht unser bischen Licht.«

Kinder müssen sich ihre gesellschaftliche Stellung, ihre Freund- und Bekanntschaften selbst erobern.

Kinder sind immer egoistisch, und die Sache ist die und kommt dadurch wieder in Ordnung, daß ihnen die eignen Kinder später auch eine tüchtige Nuß zu knacken geben.

Man wird nicht besser mit den Jahren –
Wie sollt' es auch? man wird bequem
Und bringt, um sich die Reu' zu sparen,
Die Fehler all in ein System.

Das gibt dann eine glatte Fläche,
Man gleitet unbehindert fort,
Und »allgemeine Menschenschwäche«
Wird unser Trost- und Losungswort.

Die Fragen alle sind erledigt,
Das eine geht, das andre nicht,
Nur manchmal eine stumme Predigt
Hält uns der Kinder Angesicht.

Mein Charakter ist unverändert geblieben, ich bin, wenn Egoist, noch gerade so egoistisch wie früher, bin auch nicht heldenmäßiger geworden, ich kann nur wieder schlafen und konnte es im Sommer nicht. Meine Widerstandskraft war hin, das war mein ganzes Verbrechen, *da*rum Räuber und Mörder. Ich habe mich wohl gehütet, mich in diesem Sinne hier zu Hause zu äußern, aber es ist genau so wie ich's hier schildre und als Resultat steht für mich fest, daß auch die liebsten und besten Menschen Fatalitäten nicht gut ertragen können und den, der ihnen diese Fatalitäten unschuldig auferlegt, für eben dieselben verantwortlich machen.

Alles im Leben muß auch ganz gemein äußerlich seinen »chic« haben und die sogenannte Hauptsache kann die fehlenden Nebensachen nicht ersetzen. Das Leben, Gott sei Dank, ist kein Tummelplatz großer Gefühle, sondern eine Alltagswohnstube, drin das sogenannte Glück davon abhängt ob man friert oder warm sitzt ob der Ofen raucht oder guten Zug hat. Liebe ist gut, aber sie läßt sich nach Minuten berechnen, alles andre hat lange Stunden.

Wenn sich schon überhaupt ohne eine gewisse Diplomatie nicht leben läßt, so am wenigsten ohne Haus- und Familien-Diplomatie. *Das* ist der Grund, weshalb in vornehmen Häusern, und wenn sie wie Katz und Hund stehen, höchst selten »Scenen« stattfinden, dagegen in Spießbürgerhäusern immer. Ich bin selber sehr plauderhaft, bilde mir aber ein, genau unterscheiden zu können, was weiter erzählt werden darf und was nicht.

In solchen Häusern, wo man viel Geld und Temperament hat und sich liebt und haßt und gelegentlich sich zankt und scheiden lassen will, – ist es immer am nettesten.

Freundschaft und Liebe verschwinden immer mehr; in der Familie kommen diese Luxusartikel noch vor, weil die Familie nichts ist als ein auf 3 oder 5 (höhere Zahlen sehr selten) erweitertes Individuum, das von ein und demselben Egoismus inspiriert wird; da kommt dann noch ein annähernd gemeinschaftliches Fühlen vor, und die Berührungen mit dem Knotenstock oder mit drei Pfauenfedern, wie sie dem einen zuteil werden, treffen den andern mit. Aber sowie man über den Kreis der Familie hinaus ist, beginnt die Sahara, dann und wann eine Oase mit einem Baum und einem Quell, sonst nur Wüstengeier und die Trümmer der armen Kamele, die vor einem des Weges zogen und jämmerlich umkamen in Sand und wieder Sand.

Ich bin der Mann der langen Briefe

Lieber Storm. Sie kennen mich schlecht, wenn Sie einen Augenblick gedacht haben, daß Ihre ersten, mir durch Ihren Bruder Otto überbrachten Zeilen etwa nicht ausreichen würden, mich zu einem 4 Seiten langen Briefe mit dicht beschriebenen Rändern zu veranlassen. Ein solches Manuskriptchen ist denn auch wirklich heut vor 8 Tagen an Sie abgegangen.

Ich bin der Mann der langen Briefe, dieser aber ist doch einer der längsten geworden. Heine sagte zu dem älteren Dumas: »lieber Dumas, Sie haben gut schreiben, aber wer soll es lesen?« Auch *das* also ist schon dagewesen.

Ja, was heißt Briefschreibetalent! Es ist damit wie mit allem; eine Norm giebt es nicht. Der kleine Notizenbrief kann sehr nett sein und ich kann mit Vergnügen lesen, daß der Kanarienvogel bei Herrlichs (dies ist aber blos Supposition, ich will dem Thierchen nichts nachreden) zwei Eier ausgebrütet hat, oder daß Fips geschoren wurde, erst halb und dann ganz, oder daß die Mackeldeyschen Mamsells es abgelehnt haben, ein »schieres« Carbonadenstück zu verkaufen und jetzt auf ruhige Knochenhinnahme bestehn, – aber ich kann doch nicht zugeben, daß diese Form der Briefschreibung die allein seligmachende Kirche sei. [...] Nun aber komme ich auf mein Thema zurück und sage man kann auch sein talent epistolaire – bei dem ich beiläufig nicht weiß, ob es sich mit oder ohne é schreibt – in Reflektionen, philosophischen Betrachtungen, Bildern, Vergleichen, Angriffen und Verteidigungen zeigen. Also schreib ruhig so weiter.

Ein Brief soll keine Abhandlung, sondern der Aus- und Abdruck einer Stimmung sein.

Hinter allem Ernst klingelt ein Clown her.

In meinem eigensten Herzen bin ich geradezu Briefschwärmer und ziehe sie, weil des Menschen Eigenstes und Echtestes gebend, jedem andern historischen Stoff vor. All meine geschichtliche Schreiberei, auch in den Kriegsbüchern, stützt sich im Besten und Wesentlichen immer auf Briefe.

Unter den vielen Unterlassungs-Sünden meines Lebens rechne ich mir ein etwaiges Nicht-Briefe-geschrieben-haben im Allgemeinen *nicht* an. Ein vielleicht hier und da vorkommendes Manquo wird durch kolossale Ueberschüsse mehr als gedeckt.

Mit der einzigen absoluten Promptheit meines Lebens, der briefschreiberischen, antworte ich Ihnen umgehend.

Man geht durch alle möglichen Stadien und mein neustes Stadium ist Abneigung gegen Briefschreiben, sonst hättest Du längst ein paar Zeilen von mir erhalten.

»Dubslav litt als Briefschreiber daran, gern bei Nebensächlichkeiten zu verweilen und über die Hauptsache hinwegzusehen.«

Man reist ohnehin um zu *sehn* und nicht um zu *schreiben*. Zwei Briefe kosten einen Tag und ein Tag kostet viel Geld.

Mittheilungen aus der Welt erhalten wir gar nicht, dann und wann ein Brief, eine Karte von Dir oder Friedel oder George. Ein Brief von Tante Witte ist ein completes Ereigniß. Dann und wann meldet sich ein kleines Pensionsfräulein und bittet um ein Autograph. C'est tout. Darüber zu klagen, giebt uns aber nichts ein Recht, denn wir schreiben auch nicht, auch *ich* nicht, der ich bis vor Kurzem noch der ewige Briefmann war. Aber auch dieser Hang ist allmälig von mir abgefallen. Ohne applaudirendes Publikum schläft jede Produktion ein, auch die kleine des Briefschreibens.

Es ist eine schlimme Zeit zum Korrespondieren: das Große und Allgemeine nehmen einem die Telegramme und Zeitungen vorweg, und das Kleine und Besondre interessiert weder den Schreiber noch den Empfänger.

Man kann die Menschen vermeiden, aber von dem Augenblick an, wo man mit ihnen verkehrt, hat man auch Verpflichtungen gegen sie. Man muß freundlich sein, sich angenehm zu machen suchen und erst damit aufhören, wenn man wahrnimmt (in Deutschland leider die Regel), daß alle diese Anstrengungen vergeblich sind.

Ich konnte mich allen bequem bequemen,
Aber feierlich konnt' ich sie nicht nehmen.

In den letzten 8 Tagen hab ich die Mehrzahl der Mommsenschen Briefe gelesen. Sie sind reizend, aber ich habe ein vages Gefühl davon, als ob Sie sein Talent überschätzten. Ich will mal wieder, auf die Gefahr hin, trivial zu werden, eine allgemeine Bemerkung machen. Geistreiche, witzige, zungen- und federfertige Menschen imponieren einem tiefpoetischen Naturell, das aber aller improvisatorischen Gaben, aller *Flinkheit* in Leben und Kunst entbehrt, sehr oft und bestimmen es, weil es in Suade und Witzen und geistreichen Einfällen und mehr pikanten als wahren Anschauungen nicht mit kann, sich für geringer und kleiner zu halten, während solch »fixer Kerl« doch eigentlich nur der Mann ist, der mit seinem *einen* lumpigen Dukaten den ganzen Reiter zu übergolden versteht.

Solche Briefe schreiben sich die Leute heute nicht mehr, alles wird im Telegrammstyl besorgt. Und dabei bildet man sich noch ein, das sei ein Fortschritt. Dies ist nun aber ganz und gar verkehrt. Dass die sentimentalen Seichbeuteleien, die zu Anfang des Jahrhunderts beliebt waren, jetzt ausser Mode gekommen sind, ist ein Glück; jene Briefe enthielten nur Redensarten, die noch dazu Lüge waren; dass man aber auf jeden Austausch von Mittheilungen, wenn diese nicht praktisch-geschäftlich sind, verzichten soll, erscheint mir als ein

Unsinn. Natürlich müssen Schreiber und Leser einander entsprechen, wenn ich Ihren Brief nehme, ja, für jeden Reetzengassenbewohner ist er nicht geschrieben, wer aber ein Bischen Bescheid weiss, wer mit Piazza d'Espagna und Piazza Navona eine Vorstellung verknüpft, wer Italiener und italienisches Leben, wenn auch nur ganz oberflächlich, kennen lernte, für den ist ein Brief wie der Ihre der reine Zucker, weil er aus ihm mehr Licht und Wissen empfängt, als aus 6 Reisebüchern oder wohl gar aus 12. Denn je mehr man liest, je dümmer wird man. Es mag das nach den Naturen verschieden sein, aber ich für mein Theil habe von sogenannten »gründlicheren Studien« gar nichts gehabt und schiebe mein leidliches Zuhausesein in Welt, Leben und Geschichte darauf, dass ich mich immer nur vom *unterhaltlichen* Stoff, von Anekdoten, Memoiren und Briefen genährt habe. Der alte Witz: »totale Unkenntnis von der Sache sicherte ihm ein unbefangenes Urtheil«, umschliesst ein gut Stück Wahrheit. Natürlich werden auf diese Weise keine Gelehrten geboren; aber offener Sinn und Phantasie, wenn sie sich bewusst bleiben, dass sie's über »fühlen und ahnen hinaus« nicht bringen können, treffen es meist besser, als die mit Scheuklappen vorgehenden Bücherfresser.

Mama ist seit ein paar Wochen schreibefaul und versichert, sie wisse nicht was sie schreiben solle, denn sie erlebe nichts. Dies ist grundfalsch. Aber bekanntlich ist bei Mama alles Stimmungssache, sie sieht die Dinge nie, wie sie sind, sondern immer nur in der ihrer persönlichen Gemüthsverfassung entsprechenden Farbe. Und mitunter sind die Gläser so beschlagen oder verräuchert, daß sie gar nichts sieht. Es fällt mir diesmal etwas auf, weil sie im Uebrigen ganz unverstimmt ist. Es ließe sich von jedem Tage ein Buch schreiben.

M*oral*: Schreibe lange u. gute Briefe, auf daß sie gesammelt werden und – Du lange lebst auf Erden.

Das Beobachten und Schlüsse ziehn ist meine Wonne

Es ist nichts Auswendiggelerntes, nichts Schablonenhaftes in mir, ich bin *ganz selbstständig* in Leben, Anschauung und Darstellungsart, und halte mich deshalb für interessant und apart. Aber die Menschen wollen im Ganzen genommen wenig davon wissen.

Ich bin, meiner ganzen Anlage nach, unbefangener und vorurtheilsfreier, ich sehe auch schärfer, vielleicht von Natur, sicherlich aber von *Metier* wegen. Ich bin auf beständiges scharfes Beobachten wie gedrillt; kleine Vorzüge meiner Schreiberei wurzeln lediglich darin.

Über die Höcker hinweg oder durch sie hindurch erkennt der Schärferblickende jenes Endgiltige, das zum Guten oder Schlechten scheidet. Und dies Endgiltige ist die *Gesinnung*, die aus einem Kunstwerk ebenso deutlich wie aus dem Leben spricht.

Da wird einem immer gesagt, die Welt sei *doch* gut, Pessimismus sei dumm und ungerechtfertigt, und Schwarzseherei, zu der kein Grund vorhanden, stamme lediglich aus einer kranken Leber. Aber ich kann nicht finden, daß dies richtig ist. Es giebt ehrliche Pflichterfüllung im Amt, Leben, Familie; diese Pflichterfüllungen, die aber immer was Maschinenmäßiges haben, will ich gelten lassen, so wie aber der Gefühlsapparat zu spielen anfängt, die Wünsche, die Strebungen, die Passionen oder wohl gar Ehrgeiz und Liebe, so haben wir den Kladderadatsch, und von Erfreulichem kann kaum noch die Rede sein. Was sich inscenirt ist vielleicht interessant, aber was groß, schön, edel ist, bleibt, auf die wahren und letzten Motive hin angesehn, ausgeschlossen. Dabei darf ich sagen, ich bin das Gegenteil von einem Schwarzseher, ich *sehe* nur.

So wie man in die Lage kommt, scharf zusehen zu können, so sieht man, »daß es nichts ist«. Es ist unglaublich, mit wie viel Haus- und Privat-Konstitutionalismus in *allen* Lebensverhältnissen regiert wird. Auch der Tyrann tyrannisiert nur »unter Bedingungen«.

Wohl! Rings dasselbe Tun noch und Beginnen,
Ich aber jetzt, mit nachtgeschärften Sinnen,
Schau' durch das Maskenwerk und seinen Schein
Tief in das Herz der Wirklichkeit hinein.

Wer *sehr scharf* sieht, findet meist auch einen ungewöhnlichen Ausdruck für das ungewöhnlich scharf Gesehene.

Wer zu viel und zu scharf sieht, sieht auch falsch.

Das Beobachten und Schlüsse ziehn ist, wie Du weißt, meine Wonne.

Alles modern Patente, was doch sehr was anderes als Schönheit ist, ist mir von jeher unausstehlich oder mindestens sehr langweilig gewesen, während alles Krumme und Schiefe, alles Schmustrige, alles grotesk Durcheinandergeworfene von Jugend auf einen großen Reiz auf mich ausgeübt hat. Nur keine linealen Korrektheiten, nur nichts Symmetrisches oder Blankpoliertes, oder gar Anti-Macassars. Ich habe eine grenzenlose Verachtung gegen das, was man so landläufig »hübsch« nennt und eine womöglich noch größere gegen sogenannten »Komfort«, der jedesmal der höchste Diskomfort ist, den es gibt.

Personen, denen irgend etwas absolut feststeht, sind keine Genossen für mich; nichts steht fest, auch nicht einmal in Moral- und Gesinnungsfragen und am wenigsten in sogenannten Thatsachen.

In Anschauungen bin ich sehr tolerant, aber Kunst ist Kunst. Da versteh ich keinen Spaß. Wer nicht selber Künstler ist, dreht natürlich den Spieß um und betont Anschauung, Gesinnung, Tendenz.

Alles, was an Patriotismus oder gar Chauvinismus appelliert, taugt nichts in der Kunst.

Eine Eitelkeit hab ich, ja, vielleicht bis zum Gigerlhaften angeschwollen, *die*, daß ich in poetischen Dingen echt von unecht unterscheiden kann. Ich kann mich auch nicht entsinnen, mich, in meinem sonst vielleicht blamablen Leben, nach *dieser* Richtung hin je blamirt zu haben.

Soll die Kunst den Moralzustand erhalten oder bessern, so haben *Sie* Recht, soll die Kunst einfach das Leben widerspiegeln, so habe *ich* Recht. Ich wollte nur das Letztre.

Kalendermacher würden gewiß leicht herausrechnen, daß in der und der Woche in dem und dem Jahre Neumond gewesen sei, mithin kein Halbmond über dem Elefantenhause gestanden haben könne. Gärtner würden sich vielleicht wundern, was ich alles im Dörrschen Garten a tempo blühen und reifen lasse; Fischzüchter, daß ich – vielleicht – Muränen und Maränen verwechselt habe; Militärs, daß ich ein Gardebataillon mit voller Musik vom Exerzierplatz kommen lasse; Jacobikirchenbeamte, daß ich den alten Jacobikirchhof für »tot« erkläre, während noch immer auf ihm begraben wird. Dies ist eine kleine Blumenlese, eine ganz kleine; denn ich bin überzeugt, daß auf jeder Seite etwas Irrtümliches zu finden ist. Und doch bin ich ehrlich bestrebt gewesen, das wirkliche Leben zu schildern. Es geht halt nit. Man muß schon zufrieden sein, wenn wenigstens der Totaleindruck der ist: »Ja, das ist Leben.«

Nachzudenken, woher es kommt, daß die reine Kunst der Darstellung, auf den der ein Gefühl dafür hat, eine ähnliche Wirkung übt wie das Packende, das Sensationelle. Der geistige Mensch kann gerade so gekitzelt werden, wie der sinnliche. Sehr gut kann man es am Witz zeigen. Ein scharfgeschliffener und brillant vorgetragener Witz nimmt mich ganz so gefangen wie 'ne Mordgeschichte; – auch vor Vergnügen können einem die Haare zu Berge stehn.

Wir stehen zu sehr unter dem englischen Seifen-Einfluß und vergessen drüber, daß ungewaschene Menschen mindestens so poetisch sind wie gewaschene.

Jeder Hochstapler ist novellistisch angesehn ein Gott. Im Uebrigen ist er ein Greul.

Als Kunstfigur bleibt er [der Junker] interessant und Historiker und Dichter können sich freun, daß es solche Leute gab und giebt; sie haben einen Reiz wie alles Scharfausgeprägte.

Wer einen auf den Hochstelzen des Bürokratismus umherstolzierenden Geheimrat, einen Minister, einen Gymnasialdirektor alten Stils, einen Landbaron, einen Kürassier-Rittmeister in all ihren Eigentümlichkeiten, in ihren guten und schlechten Seiten in aller Wahrheit und Lebendigkeit darzustellen versteht, der kann dies nur, nachdem er sie sich zuvor zu *eigen* gemacht, d. h. sie geistig sich unterworfen hat, und wer diese Herrschaft geübt und mit den Lebensformen gespielt hat, der verlernt es, diesen Lebensformen einen hohen Wert beizulegen.

Es hängt alles mit der Frage zusammen: »Wie soll man die Menschen sprechen lassen?« Ich bilde mir ein, daß nach dieser Seite hin eine meiner Forcen liegt, und daß ich auch die Besten (unter den *Lebenden* die Besten) auf diesem Gebiet übertreffe. Meine ganze Aufmerksamkeit ist darauf gerichtet, die Menschen so sprechen zu lassen, wie sie *wirklich* sprechen. Das Geistreiche (was ein bischen arrogant klingt) geht mir am leichtesten aus der Feder. Ich bin – auch darin meine französische Abstammung verrathend – im Sprechen wie im Schreiben, ein Causeur, aber weil ich vor allem ein Künstler bin, weiß ich genau, wo die geistreiche Causerie hingehört und wo *nicht.*

Die Leute mögen dann sehn, daß ich auf Zoologischen Garten und Hankels Ablage nicht eingeschworen bin, meine Personen ebensogut eine Simplizitätssprache wie die Bummel- oder Geistreichigkeitssprache des Berliner Salons sprechen zu lassen.

Ich bilde mir nämlich ein, unter uns gesagt, ein Stilist zu sein, nicht einer von den unerträglichen Glattschreibern, die für alles nur *einen* Ton und *eine* Form haben, sondern ein wirklicher. Das heißt also ein Schriftsteller, der den Dingen nicht seinen altüberkommenen Marlitt- oder Gartenlaub-Stil aufzwängt, sondern umgekehrt einer, der immer wechselnd, seinen Stil aus der Sache nimmt, die er behandelt.

Es gibt kein Kunstwerk ohne Poesie, wobei nur zu bemerken bleibt, daß die *vollendete Wiedergabe der Natur* auch allemal einen höchsten Grad poetischer Darstellung ausdrückt. Nichts ist seltener als dieser höchste Grad, der absolute Gegenständlichkeit bedeutet.

Auf seine Verdienste hin angesehen, verdient jeder gehenkt zu werden. Aber wie Gott gnädig ist, so soll es auch der Künstler sein, er muß nach Möglichkeit ins Gute schreiben und selbst das Verbrechen *so* zu gestalten und *so* zu beleuchten wissen, daß wir beständig *den* Punkt sehen, auf den hin wir uns mit der Gestalt versöhnen können.

Wer seinen eignen Weg geht, begegnet immer Widerspruch; die Schablone gilt »und heilig wird sie Rodenberg bewahren«. Aber man muß es eben riskiren. Wer nicht wagt, gewinnt nicht.

So und nicht anders

Die Menschen kümmerten mich nicht viel,
Eigen war mein Weg und Ziel.

Ich mied den Markt, ich mied den Schwarm,
Andre sind reich, ich bin arm.

Andre regierten (regieren noch),
Ich stand unten und ging durchs Joch.

Entsagen und lächeln bei Demütigungen,
Das ist die Kunst, die *mir* gelungen.

Und doch, wär's in die Wahl mir gegeben,
Ich führte noch einmal dasselbe Leben.

Und sollt' ich noch einmal die Tage beginnen,
Ich würde denselben Faden spinnen.

Jetzt bin ich schon überwiegend Professor

Als ich in der Schadowstraße No 4 erschien, überraschte mich die Sylvestergabe, daß das Cabinet aufgelöst und der Literat Th: Fontane an die Luft gesetzt sei. Eilig strich ich noch 40 rth. Diäten für Monat December ein und verschwand für immer aus den heiligen Hallen, in denen ich 5 mal 4 Wochen Zeuge der Saucen-Bereitung gewesen war, mit welchen das lit: Cabinet das ausgekochte Rindfleisch Manteuffelscher Politik tagtäglich zu übergießen hatte. Gott sei Dank kann ich mir nachträglich das Zeugniß ausstellen, daß von meiner Seite kein Salz- Senf oder Pfefferkorn jemals zu der Schandbrühe beigesteuert worden ist.

Man faselt immer von dem »sich Bahnbrechen der Genie's«; man lasse ein Genie hungern und es verquint eben so wie der erste beste Flickschneider.

Ich ging am liebsten nach Mexiko oder würde Pfeifenträger bei Omer Pascha, denn es behagt mir die Pfennigwirtschaft eines deutschen Zeitungs- und Balladenschreibers ganz und gar nicht mehr.

Das Dichten ist eine herrliche Sache, und ich werde mich nie den Eseln zugesellen, die hinterher das Feld bespotten, auf dem sie Fiasko gemacht haben. Aber nur *große dichterische* Naturen haben ein Recht, ihr Leben an die Sache zu setzen. Ich bin gewiß eine dichterische Natur, mehr als tausend andre, die sich selber anbeten, aber ich bin keine *große* und keine *reiche* Dichternatur. Es drippelt nur so. Der einzelne Tropfen mag ganz gut und klar sein; aber es ist und bleibt nur ein Tropfen, kein Strom, auf dem die Nationen fahren und hineinsehn in die Tiefe und in das himmlische Sonnenlicht, das sich drin spiegelt. Ich bin eine gute Sorte Sonntagsdichter, der sein Pensum Wochenarbeit zu machen und dann einen Reim zu schreiben hat, wenn ihm Gott einen gibt, der aber die Welt weiter nicht kränkt, wenn er's unterläßt.

Aber – *ich bin kein Genie.* In Erwägung dessen werd ich einen bescheidneren Kurs innehalten.

Du weißt, daß ich das aufrichtige Streben habe, mir eine bescheidene Position in der Welt zu erringen – eine Stellung, die mich und die Meinigen ernährt. Dazu ist Arbeit, Tätigkeit, Lernen unerläßlich nötig, und zwar *rasch* und mit Aufgebot aller Kraft, weil ich verhältnismäßig alt bin und keinen Tag mehr zu verlieren habe.

So bleibt einem nur die Publizistik, da ich fest entschlossen bin, das Martyrium des Gedichte- und Stückeschreibers nicht auf mich zu nehmen.

Ich bin jetzt hier [in London] eine Art Berichterstatter und Korrespondent. Die Sache klingt pomphafter, als sie ist. Ich schicke alle 4 Wochen einen Bericht ein über hiesige Preßzustände, neue Ztngen, Haltung der versch. Blätter etc. Das wäre soweit ganz gut. Auch korrespondier ich für eine Monatsschrift, die hundeschlecht bezahlt; aber eine große Ztng., der mit *täglichen* Mitteilungen gedient wäre, fehlt mir noch immer.

Anstatt hier wie ein Gentleman leben zu können (was ich müßte, wenn ich meine Aufgabe in Wahrheit erfüllen wollte), leb ich hier wie ein armer deutscher Literat, mit klumpfigen Stiefeln, altmodischem, etwas abgeschabtem Frack und gar keinen oder schmutzigen Handschuhen. Daß *mir persönlich* an solchem Bettel nichts liegt, weißt Du; ich weiß aber, daß, um in der Gesellschaft zu leben, man gewissen Vorschriften und Forderungen auch in bezug auf seinen äußren Menschen nachkommen muß, und das kann ich nicht. Man nennt uns hier ohnehin »dirty Germans«; bis zu einem gewissen Grade haben sie recht.

Hier [in Max Müllers Londoner Erinnerungen] ward auch meiner liebenswürdig Erwähnung getan, aber ich mußte herzlich lachen, als ich mit einem Male auch da der Wendung begegnete: »he struggled hard.« Hinzugesetzt war, daß vielleicht mehr aus mir geworden wäre, wenn mich das beständige »hard struggling« nicht zurückgehalten hätte. Darin hat mir nun aber Müller, oder noch mehr meinem Schicksal, Unrecht getan. Das mit dem »struggling« hat äußerlich seine Richtigkeit; aber auch wenn ich weniger »gestruggled« hätte, *mehr* wäre doch nicht aus mir geworden. Das Bißchen, was in mir war, ist auch *so* rausgekommen.

Ich bin beim alten Rose 4 1/2 Jahr, in England 4 Jahr, bei der Kreuzzeitung 10 Jahr gewesen [...] – wo liegt denn nun da der ungeheure Drang nach Freiheit und Wechsel! Allerdings hab ich diesen Hang, aber ich hab ihn unter Controlle meines *Urtheils und Verstandes*, die überhaupt die Regulatoren meiner Lebens- und Handelsweise sind. [...] Ich habe eine nach außen hin leidlich aussehende, aber in ihrem Kern perfide Stellung aufgegeben, die mich jetzt *halb* ernährte und – nach 10 Jahren – nach langem geduldigen Einstecken von Kränkungen die sicher nicht ausgeblieben wären, *gar nicht mehr* ernährt haben würde. *Das* war das Bestimmende für meine Handelweise, ein ruhiger Calcül.

Ich bin völlig »freier Schriftsteller«, was gleich nach »reisender Schauspieler« kommt. Das Schreiben ginge schon, aber – das Drucken!

Es liegt darin etwas unendlich Bittres, daß man mit all dem Talent, das einem Gott, und mit all dem Wissen und technischen Können, das man sich selber gegeben hat, doch weit hinter dem Comtoristen eines größeren Geschäftes zurückbleibt.

Es ist immer dasselbe Lied: wer durchaus Schriftsteller werden *muß*, der werd' es, er wird schließlich in dem Gefühl an der ihm einzig passenden Stelle zu stehn auch seinen Trost, ja sein Glück finden, aber wer nicht *ganz* dafür geboren ist, der bleibe davon. Das kleine bischen Respekt das man einflößt, ist nicht Achtung sondern Furcht. Der Schriftsteller ist so zu sagen »Preß-Detective«.

Ich wurde Schriftsteller, Literat (was ich nach der strengen Bedeutung des Wortes, nämlich ein »Studierter«, weder war noch bin), dann avancierte ich allmählich zum Doktor und jetzt bin ich schon überwiegend Professor. Schade, daß die Carrière damit schon abgeschnitten ist, sonst könnte man's noch zu was bringen.

Aber so lächerlich es klingen mag, ich darf – vielleicht leider – von mir sagen: »ich fange erst an.« Nichts liegt hinter mir, alles vor mir; ein Glück und ein Pech zugleich. Auch ein Pech. Denn es ist nichts Angenehmes, mit 59 als ein »ganz kleiner Doktor« da zu stehn. Aber genug der Confessions.

So banne dein Ich in dich zurück
Und ergib dich und sei heiter;
Was liegt an dir und deinem Glück?
Es kribbelt und wibbelt weiter.

Luch und Heide plötzlich wie in wunderbarer Beleuchtung

Die letzten 150 Jahre haben dafür gesorgt, daß man von den Brandenburgern (oder Märkern, oder Preußen) mit Respekt spricht; die Thaten die geschehn und die Männer, die diese Thaten geschehen ließen haben sich Gehör zu verschaffen gewußt; aber man kümmerte sich um sie mehr *historisch* als *menschlich*. Schlachten und immer wieder Schlachten, Staatsaktionen, Gesandtschaften – man kam nicht recht dazu Einblicke in das private Leben zu thun und die Wenigen denen solch Einblick vergönnt war, versäumten es Aufzeichnungen zu machen. Mangel an literarischem Sinn und Ueberfluß an sogenannter »Diskretion« (ein höchst albernes und stupides Ding, der Tod alles Interesses und zuletzt aller Geschichte) ließen die Eingeweihten nicht dazu kommen.

Eine Folge davon war, daß die Schauplätze, auf denen sich unser politisches Leben abgesponnen, auf denen die Träger eben dieses politischen Lebens tätig waren, relativ unbelebt blieben. Interesselos ging man daran vorüber. Man wußte allenfalls: »hinter diesen Mauern hat der und der gelebt«, aber man wußte nicht, *wie* er gelebt hatte, und mußte sich mit zwei extremen Arten von Mittheilungen begnügen: mit seiner Betheiligung an Schlachten und Staatsaktionen und mit allertrivialstem Klatsch. Das schön-menschliche blieb todt.

Der Zweck meines Buches [d. i. »Die Grafschaft Ruppin«] ist, nach dieser Seite hin anregend und belebend zu wirken und die »*Lokalität*« wie das [!] Prinzessin im Mährchen zu erlösen.

Der »Volksmund« hat das Vorrecht zu lügen so viel er will, es heißt dann »Sage« und wird von den Gelehrten oder Käuzen meines Schlages mit höchstem Respekt behandelt.

Dies vornehme Herunterblicken auf Alles, was nicht in Akten und Staatspapieren steht, ist in meinen Augen lächerlich – die wahre Kenntniss einer Epoche und ihrer Menschen, worauf es doch schliesslich ankommt, entnimmt man aus ganz anderen Dingen. In 6 altenfritzischen Anekdoten steckt *mehr* vom alten Fritz, als in den Staatspapieren seiner Zeit.

Die preußisch-brandenburgische Geschichte, vielleicht mit alleiniger Ausnahme der Schlacht bei Fehrbellin, weist kein Ereignis auf, das von seiten der Spezialhistoriker mit größerer Vorliebe behandelt worden wäre als das Trauerspiel auf Bastion Brandenburg in Küstrin. Aber so eingehend und umfangreich jene Novembertage 1730 dargestellt worden sind, jene Stätte, wo der unglückliche Freund des großen Königs geboren, und jener andere, wo er beigesetzt wurde: der Herrensitz zu Wust und die Familiengruft der Katte ebendaselbst, sie sind unbeschrieben, vielleicht sogar – wenn wir diejenigen, die durch bloße Neugierde herbeigelockt wurden, außer Betracht lassen – auch unbesucht geblieben.

Alles, was von unsern historischen Kleinforschern über Mark Brandenburg geschrieben wird, ist das Ödeste, das bodenlos Langweiligste, was Gottes Sonne je beschienen hat, und alles, was von unsern Novellisten, Belletristen und Feuilletonisten (immer Willibald Alexis ausgenommen, der eine ganz große Nummer war) märkisch gesündigt worden ist, ist wieder wertlos in seiner historischen Dünnheit und Oberflächlichkeit. Mein stolzes Beginnen lief nun darauf hinaus: Allerkleinstes – auch Prosaisches nicht ausgeschlossen – exakt und minutiös zu schildern und durch scheinbar einfachste, aber gerade deshalb schwierigste Mittel: durch Simplizität, Durchsichtigkeit im einzelnen und Übersichtlichkeit im ganzen, auf eine gewisse künstlerische Höhe zu heben, ja, es dadurch sogar *interessant* oder wenigstens lesensmöglich zu machen.

Einen Plan gemacht: »*Die Marken*, ihre Männer u. ihre Geschichte. Um Vaterlands- u. künftiger Dichtung willen gesammelt u. herausgegeben von Th. Fontane.« Die Dinge selbst geb' ich alphabetisch. Wenn ich noch dazu komme, *das* Buch zu schreiben, so hab' ich nicht umsonst gelebt u. kann meine Gebeine ruhig schlafen legen.

Der Reisende in der Mark muß sich [...] mit einer feineren Art von *Natur-* und *Landschaftssinn* ausgerüstet fühlen. Es gibt gröbliche Augen, die gleich einen Gletscher oder Meeressturm verlangen, um befriedigt zu sein. Diese mögen zu Hause bleiben. Es ist mit der märkischen Natur wie mit manchen Frauen. »Auch die häßlichste« – sagt das Sprichwort – »hat immer noch sieben Schönheiten.« Ganz so ist es mit dem »Lande zwischen Oder und Elbe«; wenige Punkte sind so arm, daß sie nicht auch ihre sieben Schönheiten hätten. Man muß sie nur zu finden verstehn. Wer das Auge dafür hat, der wag es und reise.

Das Beste aber dem du begegnen wirst, das werden die Menschen sein, vorausgesetzt, daß du dich darauf verstehst, das rechte Wort für den »gemeinen Mann« zu finden.

Wer, unvertraut mit den Großtaten unserer Geschichte, zwischen Linum und Hakenberg hinfährt, rechts das Luch, links ein paar Sandhügel, der wird sich die Schirmmütze übers Gesicht ziehn und in der Wagenecke zu nicken suchen; wer aber weiß, hier fiel Froben, hier wurde das Regiment Dalwigk in Stücke gehauen, dies ist das Schlachtfeld von Fehrbellin, der wird sich aufrichten im Wagen und Luch und Heide plötzlich wie in wunderbarer Beleuchtung sehn.

»Wie still er da liegt, der Stechlin« hob unser Führer und Gastfreund an, »aber die Leute hier herum wissen von ihm zu erzählen. Er ist einer von den Vornehmen, die große Beziehungen unterhalten. Als das Lissaboner Erdbeben war, waren hier Strudel und Trichter und stäubende Wasserhosen tanzten zwischen den Ufern hin. Er geht 400 Fuß tief und an mehr als einer Stelle findet das Senkblei keinen Grund. Und Launen hat er und man muß ihn ausstudieren wie eine Frau. Dies kann er leiden und jenes nicht, und mitunter liegt das, was ihm schmeichelt und das, was ihn ärgert, keine Handbreit auseinander. Die Fischer, selbstverständlich, kennen ihn am besten. *Hier* dürfen sie das Netz ziehen und an seiner Oberfläche bleibt alles klar und heiter, aber zehn Schritte weiter will er's nicht haben, aus bloßem Eigensinn, und sein Antlitz runzelt und verdunkelt sich und ein Murren klingt herauf. Dann ist es Zeit ihn zu meiden und das Ufer aufzusuchen. Ist aber ein Waghals im Boot, der's ertrotzen will, so gibt's ein Unglück, und der Hahn steigt herauf, rot und zornig, der Hahn, der unten auf dem Grunde des Stechlin sitzt und schlägt den See mit seinen Flügeln, bis er schäumt und wogt, und greift das Boot an und kreischt und kräht, daß es die ganze Menzer Forst durchhallt, von Dagow bis Roofen und bis Alt-Globsow hin.«

Es geht mir ganz gut, – aber ich bin doch sehr hin und diese Strapatzen, so ungern ich es auch einräume, übersteigen doch meine Kräfte. Es soll eine Erholung sein und ist eigentlich eine riesige Arbeit. Schlösser, Kirchen, Kirchhöfe, Inschriften, Grabschriften, Bilder, Statuen, Parks, Grafen, Kutscher, Haushälterinnen, Vater, poetische Drechslermeister – alles das und hundert andres dazu, tanzt mir hurly burly im Kopf herum, dazu die Landschaftsbilder, die alle beschrieben werden müssen, dazu gestern die Strapatze des Marschirens und Bergkletterns und nun schließlich ein verdorbener Magen – das halte aus, wer kann.

Dabei ist das Schriftstellermetier und der Zweck zu dem man kommt, mehr oder weniger verdächtig. »Was will er eigentlich? Da steckt gewiß was dahinter. Solch Berliner Skriblifax kann sich doch nicht für unsre Schafställe interessiren. Kunst? Bilder-Inschriften? Kunst giebt es hier nicht und um das Bild von Tante Rosalie mit ihrer weißen Tüllhaube kann er doch unmöglich kommen.« Die märkischen Edelleute sind sehr gute Menschen, aber sie haben den allgemein märkischen Zug des Argwohns, der Nüchternheit und des nicht Begreifenkönnens eines reinlichen, über den äußerlichsten Gewinn und Vortheil hinausgehenden Wollens.

Wenn jetzt ein Berliner die Namen Strausberg, Ruppin, Spandau, Kyritz hört, so tritt nur Häßliches oder Komisches vor ihn hin – die Zucht- und Irrenhäuser leben in seiner Phantasie, nicht die historischen Häuser oder Gestalten dieser Städte. Erst der *Abschluß* meiner allerdings auf weithin angelegten Arbeit wird klar zeigen, worauf es mir ankam: nicht Verherrlichung des Einzelnen, sondern Liebesweckung für das Ganze. Danach müssen auch die drunter laufenden Fehler milde beurteilt werden.

Ich habe nun den Wunsch, wenigstens aus diesem 1. Bande [meiner Wanderungen] eine Art Normal-Band herzustellen, der, wenn nach 20 oder 30 Jahren von mir und meinen Arbeiten überhaupt noch die Rede ist, der Welt zeigen soll, wie, meiner Meinung nach, diese Dinge behandelt werden mußten. Nämlich: lesbar einerseits, erschöpfend andrerseits. Um das Letztre wenigstens einigermaßen zu erreichen, habe ich vor, im Laufe des nächsten Halbjahres, das Ruppinsche drei- bis viermal, jedesmal auf eine Woche, zu bereisen und dabei derart von Dorf zu Dorf zu wandern, daß schließlich keine Kirche und kein Schloß, kein Haus des Herrn und kein Herrenhaus da sein soll, in das ich nicht neugierig hineingeguckt und meine Notiz gemacht hätte.

Jetzt sind es 30 Jahre, fast auf den Tag, daß ich mit Lepel die Reise [nach Schottland] machte, eine der schönsten in meinem Leben, jedenfalls die poetischste, poetischer als Schweiz, Frankreich, Italien und alles was ich später sah. Das interessanteste Blatt für mich ist das mit dem Douglasschloß in Kinroß-See, zu dem ich mit Lepel im Boot hinüberfuhr und als wir 2 Stunden später, nach Besichtigung von Schloß und Insel, über denselben See hin die Rückfahrt machten und ich dabei an Rheinsberg und den Rheinsberger See dachte, stand es in meiner Seele fest, die Mark Brandenburg und ihre Schlösser und Seen beschreiben zu wollen. Was dann auch geschehn ist.

Erst die Fremde bringt ihm [d. i. Willibald Alexis] die Physiognomie seiner Heimat zum Bewußtsein. [...] Aber die Fremde tut noch *mehr*. Sie lehrt uns nicht bloß sehen, sie lehrt uns auch *richtig* sehen. Sie gibt uns auch das *Maß* für die Dinge. Und dies ist, künstlerisch genommen, fast noch wichtiger, als daß sie uns die Dinge überhaupt erschließt. Sie leiht uns die Fähigkeit, *Groß und Klein zu unterscheiden* und bewahrt uns vor jenem ebenso ridikülen wie anstößigen Lokalpatriotismus, der den Sieg der Müggelsberge über das Finsteraarhorn proklamiert.

Am liebsten bliebe ich in der Mark, deren Sandplateaus ich für besonders gesund halte, aber mir, dem Verherrlicher des Märkischen, ist alles Märkische so schrecklich. Diese eigenthümlich anspruchsvolle Ruppigkeit, immer der Nickelgroschen mit Thalerallüren, ist mir unerträglich. Es beobachten und schildern ist amüsant, aber mit druntersteckenist furchtbar.

Neulich kriegte ich einen Klagebrief von einer Frau v. Witzleben, geb. v. Meusebach, aus Potsdam, die sich bitter beschwerte über das was ich über ihren verstorb. Bruder geschrieben habe. Er war schließlich absolut verrückt; ich nenne ihn einen »Mann von Genie und Excentricität«, das ist nun der Dank dafür.

»Ich habe 'mal gehört, unser märkisches Land sei *das* Land, drin es nie Heilige gegeben, drin man aber auch keine Ketzer verbrannt habe. Sieh, das ist das, worauf es ankommt, Mittelzustand, – darauf baut sich das Glück auf.«

Wanderungen sind ja das einzige, womit ich im Leben Glück gehabt habe. Familie natürlich immer ausgenommen.

Vor Gott sind eigentlich alle Menschen Berliner

»Berliner, immer an der Tete. So wenigstens glaubt er. Berliner immer Held. Berliner weiß alles, findet alles, entdeckt alles.«

»Vor Gott sind eigentlich alle Menschen Berliner.«

Wenn man die Stimmung in unsrer Oberschicht belauscht, wenn man in unsre Zeitungen hineinkuckt, die den Leuten nach dem Munde reden, so sollte man glauben, Berlin spaziere an der Tête der Civilisation. Es ist aber sehr weit ab davon. Jeder Berliner Bäcker bildet sich ein, Berliner Backware sei was ganz Besondres, während sie, wenn man nicht als Fremder im Hôtel de Rome wohnt, erbärmlich ist. Dies wiederholt sich auf jedem Gebiet, nur Kunst und Literatur sind zugestandenermaßen (fast mit Stolz und Freundlichkeit zugestanden) am schlechtesten hier.

Den eigentlich deutschen Ton haben wir nicht, wenigstens nicht in der Kehle, und bis auf weiteres sind Havelland und Zauche nicht die Geburtsstätte der Klärchen und Gretchen. Für diese besteht die Mainlinie fort, und wenn sie kommen, so empfinden wir *Märker* mit einer Art von Sehnsucht und Beschämung: sie war nicht in dem Tal geboren.

Was das Poetische angeht, so bedeutet die Mark das denkbar Niedrigste; nur der Eiherrje-Sachse kann noch concurriren.

Welche Bevorzugung, in einer großen Stadt zu leben.

Das Berliner Wesen, das Einem auf der Straße und in der Kneipe, überhaupt im alltäglichen Leben entgegentritt, ist anfangs ungenießbar; Schärfe, Unverschämtheit, Lieblosigkeit bringen den Fremden um. Aber hinter diesen trostlosen Erscheinungen die sich *aufdrängen*, giebt es wohltuende, die sich *verbergen* und die man kennen lernen muß, um nicht voll ungerechter Vorurteile uns wieder zu verlassen. Auch unser Bestes, was wir bieten können – ich weiß es wohl! – hat etwas von jener Schärfe, die seit den Tagen des alten Fritz hier in der Luft zu liegen scheint, aber in gehöriger Verdünnung hat diese Schärfe ihren Reiz und söhnt uns zuletzt auch mit den starken Dosen aus, die schließlich (wenn wir dahinter kommen, daß es *Senf* und kein *Sublimat* ist) zur Quelle unsres Vergnügens und herzlichsten Gelächters werden. Die Süddeutschen und wir verhalten uns zu einander wie die *Fliegenden Blätter* zum Kladderadatsch. Ich glaube wir sind ihnen um eine ganze Pferdelänge vor.

Oh, Berlin wie weit ab bist du von einer *wirklichen* Hauptstadt des Deutschen Reiches! Du bist durch politische Verhältnisse über Nacht dazu geworden, *aber nicht durch dich selbst.* Wirst es, nach *dieser* Seite hin, auch noch lange nicht werden. Vielleicht fehlen die Mittel, gewiß die Gesinnung. »Denn aus Gemeinem ist der Mensch gemacht«, sagt Schiller; er soll dabei speziell an den Berliner Spießbürger, der inzwischen zum »Bourgeois« sich abwärts entwickelt hat, gedacht haben.

Viele Leute, darunter Geheimräte, Professoren und Geistliche, Leute die gar keinen Geldsack haben, oder einen sehr kleinen, haben trotzdem eine *Geldsackgesinnung* und sehen sich dadurch in der beneidenswerten oder auch nicht beneidenswerten Lage, mit dem schönsten Bourgeois jederzeit wetteifern zu können. Alle geben sie vor, Ideale zu haben; in einem fort quasseln sie vom »Schönen, Guten, Wahren« und knixen doch nur vor dem goldnen Kalb, entweder indem sie tatsächlich alles was Geld und Besitz heißt, umcouren oder sich doch innerlich in Sehnsucht danach verzehren. Diese Geheimbourgeois, diese Bourgeois ohne Arnheim, sind die weitaus schrecklicheren, weil ihr Leben als eine einzige große Lüge verläuft.

Ich hasse das Bourgeoishafte mit einer Leidenschaft, als ob ich ein eingeschworner Socialdemokrat wäre. »Er ist ein Schafskopf, aber sein Vater hat ein Eckhaus«, mit dieser Bewundrungsform kann ich nicht mehr mit. Wir erheben uns so über die Chinesen, aber darin sind diese doch das feinste Volk, daß das Wissen am höchsten gestellt wird. Bei uns kann man beinah sagen, es diskreditirt. Das Bourgeoisgefühl ist das zur Zeit bei uns maßgebende und ich selber, der ich es gräßlich finde, bin bis zu einem gewissen Grade von ihm beherrscht.

Der Durchschnitts-Berliner ist unausstehlich und doppelt auf Reisen; er ist immer laut, eitel und zudringlich, nicht mit seiner Person, aber durch seine Manieren.

Der Berliner ist nun mal ohne Grazie, vor allem wenn er's gut meint und »vertraulich« wird.

Wie unsre Junker unausrottbar dieselben bleiben, kleine, ganz kleine Leute die sich für historische Figuren halten, so bleibt der Berliner ein egoistischer, enger Kleinstädter. Die Stadt wächst und wächst, die Millionäre verzehnfachen sich, aber eine gewisse Schusterhaftigkeit bleibt, die sich vor allem in dem Glauben ausspricht: »Mutter's Klos sei der beste.«

In den 25 Jahren ist nun Berlin Weltstadt geworden. Wenigstens wird ihm das beständig versichert. Ist es Weltstadt? Ja und nein. Nun das große Leben und das daneben fort existierende Klein- und Spießbürgerleben. Schilderungen. Es gibt noch Frauen, die in die Landsberger Straße fahren, um eine Sache für 5 Pfennige billiger zu kaufen und die, wenn sie ein Rezept in die Apotheke schicken, immer eine krumme und schiefe Flasche mitschicken. Wenn sie eine Seltersflasche öffnen, halten sie die Hand darüber, damit von der kostbaren Kohlensäure nichts entweicht.

Unter den vielen Berliner Festlokalen ist der Kaiserhof das furchtbarste. Die Seelenruhe, mit der der Berliner diese Fülle von Unbill aushält, ist großartig, und überhaupt erweist er sich, trotzdem er doch vorwiegend von Sem abstammt, darin ganz als Japhetit, Arier, Inder, daß er passive Tugenden hat und seinen eigentlichen Heroismus im *Ertragen* zeigt. Er frißt die pappernsten Semmeln, hat immer Stiefel, die drücken, und sitzt in Festlokalen an der Mündungsstelle von drei Korridoren in einem wahren Gebläse von Zug. In dem Hochgefühl, auf sechs Stunden »Zeitgenosse« zu sein, nimmt er Kopfweh, dicke Backe, Rheumatismus ruhig mit in den Kauf.

Der Aufenthalt auf dem Kirchhof selten erbaulich, – immer sind gräßliche Menschen da, heute eine Lichterfelder Commißfamilie, die das Gräberbegießen wie einen Sport trieb, wie etwas Feines, das sich *so* nicht jeder erlauben kann; das Weibervolk, eine dicke Alte und eine junge Zierlise, wieder entsetzlich. »Da frage nur bei edlen Frauen an« oder so ähnlich im Tasso, wenn ich nicht irre; ob Goethe das wohl geschrieben hätte, wenn er sein Leben unter Berliner Madamms zugebracht hätte.

Vor vierhundert und auch noch vor zweihundert Jahren war Berlin eine märkische Stadt und stand unter dem Einfluß märkischen Lebens, jetzt ist das Berlinertum eine selbständige, von dem ursprünglich Märkischen durchaus losgelöste Macht geworden, die nun ihrerseits auf dem Punkte steht, zu vielem andrem auch die nur hier und da noch Widerstand leistende Mark zu erobern und die Märker nolens volens früher oder später zu Berlinern zu machen.

Das *Städtische der Stadt* ist eigentlich öd und langweilig, nur erst die neueste Zeit hat hier gebessert, aber alles, was die Hohenzollern geschaffen und mit ihrem Tun und ihrem Geiste durchdrungen haben, ist hoch interessant: das Berliner Schloß, alt und neu, das Potsdamer Sanssouci, das Marmorpalais, das Neue Palais, das Charlottenburger Schloß – welche Welt! welche Gestalten, welche Erinnerungen! Es hat nur alles noch nicht seinen Geschichtschreiber gefunden. *Ich* könnte es, aber ich werde 70, und nun ist Spiel und Tanz vorbei.

Der richtig organisierte Mensch (und gerade bei Prinzen und Grafen findet sich das am häufigsten) pfeift auf 15 Fuß hohe Salons mit tubablasenden Stuckengeln und ist froh, eine Stimmung kultivieren zu können, als befände er sich in Schlafrock und Pantoffeln.

Manche Menschen gedeihen in der Einschränkung besser – ich kann mir z. B. nicht denken, daß Gottfried Keller oder Wilhelm Raabe in Berlin gut gediehen wären – aber die Meisten kriegen doch was vom Knieholz.

Das großstädtische Leben ist es, das *jeden*, auch den Eitelsten, unerbittlich fühlen läßt: ich bin nur ein Sandkorn.

Und was heißt Carrière machen anders, als in Berlin leben, und was heißt in Berlin leben anders, als Carrière machen? Einige wenige Personen brauchen ihrem Berufe nach die große Stadt, das ist zuzugeben; aber sie sind *doch* verloren, speziell für ihren Beruf verloren, wenn sie nicht die schwere Kunst verstehn, in der großen Stadt zu leben und wiederum auch *nicht* zu leben. Ad [olf] Menzel ist beispielsweise ein Meister in *dieser* wie in seiner eigentlichen Kunst. [...] Aber das alles ist Ausnahmefall. Als Regel steht es mir fest: die große Stadt macht quick, flink, gewandt, aber sie verflacht und nimmt jedem, der nicht in Zurückgezogenheit in ihr lebt, jede höhere Produktionsfähigkeit.

Die große Stadt hat nicht Zeit zum Denken, und was noch schlimmer ist, sie hat auch nicht Zeit zum Glück. Was sie hunderttausendfältig schafft, ist nur die »Jagd nach dem Glück«, die gleichbedeutend ist mit dem Unglück.

Eine naive Neigung, alles Preußische für eine höhere Kulturform zu halten

Sehr entberlinert, aber noch nicht entpreußt.

Der preuß. Staat kann keinen größeren Bewunderer haben als mich (daß er mir *sympathisch* wäre, kann ich nicht sagen), aber mitunter kriegt diese Bewunderung doch einen Knacks.

»Und am unterhaltlichsten und lehrreichsten erscheinen mir allemal diese Preußen in ihrer rechthaberischen Ausgesprochenheit und ihrem ehrlichen Glauben an eine preußische Verheißung mit dem alten Fritzen als Gott oder wenigstens als Nationalheiligen. [...] Es gibt eine höchste Lebensform, und diese höchste Lebensform heißt: ›in Freiheit zu dienen.‹«

Es kann keinen wärmeren Lobsprecher des richtig aufgefaßten »Ich dien« geben, als mich; es ist ein *Charakter*vorzug, gehorchen zu können, und ein *Herzens*vorzug, loyal zu sein, aber man muß zu dienen und zu gehorchen wissen in Freiheit.

»Ein Volk folgt immer, wo zu folgen ist; es hat dem unseren an freudigem Gehorsam nie gefehlt. Aber es ist fluchwürdig, den toten Gehorsam zu eines Volkes höchster Tugend stempeln zu wollen. Unser Höchstes ist Freiheit und Liebe.«

Die preußische Idee ist: »nehmen, wenn es geht und nicht nehmen, wenn es nicht geht.«

Der jetzt in unserem Lande blühende Borussismus ist sehr wenig nach meinem Geschmack, und wenn ich Reden lese, wie sie Kaiser Wilhelm [II.] und nun gar erst (als Antwort) sein Bruder Heinrich in Kiel gehalten hat, so wird mir bei diesem Rückfall in Anschauungen, die noch über die Stuart-Anschauungen Jakobs II. hinausgehn, himmelangst. Aber *das* nehme ich auf den Diensteid, daß der Große Kurfürst, der sogenannte

»Soldatenkönig« (Fr. W.) und der Alte Fritz nicht bloß famose Kerle gewesen sind, sondern daß ihr Tun, weit über alles Selbstische hinaus, auch im Dienste großer Ideen, vor allem der Bekämpfung des Katholizismus, gestanden hat.

Das alt-preußische Commiß-Verfahren, das nüchtern-überhebliche Dekretiren vom grünen Tisch her, ist das Traurigste was es giebt und schadet, von der Frage größeren oder kleineren momentanen Vortheils ganz abgesehn, unsrer Welt-Reputation. Es ist *das*, wodurch wir die Menschen so unsympathisch berühren.

Alte Kultur ist kein leerer Wahn. Daß sie hier [in Dresden] gegen alles Preußische gereizt sind, kann ich ihnen nicht verdenken; die Preußen geriren sich als die Ueberlegenen und sind es doch vielfach nicht.

Das *alte* Berlin und das *alte* Preußen war allerdings etwas Entsetzliches und wo sein Pferdefuß (Schweine-Klaue wäre richtiger) zum Vorschein kommt, find' ich es noch furchtbar. Aber seit 40, seit 48 und namentlich seit 70 ist alles anders geworden und wir haben nun selbst *die* Gegenden in Deutschland weit überflügelt, die früher Vorbilder für uns sein konnten. Dresden wirkt jetzt wie ein pauvres, zurückgebliebenes Nest. Hamburg ist uns an Gewaschenheit und Sauberkeit immer noch voraus, aber dafür fehlt doch vieles vieles andre. Wasser allein thut es nicht.

Im Ganzen leben wir in einer forschen und großen Zeit und ich danke Gott täglich, daß ich nicht blos 1837, wo der Pegelstand am niedrigsten war, sondern auch noch 1887 erlebt habe; wir sind aus dem Elend, der Armuth und Polizeiwirthschaft heraus, alles gut, aber neben unsrer neuen Größe läuft eine Kleinheit, eine Enge und Unfreiheit her, die die verachtete Stillstands- und Polizeiperiode der 20er und 30er Jahre nicht gekannt hat. Besonders die militärische Welt überschlägt sich; es ist der verwöhnte Sohn im Hause, der, weil er am besten reiten und tanzen kann, sich unter Zustimmung der Eltern alles erlauben darf. Der Rest der Welt, wenn er eine eigne Meinung haben will, ist nur dazu da gescholten und verdächtigt, unter allen Umständen aber angepumpt zu werden. Von dieser militärischen Welt gilt in gesteigertem Maße das, was von der ganzen Zeit gilt: im Ganzen glänzend, im Einzelnen jämmerlich.

Die beiden organisatorischen Genies Fr. W. I. und Fr. II. schufen durch künstliche Werthe, wie finanzielle Genies immer verstanden haben aus Papierwerthen Goldwerthe zu machen. Beide genannte Könige nahmen einen ganz gewöhnlichen oft einen ruppigen Kerl und sagten: Du bist nun Rendant oder Steuer-Inspektor oder Postmeister oder auch Gesandter. Alle vier, in den weitaus meisten Fällen, *blieben* ruppige, rohe, selbstsüchtige Subjekte, der Rang aber der ihnen verliehen worden war, die bevorzugte Stellung deren sie sich erfreuten, die pekuniären Vortheile die ihnen zuflossen, gaben ihnen ein starkes Standes- und zuletzt auch ein persönliches Selbstgefühl, das in der 2. und 3. Generation segensreiche Frucht trug. Es war also inzwischen nicht blos ein Staatswesen, sondern, was ich höher veranschlage, eine Gruppe kluger, rechtschaffener und selbst edeldenkender Familien geboren worden. Alles blos aus dem »Wichtig-nehmen«, aus dem unausgesetzt genährten Gefühl heraus, ein K. Postsekretät, ein K. Wegebaumeister, ein K. Kanzleirath etc. seien höchst wichtige Personen.

Aber alles hat seine Zeit. So lang es galt aus einem furchtbaren Rohmaterial erst ein brauchbares Staats- und in weiterer Entwicklung auch ein einigermaßen genießbares Menschenmaterial herzustellen, war dieser Prozeß des »Wichtignehmens« nicht blos selber wichtig sondern auch überaus erfreulich und beinah *schön*. Nun aber sind wir aus dem Gröbsten heraus und es muß nun mit dem Scheinwesen ein Ende haben.

»In unserer Obersphäre herrscht außerdem eine naive Neigung, alles ›Preußische‹ für eine höhere Kulturform zu halten.«

Ohne Adel, Geistlichkeit und Bürokratie geht es freilich nicht, aber es ist unzweifelhaft, daß wir in Preußen auch einen liberalen Adel, eine liberale Geistlichkeit und eine liberale Beamtenschaft haben. Mit diesen Elementen, die an Zahl wie geistiger Potenz der alten preußischen Regierungsgarde mindestens ebenbürtig sind, hätte man's unter andern Umständen versuchen können.

Ich habe nichts gegen das Alte, wenn man es innerhalb seiner Zeit läßt und aus dieser heraus beurteilt; der sogenannte altpreußische Beamte, der Perrückengelehrte des vorigen Jahrhunderts, Friedrich Wilhelm I., der Kürassieroffizier der mehrere Stunden Zeit brauchte eh er sich durch sein eignes Körpergewicht in seine nassen ledernen Hosen hineinzwängte, die Ober-Rechenkammer in Potsdam, der an seine Gottesgnadenschaft glaubende Junker, der Orthodoxe, der mit dem Lutherschen Glaubensbekenntniß steht und fällt, – all diese Personen und Institutionen finde ich novellistisch und in einem »Zeitbilde« wundervoll, räume auch ein, daß sie sämmtlich ihr Gutes und zum Theil ihr Großes gewirkt haben, aber diese todten Seifensieder immer noch als tonangebende Kräfte bewundern zu sollen, während ihre Hinfälligkeit seit nun gerade hundert Jahren, und mit jedem Jahre wachsend, bewiesen worden ist, das ist eine furchtbare Zumuthung. Von meinem vielgeliebten Adel falle ich mehr und mehr ganz ab, traurige Figuren, beleidigend unangenehme Selbstsüchtler von einer mir ganz unverständlichen Bornirtheit, an Schlechtigkeit nur noch von den schweifenden Pfaffen (die immer an der Spitze sind) übertroffen, von diesen Teufelskandidaten, die uns diese Mischung von Unverstand und brutalem Egoismus als »Ordnungen Gottes« aufreden wollen. Sie müssen alle geschmort werden. Alles antiquirt!

Sie wissen so gut wie ich oder besser als ich, daß es in unsrem guten Lande Preußen (wie übrigens in jedem andren Lande auch) etablirte Märchte giebt, denen man sich unterwirft. Diese Mächte sind verschieden: Geld, Adel, Offizier, Assessor, Professor. Selbst Lyrik (allerdings als eine Art Vaduz und Liechtenstein) kann als Macht auftreten. Von dem Kugler'schen Hause wurde vor 40 Jahren gesagt: »dort gilt nur, wer einen Band lyrischer Gedichte herausgegeben hat.« Es kommt nun darauf an, daß einen das Leben, in Gemäßheit der von ihm vertretenen Spezialität, richtig einrangiert. So kam es, daß ich, trotz meiner jämmerlichen Lebensgesammtstellung, doch jeden Sonntag Nachmittag von 4 bis 6 richtig untergebracht war, nämlich im Tunnel. Dort machte man einen kleinen Gott aus mir. Und das hielt mich. Ist man aber aus seiner richtigen Rubrik 'raus, so ist das Elend da. Banquiersöhne (z. B. der junge Bleichröder) sind in Offiziers- und Professorenkreisen der größten Nichtachtung ausgesetzt, Offiziere werden in Banquierkreisen wie Hungerleider behandelt, Professor Oppert, linguistische Größe ersten Ranges, der aber, wie Ahlwardt, immer vergißt, daß Beinkleider auch Knöpfe haben, würde in Adels- und Offizierskreisen wie Gundling oder Morgenstern behandelt werden, Humboldt, als er zu ausschließlich vom Popokatepetl sprach, mußte erleben, daß Louis Schneider ihm vorgezogen wurde. Jede Gesellschaftsklasse, jeder Hausstand, hat ein bestimmtes Idol. Im Ganzen aber darf man sagen, es giebt in Preußen nur 6 Idole und das Haupt-Idol, der Vitzliputzli des preußischen Cultus, ist der Leutnant, der Reserve-Offizier. Da haben Sie den Salat.

Lasse ich mich mal wo sehn und zeige meine ganz besondere Teilnahme, so bin ich sofort Hochstapler, pickpocket. So ist es mir im Königlichen Schloß und im Hohenzollernmuseum ergangen. Alles bei uns ist roh, kommissig, urdämlich. Ich verlange, daß man mir meine Nicht-pickpocket-Beschaffenheit schon auf dreißig Schritt ansieht. Aber in einem Menschen lesen, ihn einigermaßen richtig taxieren – o du himmlischer Vater! Deshalb haben mir auch Anno 70 alle preußischen Offiziere gesagt: »bei uns wären Sie erschossen worden.«

Heute läuft alles mit »Kornblumen« im Knopfloch herum. Es ist eine lederne Blume, *blos* blau, ohne Duft, ohne Schönheit, ohne Poesie. So recht wie geschaffen für uns; irgendwo müßte sie noch einen rothen Hosenstreifen haben.

Welch Glück, daß wir noch ein außerpreußisches Deutschland haben. Oberammergau, Bayreuth, München, Weimar, – das sind die Plätze, daran man sich erfreuen kann. Bei Strammstehn und Finger an der Hosennaht, bei Leist und Wehlan wird mir schlimm. Und dabei bin ich ein in der Wolle gefärbter Preuße. Was müssen erst die Andern empfinden?

Losgelöst von allem Tieferen wird auch die Vaterlandsliebe (die *dann* nur eine gewisse Form persönlicher Eitelkeit ist) leicht zu einer Karikatur, überschlägt sich und gewinnt den Charakter des Hohlen, einer schillernden Seifenblase, eines Nichts. Diese Wahrnehmung hatte ich sehr oft. Ein fester, schöner Glaube existierte an nichts, weder an die Dinge der sichtbaren noch der unsichtbaren Welt. Die Geistlichkeit wurde beständig verhöhnt, der Kaiser war ein Spott, die Marschälle ein Gegenstand der Verachtung; ich begegnete keiner anderen Überzeugung als der einen, daß *alles käuflich sei.*

Sah recht deutlich wieder, daß die Pflege des »Patriotischen« in unserm Lande Sache der Stümper, der Bedienten, der armen Teufel ist. Es hätte dies unter Umständen 'was Erfreuliches; aber überall kuckt das Eselsohr der Eitelkeit, der Wichtigthuerei, der Ordenssucht heraus.

Man hat mich [am 70. Geburtstag] kolossal gefeiert und – auch wieder gar nicht. Das moderne Berlin hat einen Götzen aus mir gemacht, aber das *alte Preußen*, das ich durch mehr als vierzig Jahre hin in Kriegsbüchern, Biographien, Land- und Leute-Schilderungen und volkstümlichen Gedichten verherrlicht habe, dies »alte Preußen« hat sich kaum gerührt und alles (wie in so vielen Stücken) den Juden überlassen.

Das aber, womit am ehesten (weil unerträglich geworden) gebrochen werden muß, ist der Militarismus.

Der Adel hat gar keine Wurzel mehr im Volk, das preußische Königthum aber hat, im Gegensatz dazu, in geradezu überraschender Weise seine Festgewurzeltheit bewiesen.

»Der König ist um des Landes willen da. Trennt er sich von ihm, oder läßt er sich von ihm trennen durch Schwachheit oder falschen Rat, so löst er sich von *seinem* Schwur und entbindet mich des meinen. Es ist ein schnödes Unterfangen, das Wohl und Wehe von Millionen an die Laune, vielleicht an den Wahnsinn eines einzelnen knüpfen zu wollen.«

Kunst ist nichts, Geheimrath ist alles

Ich werde ein letztes, weder mit sonderlicher Kraft noch mit sonderlichem Geschick arbeitendes Rad in dem großen Verwaltungsmechanismus sein, alljährlich so und so viel beschriebenes Papier in die verschiedensten Aktenbündel liefern. [...] So wird es denn weitergehen, wie es geht, und nur für ein bißchen Ordnung und Promptheit werd' ich Sorge tragen können.

Ohne daß man unartig oder beleidigend gegen mich gewesen wäre, was ich mir einfach verbeten haben würde, hat man mich doch nie wie einen etablirten deutschen Schriftsteller, sondern immer wie einen »matten Pilger« behandelt, der froh sein könne, schließlich untergekrochen zu sein. Immer die unsinnige Vorstellung, daß das Mitwirthschaften in der großen, langweiligen und soweit ich sie kennen gelernt habe total confusen Maschinerie, die sich Staat nennt, eine ungeheure Ehre sei.

In allen Lebensstellungen, in denen ich bisher war, auch in denen die mich nur halb befriedigten, hatte ich immer das Gefühl, innerhalb meines kleinen Kreises etwas zu sein und zu bedeuten; von Jugend auf bin ich daran gewöhnt, als etwas nicht Alltägliches angesehn zu werden. Dieses süßen Gefühls sollte ich plötzlich entbehren, auch *mit gutem Grunde* entbehren, da [...] all meine Begabung nicht zu brauchen und alles was gebraucht wurde, wiederum nicht im Bereiche meiner Begabung war. Ich konnte das Peinliche, was mir daraus erwuchs, nicht auf die Dauer hinnehmen. Wer das Eitelkeit oder Hochmuth nennen will, der thu es; ich beneide solchen Jammerprinzen nicht um seine Demuth.

Wie sich meine Frau einen Beamten denkt.

1. Ein Beamter lebt lange.
2. So lange er lebt, hat er ein auskömmliches Gehalt.
3. Ist er krank, so wird er vertreten. Je öfter, desto besser.

4. Badereisen sind garantirt.
5. Der Dispositionsfonds ist unerschöpflich und wird nur durch die unergründliche Güte seines Verwalters übertroffen.
6. Arbeit Chimäre.
7. Dienststunden werden gehalten oder nicht gehalten. Werden sie gehalten, so wechselt die Lektüre der National-Zeitung mit der der Vossischen.
8. Fehler sind gleichgültig, so lange nur nach außen die eigene und des Standes Unfehlbarkeit gewahrt bleibt.
9. Zum Ordensfest und zu des Königs-Geburtstag muß der Beamte gesund sein. (Weiße Binde.)
10. Erfüllt er dies, so verdoppelt der König die Wittwenpension aus dem Schatullen-Fonds; Für die Töchter Erziehungsgelder; Für die Söhne: drei Kadettenstellen frei.

Sie hat mich als Schriftsteller geheirathet und muß sich schließlich darin finden, daß ich, trotz Abgrund und Gefahren, diese Art des freien Daseins den Alltagscarrièren mit ihrem Zwang, ihrer Enge und ihrer wichtigthuerischen Langenweile vorziehe. *Jetzt*, wo ich diese Carrièren allerpersönlichst kennen gelernt habe, mehr denn je.

Unterm 6. März wurde ich in meine neue Stellung eingeführt. Ich nahm leider gleich anfänglich wahr, daß ich für dieselbe weder meiner Charakter- noch meiner Geistes-Anlage nach berufen sei, dabei zugleich erkennend, daß selbst eine durch viele Jahre hin mannigfach geübte literarische Thätigkeit keineswegs die Befähigung zu rascher und gewandter Behandlung geschäftlicher Fragen verleihe. Ich mußte mich zu lebhafter Beschämung überzeugen, daß es mir beispielsweise zur Protokollführung über stattfindende Verhandlungen an Umsicht, zur Abfassung von Berichten aber an der Gabe gebräche, auf die Gedanken Andrer einzugehen.
[Aus dem Entlassungsgesuch, gerichtet an den Kaiser:]

Akademie lebe wohl! Aber, enfin, es muß auch so gehn. Eine Fülle neuer Arbeiten ist angefangen, und mir ist nicht so zumute, als würde ich mit nächstem in den Skat gelegt werden. Im Gegenteil. Die Unsicherheit bleibt allerdings – es wäre lächerlich, sie fortdemonstrieren zu wollen – aber sie erschreckt mich nicht.

Erhält mich Gott gesund, so werde ich bald wieder fest im Sattel sein. Aber auch selbst Entbehrungen, wenn sie meiner harren sollten, sind mir nicht so schrecklich wie äußere und innere Unfreiheit. *Sich* angehören, ist der einzig begehrenswerthe Lebens-Luxus. Die moderne Menschheit ist so herunter, daß sie ein Plüsch-Ameublement vorzieht. Ich habe mit solchen Jammerprinzen nichts zu schaffen.

Man spricht immer von Bourgeoisthum; unsre Bourgeois' sind lange nicht mehr die schlimmsten; der niedrige Geist des Bourgeoisthum steckt jetzt in der Militair- und Ober-Beamten-Schicht. Stellung, Orden, Titel, Vermögen, Hofgesellschaft – alles andre ist Kaff. Nun gut; ich setze Verachtung gegen Verachtung, und sage: erst recht Kaff.

Ich werde immer demokratischer, lasse höchstens noch einen richtigen Adel gelten, was dazwischen liegt: Spießbürger, Bourgeois, Beamter und vor allem auch der »schlechtweg Gebildete«, kann mich wenig erquicken. Immer tiefer sinkt der Beamte, übrigens ganz unverschuldet; vor 100 Jahren, und fast auch noch vor 50, war er durch Stellung und Bildung überlegen und in seiner Vermögenslage, so bescheiden sie war, meist nicht zurückstehend; jetzt ist er im Geldpunkt zehnfach überholt und in natürlicher Consequenz davon auch in allem andern. Denn – etliche glänzende Ausnahmen zugegeben – ist der Besitz auch in Bildungsfragen entscheidend.

Liegt es daran (Menzel hat es oft behauptet) daß der Deutsche von Natur kunstfremd ist, oder beherrscht der Borussismus alle Gemüter derartig, daß auch die Klugen und Talentvollen wie von selbst in den Strom der Staatlichkeit einmünden? Kunst ist nichts, Geheimrath ist alles.

Uebrigens war ich am selben Tage noch in einer Geheimrathsgesellschaft, wo der »Geheimrath« Ihre Kritik zu »feindselig« fand. Unter allen Kunstamateurs sind die Geheimräthe die notorisch dummsten.

Alles was in »Sitzungen« abgemacht wird – ich will aus Rücksicht und Anstand die eigentlichen Gerichtssitzungen ausnehmen – ist von vornherein Blödsinn oder Durchstecherei, Lüge, Komödie, vor allem Nachsprecherei. Ein Großmaul hat das Wort – schon blos weil er großmäulig ist, immer mit einem Minimum von Anspruch – und diese *eine* fragwürdige Gestalt reißt den Rest der Bequemen und Schwächlinge mit fort.

Ich mache Ihnen kein Hehl daraus, daß ich gefunden habe, man lernt aus Sitzungs*berichten* oder sonstigen Veröffentlichungen in der Regel ebensoviel wie in den Sitzungen selbst. Mit anderen Worten, man schöpft aus fünf oder zehn Minuten Lektüre dasselbe, woran ein »Mitglied« einen ganzen Abend zu setzen hat. So vermeide ich den Eintritt in alle Vereine, nicht, weil ich kein Interesse dafür hätte, sondern bloß, weil mir die Verhältnisse eine praktische Ausnutzung meiner Zeit zur Pflicht machen.

Von den eigentlichen Berühmtheiten hat man bekanntlich gar nichts; sie halten Akademie-Reden und schreiben dicke Bücher, aber gesellschaftlich, von Mund zu Mund, sind sie todt.

Daß Sie [über »Effi«] vor einem Gelehrtenpublikum gesprochen haben, kann mir nur lieb sein. Denn zu denen, die sich zuletzt um einen kümmern, gehören die Gelehrten. Es kann auch kaum anders sein. Sie denken – und meist mit Recht – niedrig von der Gattung und gehen erst 'ran, wenn sie von einem Vertrauensmann geführt werden.

Schiffskapitäne, Lebemänner, Geistliche, die viel auf dem Kerbholz haben, Abenteurer, alte Kriegsgurgeln, – *die* können sich am Ende ihrer Tage hinsetzen und völlig naiv wundervolle

Bücher schreiben, Professoren aber, die alles sind nur nicht naiv, die können es nie.

Massen sind immer nur durch Furcht oder Religion, durch weltliches oder kirchliches Regiment in Ordnung gehalten worden, und der Versuch, es ohne diese großen Weltprofosse leisten zu wollen, ist als gescheitert anzusehn. Man dachte in »Bildung« den Ersatz gefunden zu haben und glorifizierte den »Schulzwang« und die »Militärpflicht«. Jetzt haben wir den Salat. In beiden hat sich der Staat, ja mehr denn das, die »Gesellschaft« eine Rute aufgebunden: der Schulzwang hat alle Welt lesen gelehrt und mit dem Halbbildungsdünkel den letzten Rest von Autorität begraben; die Militärpflicht hat jeden schießen gelehrt und die wüste Masse zu Arbeiterbataillonen organisiert.

Man könnte beinah' sagen: es ist doch furchtbar, gebildet zu sein. Wenn man über eine gewisse Stufe nicht *hinaus*kommt, so ist es doch wirklich fast besser, man fängt gar nicht erst an zu klettern und zu steigen.

Einer wird dreimal oder siebenmal examiniert, und nun weiß er nicht bloß alles, nun *kann* er auch alles. Bei jeder Entbindung, bei jedem verrenkten Fuß wird einem klar, was bei der ewigen Studiererei herauskommt. Wissen ist gut, als Unterstützung, Förderung und Aufklärung im Praktischen; wenn es aber die Praxis ersetzen soll, so ist es keinen Schuß Pulver wert. Selbst in der Armee, dem Besten, was wir haben, fängt die Sache an gefährlich zu werden; jeder generalstäblert, schlägt Schlachten auf dem Papier und kann keine Sektion über den Rinnstein führen. Alles immer von höchsten Gesichtspunkten aus, alles immer im Zusammenhang mit Wissenschaft und Ewigkeit, und das Kleine, das recht eigentlich das Leben ausmacht, geht darüber verloren.

Deutschland ist jetzt überfluthet von diesen bornirten Subjekten, die weil sie drei Examina bestanden und einige Literaturkapitel auswendig gelernt haben, der deutschen Nation beibringen wollen, wie Kunst und Dichtung beschaffen sein müsse. Vier Bücher solcher Herren liegen vor mir, eins immer schlechter und dünkelhafter als das andre, lederne Menschen, die *weil* sie so ledern sind, auch nicht das Geringste von der Sache verstehn, moderne Bildungsscheusäler, denen jedes natürliche Gefühl, wenn sie's je hatten, abhanden gekommen ist. Meine grenzenlose Verachtung gegen diese Leute ist in einem steten Wachsen begriffen. Sie wollen fördern und verwüsten alles.

Im Grunde genommen, habe ich nun alles Irdische erreicht: geliebt, geheiratet, Nachkommenschaft erzielt, zwei Orden gekriegt und in den Brockhaus gekommen. Es fehlt nur noch zweierlei: Geheimer Rat und Tod. Des einen bin ich sicher, auf den andern verzicht' ich allenfalls. Er kann mir aber auch noch beschieden sein.

Angesichts der Thatsache aber, daß man in Deutschland und speziell in Preußen nur dann etwas gilt, wenn man »staatlich approbirt« ist, hat solch Orden einen wirklichen *praktischen* Werth: man wird respektvoller angekuckt und besser behandelt.

Zumal in Bädern, in Ostseefrischen
Sitzt man mit ihnen an selben Tischen,
Und sind auch verschieden der Menschheit Lose,
Gleichmacherisch wirkt die Badehose.

»Es zählt jetzt zu den sogenannten berechtigten Eigentümlichkeiten preußischer Politik, allen Geheimräten, wozu, in allem was Karlsbad und Teplitz angeht, auch die Kommerzienräte gehören, ihre Brunnen- und Badekur zu verderben.«

Vergegenwärtigt man sich, daß alles was man hört, nur confus wiedergegebenes Zeitungszeug ist, so kann man dies Monstrum von Bildung nicht niedrig genug taxiren. Die Menschen werden gewandter, redefertiger, aber immer dummer; das eigne Denken hört ganz auf; selbst die Geschäftskniffe, die Mogeleien und Hochstaplerunternehmungen erfolgen nach Rezept, nach berühmten Mustern.

Die verfluchte Bildung hat alles natürliche Urtheil verdorben; jeder quatscht nach.

Ich bin fast bis zu dem Satze gediehn: »Bildung ist ein Weltunglück.« Der Mensch muß klug sein, aber nicht gebildet. Da sich nun aber Bildung, wie Katarrh bei Ostwind, kaum vermeiden läßt, so muß man beständig auf der Hut sein, daß aus der kleinen Affektion nicht die galoppirende Schwindsucht wird.

Von meinem Parkettplatz Nr. 23 aus

Da wird immer über die »Preßbanditen« geschimpft und besonders über die Buch- und Theaterkritiker. Natürlich giebt es auch unter diesen schofles Material, namentlich nach der *Gesinnungs*seite hin, aber an natürlicher Fähigkeit, etwas Gutes von etwas Schlechtem zu unterscheiden, sind sie den staatlich abgestempelten Fachsimplern sehr überlegen.

Ein paar Tage später begannen die Vorstellungen, und ich nahm meinen Kritikerplatz ein. Dies war damals Nr. 23. Schon eine merkwürdige Zahl. In überfüllten Hotels bin ich fast immer in Nummer 23 untergebracht worden und habe da Schreckliches erlebt. Das kann ich nun von Nummer 23 im Schauspielhaus nicht eigentlich sagen, ich habe da viel angenehme Stunden zugebracht, aber ein merkwürdiger Platz war es doch auch. Es war nämlich kein eigentlicher Parkettplatz, sondern nur ein Annex, ein Vorposten, ein ausgebautes Fort, man könnte auch sagen ein Sperrfort und wuchs, ganz in die scharfe Ecke zwischen Prosceniums- und Parkettlogen hineingebaut, von dieser Ecke her in den Parkettumgang vor. Knierempeleien waren also was ganz Alltägliches. Das Häßlichste war die Abgesondertheit. Wer eine hohe Meinung von sich hatte, der konnte sich beglückt fühlen, hier ein Gegenstand der Aufmerksamkeit zu sein. Wer dieses Gefühls entbehrte, für den war es peinlich. Für den Eitlen war Nummer 23 ein kurulischer Stuhl, für den weniger Eitlen ein Armesünderbänkchen. Denn man bilde sich nur nicht ein, daß ein Theaterkritiker ein Richter ist, weit öfter ist er ein Angeklagter. »Da sitzt das Scheusal wieder«, habe ich sehr oft auf den Gesichtern gelesen.

Wenn man uns doch glauben wollte, daß wir lieber loben als tadeln, daß wir ohne Voreingenommenheit, ohne jegliche Sympathie oder Antipathie (was die Personenfrage angeht) an diese Dinge herantreten, daß wir keine Freunde und keine Feinde haben und daß uns lediglich die *Sache* am Herzen liegt! Man gebe uns Gutes, und wir werden nicht kritteln und mäkeln; wenn man aber die Dinge, Kleines und Großes, völlig schief anfaßt, wenn man ins Jahr 500 ein Schweizerhaus und ins Jahr 1000 ein Stück Gotik legt, wenn man den Sommernachtstraum glaubt von *Ballet* wegen poetisch machen zu können, wenn man die Thisbe überthisbet [...] – so verlange man nicht von uns, daß wir das alles schön finden sollen. Wir sind nicht dazu da, öffentliche Billets doux zu schreiben, sondern die Wahrheit zu sagen, oder doch *das*, was uns als Wahrheit *erscheint*. Denn die Anmaßung liegt uns fern, uns als eine letzte, unfehlbare Instanz anzusehn, von der aus kein Appell an Höheres denkbar ist. Wer aufmerksam liest, wird deshalb, in steter Wiederkehr, Äußerungen in diesen unseren Kritiken finden, wie etwa: »es will uns scheinen«, »wir hatten den Eindruck«, »wir geben anheim«. Das ist nicht die Sprache eines absoluten Besserwissers. Allen Empfindlichkeiten kann unsereins freilich, von Metier wegen, nie und nimmer gerecht werden.

Meine Berechtigung zu meinem Metier ruht auf einem, was mir der Himmel mit in die Wiege gelegt hat: Feinfühligkeit künstlerischen Dingen gegenüber. An diese meine Eigenschaft hab' ich einen festen Glauben; hätt' ich ihn nicht, so legte ich heute noch meine Feder als Kritiker nieder. Ich habe ein unbedingtes Vertrauen zu der Richtigkeit meines Empfindens.

Bei Romanen, Novellen, Gedichten, bin ich meines Urtheils in der Regel ganz sicher, *beneidenswerth* sicher (die Meisten, wenn sie ehrlich sind, sind es nie) dramatischen Arbeiten gegenüber aber, namentlich wenn sie von der Bühne her zu mir sprechen, wo einem die feinen, erst in Wahrheit den Unterschied schaffenden Details großentheils und oft *total* entgehen, bin ich stets unsicher.

Durch so vieles *nicht* zufriedengestellt, fängt man zuletzt an, seinem eignen Urteil zu mißtrauen, sich die Frage vorzulegen, ob man nicht ein Nörgler, ein Querulant in aestheticis geworden sei? und jeder Erscheinung, die einen gleichsam wieder vor sich selbst rehabilitiert, möchte man schon aus diesem Grunde dankbar sein.

Es gehört zu den Unbegreiflichkeiten gastierender Künstlerinnen, sich mit Vorliebe in sogenannten »Hosenrollen« zu präsentieren. Ein entschiedener Mißgriff, solange nicht das Parkett aus lauter Tailleurs und Plastikern besteht. [...] Alle diese Rollen, wer immer sie spielen mag, sehen sich zum Verwechseln ähnlich, weil das, was einen Unterschied schaffen könnte, den Darstellerinnen gleichmäßig fehlt. Der *Humor* zählt nicht zu den Attributen des weiblichen Geschlechts. Auch von den literarisch mutigsten Frauen existiert unseres Wissens kein humoristischer Roman.

Man soll artig, verbindlich, galant sein, keiner schönen Dame den Erfolg, die Gage, das Engagement oder, wenn sie gar Stücke schreiben, den »Ruhm« verderben, aber was unsereinem alles verdorben wird, darum kümmert sich niemand und wenn man auch halbtot geödet würde; dazu ist man da...

Wenn einem die Dummheit der Menschen, auf keine Spur von künstlerischen Verdienst hin, *so* viel gewährt, so muß ein so verzogenes Glückskind den Widerspruch eines Einzelnen ertragen können. Dieser Einzelne hat keine Verpflichtung sich dem stupiden Begeisterungs-Bäh aus bloßer Artigkeit oder Gutheit anzuschließen. Das ist nicht mehr gut, das ist schwach.

Jeder anständige Mensch, der einmal Kritiker gewesen ist oder noch ist, wird wissen, daß es zu den schwierigsten und peinlichsten Aufgaben des Métiers gehört, oft auch Berühmtheiten, ja, was schlimmer ist, auch solchen, die einem selber als Größen und Berühmtheiten gelten, fatale Sachen sagen zu müssen. Aber da sind nun wieder Abstufungen. [...] Schlimmer, viel schlimmer wird es schon, wenn man sich über ein Stück ärgert. Aber auch hier ist noch Maßhalten möglich. Ganz schlimm aber wird es, wenn man sich empört, wenn man in Indignation und Wut gerät und einem das Gefühl kommt: »Ja, wenn du hier nicht das Tollste sagst, so ist das eine Feigheit. Du mußt deiner Indignation Ausdruck geben.«

D*ie* Kunst, schlechte Stücke schlecht zu finden und es doch *so* zu sagen, daß der Getroffene sich geschmeichelt fühlt, die Kunst wird nie gelernt werden. Das soll uns erst einer *vor*machen.

Nichts ist seltner als eine Kritik, die nicht mit der Linken wieder nimmt, was sie mit der Rechten gab.

Lieber das Bekenntniß, daß ich das Mißliche aller Kritikerei sehr wohl fühle und an den zwei Tagen, wo ich meine Rezensionen schreibe und – lese, immer in nervöser Aufregung bin, weil ich unter der Wucht der Frage stehe: kannst Du das Gesagte – das ja immer nur der *unvollkommene* Ausdruck eines Gefühls, oft widerstreitender Empfindungen ist – kannst Du es auch verantworten? Sie mögen daraus ersehen, daß ich es nicht leicht nehme und mitunter da, wo das Publikum glaubt ich kalauere oder mache einen Bummelwitz, am allerwenigsten.

Je länger man das kritische Metier treibt, je mehr überzeugt man sich davon, daß es mit den Prinzipien und einem Paragraphen-Codex nicht geht. Man muß sich auf seine unmittelbare Empfindung verlassen können. Hat ein unterhaltendes und erheiterndes Lustspiel zugleich auch kunst- und schönheitsvoll auf mich gewirkt, so ist das erste was mir obliegt, diese Wirkung anzuerkennen. Nicht meine Paragraphen sondern meine Empfindungen haben zu Gericht zu sitzen. Sie können irren, aber selbst in ihrem Irrtum fördern sie mehr als das tote Gesetz.

Ich kann in einem Jahre nur zwei Novellen schreiben, und davon muß ich leben. Wollen Sie noch gütigst 500 rthl Buchhändler-Honorar und mein Theater-Gehalt bei der [Vossischen] Zeitung hinzurechnen, so haben Sie meine Jahres-Einnahme und werden finden, daß sie bescheiden genug ist. Können mir meine Forderungen nicht bewilligt werden, so schadet das gar nichts, weil ich, oder so lang ich der Geneigtheit der Journale sicher bin.

In Berlin kann ich eigentlich nicht leben und wenn nicht die Theaterstellung wäre, auf die ich nicht gut verzichten kann – denn es ist das Einzige halbwegs *Sichere*, was ich habe – so würde ich Berlin aufgeben und in eine kleine Stadt ziehn wie beispielsweise Schmiedeberg.

Alle *die* aber, und ihre Zahl geht in die Hunderte und vielleicht in die Tausende, die vom Theater direkt leben wollen, alle diese tun mir leid. Da hören sie von 120 oder 150 Quitzow-Aufführungen; macht blos in Berlin eine Einnahme von 12000 Talern in zwei Jahren, in der Gesamtheit des übrigen Deutschlands das Doppelte. Ja, das hat was Verlockendes. Aber wer erreicht es? Es ist seltener als das große Los. Die meisten müssen froh sein, 3 Aufführungen zu erleben, und nach welchen Anstrengungen und oft Demütigungen! So daß ich jedem abrede und immer sage: schreiben Sie was Sie wollen, nur keine Theaterstücke.

Erfolganbeter

Nie hab' ich ein dummeres Stück gelesen.
»Das Haus ist ausverkauft gewesen.«

Farbe, Linien, alles verschwommen.
»Die Jury hat es angenommen.«

Ein Skandal ist seine Art zu leben.
»Der Botschafter hat ihm ein Fest gegeben.«

Glauben Sie mir: er ist ein Kujon.
»Hat aber eine Taler-Million.«

Ich betrachte das Leben, und ganz besonders das Gesellschaftliche darin, wie ein Theaterstück und folge jeder Szene mit einem künstlerischen Interesse wie von meinem Parkettplatz Nr. 23 aus. Alles spielt dabei mit. Alles hat sein Gewicht und seine Bedeutung, auch das Kleinste, das Äußerlichste. Von Spott und Überhebung ist keine Rede, nur Betrachtung, Prüfung, Abwägung.

Den Platz auch fernerhin für mich *persönlich* zu erbitten, geht nicht, denn es ist nicht wahrscheinlich, daß ich mir noch oft die drei Sorten Vorhänge ansehe, zu deren Verständnis der jedesmalige Theaterzettel den Kommentar liefert. Ich bin nicht ungern ins Theater gegangen, und wenn ich mal da war, habe ich mich immer amüsiert, auch wenn es scheußlich war. Fällt aber der Zwang fort, so werde ich von nun an wohl lieber zu Hause bleiben und meine Kenntnis am andern Morgen aus P[aul] S[chlenthers] Bericht nehmen.

Die Theater, so wie man beginnt das Leben hinter den Coulissen mitzumachen, sind nicht hohe Schule des Idealen, sondern wahre Brutstätten von Neid, Klatsch, Intrigue und in dieser Welt zu leben, ist für einen alten Knaben einfach degoutant. Oder sollte es wenigstens sein.

Die Bühne ist kein Schauplatz für Nüancirungen. Sie ist der Schauplatz für Gegensätze. Nur diese schaffen Orientierung, Klarheit. Nüancirungen sind der Stolz des Romans, im Drama sind sie der Ruin. Zwanzig Nüancirungen in Ritterblech sind bloß ein Ameisenhaufen, aber ein Ameisenhaufen ist unterhaltlicher.

Alles, was in hervorragendem Maße ein *Zeitbild* ist, ist auch immer in Gefahr mit derselben Zeit, der es in eminenter Weise Ausdruck gab, vom Schauplatz abtreten zu müssen. […] Das ausgesprochen *Kultur-Bildliche*, das dem Gedanken- und Herzens-Inhalt eines Stückes ein bestimmtes Kleid lieh, steigert die Wirkung *momentan*, aber beschränkt sie in ihrer *Dauer*.

Das erste Niederschreiben ist immer ein Vergnügen, aber das Corrigiren!

Wenn der Mensch zu gar nichts mehr zu brauchen ist, dichtet er und schreibt Novellen.

Das erste Kapitel ist immer die Hauptsache und in dem ersten Kapitel die erste Seite, beinah die erste Zeile. Die kleinen Pensionsmädchen haben gar so unrecht nicht, wenn sie bei Briefen oder Aufsätzen alle Heiligen anrufen: »wenn ich nur erst den Anfang hätte.« Bei richtigem Aufbau muß in der ersten Seite der Keim des Ganzen stecken.

Daß ich aus alter Erfahrung weiß, das erste Niederschreiben ist immer ein Vergnügen, aber das Corrigiren!

Ich glaube nur, es hängt bei diesen Dingen alles davon ab, welcher Art und welchen Charakters der Schriftsteller ist, der ein Buch drucken läßt. Gehört er zu denen, die (wie talentvoll sie immerhin sein mögen) den Grundsatz haben: »es kommt auf eine Hand voll Noten nicht an« so wird er natürlich gegen einen Druckfehler oder sonstigen Fehler ganz gleichgültig sein und nicht zwei Abende lang sich den Kopf zersinnen, um ein hübsches und passendes Motto für dies oder das Kapitel zu finden. Ist der Schriftsteller aber exakt bis zum Peinlichen und meinetwegen Kleinlichen, so wird er – und wenn er zehnmal geglaubt hat mit der Sache fertig zu sein – immer noch wieder etwas finden, das er ändern, bessern, erweitern möchte, und dies Verlangen wird natürlich zu kleinen Unbequemlichkeiten für den Drucker führen.

Ein Vierteljahr gehört immer dem ersten Niederschreiben einer langen Novelle, bez. Eines langen Aufsatzes und die verbleibenden dreiviertel Jahre brauch ich, um das in dem voraufgegangenen Vierteljahr Entworfene fertig zu machen. Du willst gütigst zweierlei hieraus ersehn: 1. wie *wenig* Arbeiten ich alljährlich vollende, und 2. wie grausam lang diese wenigen Arbeiten sind. Es sind immer Bücher.

Ich gehe an die Correktur, die jedesmal die Hauptarbeit ist, immer erst dann, wenn ich das Ganze in seinem ersten Wurf vor mir habe. Sonst macht man etwas fertig, was nachher, dem Ganzen zu Liebe, doch wieder umgearbeitet werden muß.

»Wär' ich nicht Puler, wär' ich nicht der Tell.« Daß diese Pul-Arbeit vielen langweilig ist und immer war, davon hab' ich mich in meinem Leben genugsam überzeugen können; ich hab' aber nicht finden können, daß all diese Dutzendmenschen, die durch die Nase gähnten, interessanter waren als ich.

Nichts regt mich mehr auf wie die Correkturbogen, immer ist man in Angst, daß etwas ganz Furchtbares stehn bleibt, ein Unsinn oder eine Lächerlichkeit oder eine Unanständigkeit. Und all diese Angst um nichts.

Könnten Sie das Schlachtfeld sehn, als welches ich meinen von Briefen, Karten, Blättern, Zeitungen, Manschettenknöpfen, Photographien und Hustenpastillen überdeckten Schreibtisch wohl bezeichnen darf, so würden Sie mir verzeihn.

Von einem Menschen, der mitunter an einem Tage eine Kritik und sieben Briefe schreiben, drei Korrekturbogen durchsehn, Fahnen lesen, Karten zeichnen, Holzstöcke revidieren, Schauspielerinnen empfangen, Zeitungen überfliegen, Bücher lesen und schließlich doch vor allem auch welche *schreiben* soll (und zwar, dem Umfange nach, *was* für welche): von solchem Menschen kann man nicht gut verlangen, daß er auch noch voll Zartheiten und Aufmerksamkeiten ist. Er *muß* zerstreut und abgezogen sein, weil beständig 15 verschiedene Dinge an seiner Seele zerren und ihn nervös machen.

Die Abende sind nämlich deshalb die Hauptsache, weil sie eine Art Endlosigkeit haben. Man kann sie bis 2, 3 Uhr ausdehnen und das Gefühl was einem aus der Vorstellung erwächst:

Du hast jetzt, wenn Du willst, 7 Arbeitsstunden vor Dir, ist außerordentlich angenehm und förderlich. An solchen großen Arbeiten, wie ich sie beständig vorhabe, wo man auf verschiedenen Tischen 10 Karten und 20 Bücher aufgeschlagen hat, kann man nicht viertelstundenweis herumbasteln. Dafür sind die Vorbereitungen zu groß.

Ich zünde meine Arbeitslampe an und verscheuche mit ihrem stillen Licht den ganzen Trübseligkeits-Nebel.

Der innerliche Mensch ist immer in einer Art Aufregung und Aktion, immer in der Angst: wie wird das werden? welches Buch brauchst Du? an wen mußt du noch schreiben? wer weiß etwas davon? wie componirst Du dies, wie gruppirst Du das etc. etc. Dies ist die *Aufregung* bei der Arbeit; aber diese Aufregung ist lange nicht das schlimmste; das schlimmste ist die Sorge: wird es auch nicht dummes Zeug sein? oder das bestimmte Gefühl »so geht es nicht, das ist albern, das ist verbraucht« und in Folge davon die Nothwendigkeit, oft schon mit angegriffenen Nerven etwas andres, neues an die Stelle des alten zu setzen.

Mit meinem neuen Buche »Meine Kinderjahre« bin ich kurz vor Weihnachten fertig geworden; gleich nach Neujahr will ich mit der Korrektur beginnen, was noch ein hart Stück Arbeit ist, wahrscheinlich mühevoller als das Niederschreiben. Zugleich regen sich auch allerlei Bedenken; ich weiche ganz von dem Ueblichen ab und erzähle nur Kleinkram. Meine Ueberzeugung, daß das das Richtige sei, ist unerschüttert, aber daneben bleibt doch die Frage, ob ich's im Maß richtig getroffen habe und *wenn* richtig getroffen, ob das Publikum Lust hat, meinen Standpunkt gelten zu lassen. Dies alles wird mir die Korrektur erschweren.

Goethe ließ sich seine Sachen *neun*mal in immer erneuter Reinschrift vorlegen und wenn's dann noch nicht gut war, auch noch öfter. Und das war Goethe! Wer seine Verse hinschreibt und sie ohne Weitres gut zum Eintritt in die Welt findet, aus dem kann nicht viel werden. Nur wer jeden Augenblick tief seine Unvollkommenheit empfindet, kann sich fortentwickeln.

Uebernimm Du Dich nur nicht beim Abschreiben.

Mama schreibt Roman ab; es oder er scheint ihr nicht recht zu gefallen; ich kenne das schon und es schadt auch nicht viel; Romane, die beim Abschreiben zugleich die Verstimmung tilgen, also nebenher noch eine Art »Mottentod«, – *die* giebt es nur selten. Meine Bücher verlangen ein freies Gemüth.

Auch die Correktur der Abschrift, bei der ich jetzt bin, ist noch wieder eine wochenlange Arbeit. Ich bin nun 'mal ein Bastler und Pußler und kann es nun nicht mehr loswerden.

Es ist aber doch ein Unterschied, ob ich nervös und dröhnig nach einem gleichgültigen Wort suche oder ob ich weitschweifig bin d.h. über den linken Hinterfuß eines Flohs eine Abhandlung schreibe. Das Dröhnen ist unter allen Umständen eine Tortur für den Hörer und sans phrase ein Fehler, eine Ungehörigkeit; die Weitschweifigkeit aber, die ich übe, hängt doch durchaus auch mit meinen literarischen Vorzügen zusammen. Ich behandle das Kleine mit derselben Liebe wie das Große, weil ich den Unterschied zwischen klein und groß nicht recht gelten lasse; treff ich aber wirklich mal auf Großes, so bin ich ganz kurz. Das Große spricht für sich selbst; es bedarf keiner künstlerischen Behandlung um zu wirken.

Titel: »Effi Briest«, für mein Gefühl sehr hübsch, weil viel e und i darin ist; das sind die beiden feinen Vokale.

Ich habe das Buch wie mit dem Psychographen geschrieben. Nachträglich, beim Corrigieren, hat es mir viel Arbeit gemacht, beim ersten Entwurf gar keine. Der alte Witz, daß man Mundstück sei, in das von irgendwoher hineingetutet wird, hat doch was für sich.

Ich ließ mir das Ur-Manuskript vom Boden holen, und da stand denn alles ganz richtig.

Crampas sagt: »Junge Frauen glauben vieles nicht.« Worauf *Effi* antwortet: »Und dann glauben sie wieder vieles, was sie besser nicht glaubten.«

Aus diesen zwei Sätzen hat meine Frau (oder vielleicht auch der Setzer) einen gemacht, so daß Crampas *beides* sagt. Und nun war die Konfusion geboren.

Sein Eignes immer wieder zu lesen, strapaziert nicht blos sondern verdummt auch.

Ich habe immer gefunden, daß man Zeit, Kraft und gute Laune (eine große Hauptsache) spart, wenn man sich um früher Geschriebnes gar nicht kümmert.

Ich habe eine natürliche und durch gute Herzensbildung genährte Neigung immer auch dem *andern* gerecht zu werden und seinen Standpunkt nach Möglichkeit gelten zu lassen. Ich kann mir aber nicht helfen, wer von einer Novelle die Kapitel-Ueberschriften wegschneidet und ebenso den Titel- und Ueberschrifts-Raum der ganzen Erzählung *sich* anrechnet, statt ihn dem Schriftsteller zu gute kommen zu lassen, kurzum wer kleinlich und dürftig über mehr als 4 Bogen hin die einzelnen Zeilen zusammenzählt und *diese* zusammenrechnet, statt den verbrauchten Gesammtraum in Rechnung zu stellen, – wer das thut, mag ein Ehrenmann sein, aber ein Ruppsack ist er. Glücklicherweise giebt es so viele niederträchtige und grundgemeine Schriftsteller, daß für Rache einigermaßen gesorgt ist.

Macht das Arrangement der Nummer Kürzungen [von »Ellernklipp«] nöthig, so laß ich sie mir, bis zur Reducirung auf 3½ Bogen, gefallen. Ich bin darin gar nicht peinlich. Bliebe noch der Ablieferungstermin. Ich bin, dies darf man ja sagen, ein sehr fleißiger Mann, sehne mich beständig nach neuen Arbeiten und werde deshalb an etwas im Wesentlichen Fertigen nicht länger herumbasteln, als nöthig ist, dennoch weiß ich aus Erfahrung, daß das Corrigiren viel viel länger dauert als das Schreiben.

Ich opfre Ihnen meine »Punctum's«, aber meine »und's«, wo sie massenhaft auftreten, müssen Sie mir lassen. [...] Wollt' ich alles auf den Und-Stil stellen, so müßt' ich als gemeingefährlich eingesperrt werden, ich schreibe aber Mit-und-Novellen und Ohne-und-Novellen, immer in Anbequemung und Rücksicht auf den Stoff. Je moderner, desto und-loser, je schlichter, je mehr sancta simplicitas, desto mehr »und«. »Und« ist biblisch-patriarchalisch und überall da, wo nach dieser Seite hin liegende Wirkungen erzielt werden sollen, gar nicht zu entbehren.

In früheren Zeiten hatte ich wenigstens einen Zettelkasten, und jeder Zettel enthielt eine Überschrift, ein Thema, woraus sich dann in verzweifelten Momenten was machen ließ. Aber auch dieser Zettelkasten ist leer wie eine Armenbüchse in einem Tanzlokal. So auf der Straße oder im Tiergarten geht es noch, aber zu Hause sitzt man doch klapprig wie der alte Faust und sieht in die untergehende Sonne. Dann und wann fällt wohl noch ohne Zutun ein Apfel vom Baum, aber die Kraft zum Herabholen ist nicht mehr da.

Ein alter Scriblifax wie ich müßte, rundum, gefächerte Regale haben, um Blätter und Journale hineinzuthun, statt dessen wird alles auf einen Haufen geworfen und verschwindet dann allmälig wie die Peden- und Unkrauthaufen auf dem Felde.

Sie sind, wie ich zu meiner Freude sehe, auch einverstanden damit, daß ich, in den intrikaten Situationen, der Phantasie des Lesers viel überlasse; dies anders zu machen wäre mir ganz unmöglich und ich würde totale Dunkelheiten immer noch einer Gasglühlichtbeleuchtung von Dingen vorziehen.

Trotz starken Abattu-seins hab' ich auch heute wieder meine Kapitel geschrieben nach dem alten Goethe-Satze: »Gebt ihr euch einmal für Poeten, So kommandirt die Poesie.« Daß es gleich gut wird, ist schließlich auch nicht nöthig und eigentlich von *dem* der täglich sein Pensum arbeitet auch nicht zu verlangen. Es wird wie's wird. In der Regel steht Dummes, Geschmackvolles, Ungeschicktes neben ganz Gutem und ist letzteres nur überhaupt da, so kann ich schon zufrieden sein. Ich habe dann nur noch die Aufgabe es herauszupulen. Dies ist zwar mitunter nicht blos mühsam, sondern auch schwer, es giebt einem aber doch eine Beruhigung zu wissen, »ja, *da* ist es, suche nur und finde.« Meine ganze Produktion ist Psychographie und Kritik, Dunkelschöpfung im Lichte zurechtgerückt.

Ich schreibe alles wie mit einem Psychographen (die grenzenlose Düftelei kommt erst nachher) und folge, nachdem Plan und Ziel mir feststehen, dem bekannten »dunklen Drange«. Es klingt ein bischen arrogant, aber ich darf ehrlich und aufrichtig sagen: es ist ein natürliches, unbewußtes Wachsen.

Aus den öden Redensarten lernt man nie etwas

Es ist gewagt, gegen den Strom zu schwimmen und unter Wölfen nicht zu heulen; ich kenne so manche, denen diese Lebensregel heilig gilt, ich sehe sie vom Glücke wie verfolgt und bin doch zu stolz, mich ihnen anzuschließen.

Man kann sich von dem ganzen Herkömmlichkeitsbrast nicht genug emancipiren. Das Wort von einer immer nothwendiger werdenden »Umwerthung« aller unsrer Vorstellungen, ist das Bedeutendste was Nietzsche ausgesprochen hat.

In die Tiefen Schopenhauers wird hinabgestiegen, und Wille und Vorstellung, Trieb und Intellekt sind beinahe Haushaltswörter geworden, deren sich auch die Kinder bemächtigt haben. Mete sagt nicht mehr: »Theo, Du bist zu dumm«, sondern »suche das Mißverhältniß zwischen Deinem Willen und Deinem Intellekt auszugleichen.«

»Jetzt hat man statt des wirklichen Menschen den sogenannten Übermenschen etabliert; eigentlich gibt es aber bloß noch Untermenschen, und mitunter sind es gerade *die*, die man durchaus zu einem ›Über‹ machen will.«

Früher wurden Dinge »Mode«, die nur der eine mitmachte der andre nicht, jetzt faßt ein Schlagwort oder gar eine »Parole« die Menschen mit der Macht einer Epidemie, der sich der Einzelne kaum entziehen kann und die so lange dauert bis ein bestimmter Theil der Gesellschaft »ausgeseucht« ist. Aber schon ist eine neue Epidemie da und bemächtigt sich eines neuen Bruchtheils der Gesellschaft.

Da man in der Zeit falscher Rücksichtsnahme und gesellschaftlicher Heuchelei immer erquickt wird, wenn man mal ein freies ungenirtes Wort hört, so kann ich nicht leugnen, ich würde froh sein, wenn die »schlimmen Stellen« stehen geblieben wären. Und mehr noch, man amüsirt sich nicht bloss darüber, man lernt auch daraus. Aus den öden Redensarten und den Patentheiten lernt man nie etwas.

Jung gefreit, hat niemand gereut; kehrt man es aber um, so ist es – das gewöhnliche Schicksal solcher Sätze – mindestens ebenso richtig.

Die altpreußische Redensart »je ärmer je besser« ist eine Torheit. Gäbe es eine einfache Armut, eine Armut an sich, so ließe sich über den Wert des bloßen Entbehrenlernens streiten; aber den von der landesüblichen Armut unzertrennlichen Druck, diesen und seine Wirkung – ein paar Kraftnaturen natürlich abgerechnet – werden die Durchschnittmenschen nicht wieder los. Und deshalb waren denn auch die Gehülfen ein vorwiegend minderwerthiges Material, weil sie meist aus kleinen elenden Verhältnissen herkamen. Sie katzbuckelten und setzten sich dann zur Entschädigung aufs hohe Pferd, wo sie's irgendwie glaubten riskieren zu können. Scheiterten sie auch damit, so blieb ihnen immer noch das Intrigieren. Die besten waren deshalb in der Regel die, die sich schon der Karikatur näherten und wenn sie nicht die besten waren, so waren sie doch jedenfalls die interessantesten.

Je pauvrer die Gegend, desto besser das Buch.

Der berühmte Satz »Kunst sei für alle« ist grundfalsch; Kunst ist umgekehrt für sehr wenige und mitunter ist es mir, als ob es immer weniger würden. Nur das Beefsteak, dem sich leicht folgen läßt, ist in einer steten Machtsteigerung begriffen.

»Jedes Tierchen sein Manierchen« wenn nur die Manier nicht einfach als Unmanier auftritt.

Après nous le déluge. Schaudervoller Satz, aber, wie die meisten schaudervollen Sätze, von einer lebenspraktischen Richtigkeit.

Der Mensch gewöhnt sich an alles. Dieser Satz ist falsch. Ich bin so unsentimental wie möglich, aber es ist ganz gewißlich wahr, daß zahllosen Menschen, alten und jungen, das Herz vor Gram, Sehnsucht und Kränkung bricht. Jeder Tag führt den Beweis, daß sich der Mensch *nicht* an alles gewöhnt. Auch *ich* würde es nicht gekonnt haben und wäre entweder, wenn ich durchaus hätte aushalten müssen, tiefsinnig geworden, oder hätte doch wenigstens eine traurige Wandlung aus dem Frischen ins Abgestandene, aus dem geistig Lebendigen ins geistig Todte durchgemacht. Das heißt dann freilich »sich gewöhnen«, aber wie! Noch jetzt empfinde ich täglich, wie wenig meine Stellung, die Dinge wie die Menschen, für mich taugt.

Man muß den Künstlern gegenüber, wenn es wirkliche Künstler sind, Verzeihung üben und fünfe gerade sein lassen, aber ihre Mischung von Blödsinn, Sittenfrechheit und Arroganz auch noch zu *feiern*, ist mir widerwärtig. Schon die bloßen Redensarten »meine Kunst ist mir heilig« (namentlich bei Schauspielerinnen) bringt mich um.

»Sie will Taten sehen, was vom Weiberstandpunkt aus allemal so viel heißt wie Verheiratung.«

Warum in das Herbe schweifen, sieh das Süße liegt so nah.

»Es ist das mit dem Telegraphieren solche Sache, manches wird besser, aber manches wird auch schlechter, und die feinere Sitte leidet nun schon ganz gewiß. Schon die Form, die Abfassung. Kürze soll eine Tugend sein, aber sich kurz fassen, heißt meistens auch, sich grob fassen.«

Die Redensart von der »deutschen Wissenschaft« kann ich gar nicht mehr hören. Unsre Bücher, und nicht zum wenigsten die wissenschaftlichen, sind schlechter, als die der anderen Culturvölker. Literatur und Kunst höchst fragwürdig, – das »Berliner Haus« ein Monstrum.

»Es heißt immer, der Apfel fällt nicht weit vom Stamm. Aber mitunter tut er's doch. Alle Naturgesetze schwanken heutzutage. Die Wissenschaft setzt ihnen zu arg zu.«

Das Mittelalter! man nennt es eine *dunkle* Zeit, man spricht von Beschränktheit, und der liebe Pharisäer »Gegenwart« schlägt an seine Brust und spricht: »ich danke dir Gott, daß ich nicht bin wie jene Zeit des Aberglaubens und der Intoleranz.« Mag sein! aber das Zeitalter der Hexenprozesse hatte viel Licht neben seinem Schatten und mit der rohen Ueberkraft ist uns die Kraft überhaupt verloren gegangen. Mit den Flammen des Scheiterhaufens sind große Tugenden erloschen, und es drängt sich mir auf, als bedürfe die Menschennatur der *Beschränkung* um das Vollmaß ihrer Kraft zur Erscheinung zu bringen, und als wäre *Erweitrung* des Gesichtskreises gleichbedeutend mit Schwächung und aller Misère, die sich daran knüpft. Wir bedürften eines kleinen Kreises um groß zu sein, und sind klein wenn wir die Welt umfassen wollen.

Zu diesen Herrlichkeiten, an denen meine Seele lutscht wie an einem Bonbon, gehört auch der immer mehr zu Tage tretende Bankrutt der Afterweisheit des vorigen Jahrhunderts. Das Unheil, das Lessing mit seiner Geschichte von den drei Ringen angerichtet hat, um nur *einen* Punkt herauszugreifen, ist kolossal. Das »seid umschlungen Millionen« ist ein Unsinn. Hoheitsaufgaben, die doch nicht gelöst werden können, verwirren die Menschen nur. Ganz allgemein aufgestellt sind unerfüllbare Sätze wie »liebet eure Feinde«, groß und segensreich. Denn der Einzelne kann sich daran in den Himmel hineinstrampeln. Und ich bewundre es dann. Aber so wie das praktische Leben für den Alltagsgebrauch danach eingerichtet werden soll, gerathen wir in die Nesseln und schreien auf.

Aber alles, was Phrase *geworden* ist, war anfänglich (in den meisten Fällen) eine Wahrheit, ein beherzigenswerter Grundsatz, und Scherenberg sagte mir einmal überaus fein: Dichter sein heißt, das Triviale wieder in seine ursprüngliche Schönheit einsetzen.

»Wenn ich das Gegenteil gesagt hätte, wäre es ebenso richtig. Der Teufel is nich so schwarz, wie er gemalt wird.«

Mit der Zeit kommt alles, Orden – Titel – Tod.

»Das Leben ist kurz, aber die Stunde ist lang.«

Ein sonderbares Metier, die Schriftstellerei

Meine Arbeit muß zum Mindesten *so* gut sein, daß ich auf sie hin einen kleinen Romanschriftsteller-Laden aufmachen und auf ein paar treue, namentlich auch zahlungsfähige Käufer rechnen kann.

Ich sehe klar ein, daß ich eigentlich erst bei dem 70er Kriegsbuche und dann bei dem Schreiben meines Romans [»Vor dem Sturm«] ein *Schriftsteller* geworden bin d. h. ein Mann, der sein Metier als eine *Kunst* betreibt, als eine Kunst, deren *Anforderungen* er kennt. Dies letztre ist das Entscheidende. Goethe hat einmal gesagt: »Die Produktion eines anständigen Dichters und Schriftstellers entspricht allemal dem Maaß seiner *Erkenntniß*.« Furchtbar richtig. Man kann auch ohne Kritik mal was Gutes schreiben, ja vielleicht etwas *so* Gutes, wie man später *mit* Kritik nie wieder zu Stande bringt. Das alles soll nicht bestritten werden. Aber das sind dann die »Geschenke der Götter«, die, weil es Göttergeschenke sind, sehr selten sind, *einmal* im Jahr, und das Jahr hat 365 Tage. Für die verbleibenden 364 entscheidet die Kritik, das Maaß der Erkenntniß.

Es ist mindestens unklug, wenn nicht geradezu verwerflich, der grossen Masse vornehm den Rücken zuzukehren. Der Instinkt von Gevatter Schneider und Handschuhmacher ist ein viel feineres und beherzigenswerteres Ding, als unsre Odenschreiber (Platen) sich träumen lassen.

Es geht mir klar daraus hervor, daß ein Schriftsteller eigentlich nur noch leben kann, wenn er sich in den Dienst eines Buchhändlers begiebt. Nur auf *diesen* kommt es an. Einem Ideale nachzujagen, ist lächerlich. Nur wer es versteht Aufsehen zu machen, ist ein Gegenstand der Beachtung. Ordentliche, fleißige Arbeit ist Sache der Mittelmäßigkeiten. Will jemand seinen eigenen Weg gehen, so thut er's auf seine Gefahr; vielleicht reüssirt er, in der Regel wird er scheitern. Es kommt nur noch auf die Blätter an; Bücher sind altmodisch, beinah lächerlich.

Das, wodurch zwar nicht das Urteil, aber doch die Handlungsweise der Redaktionen und nun gar erst der Verleger, bestimmt wird, ist allein die Machtstellung, die der Autor einnimmt. Ist er ganz auf der Höhe, so wird alles genommen und jede Summe gezahlt.

Es ist ein sonderbares Metier, die Schriftstellerei, und Du kannst mir danken, daß ich Dir zugerufen habe: bleibe davon! Nur die, die durchaus weiter nichts können und deutlich fühlen, daß sie, wohl oder übel, nun 'mal an diese Stelle gehören und nur an diese, nur die dürfen es wagen. Einfach, weil sie müssen und weil ein andres Leben sie erst recht nicht befriedigen würde. Wer aber fühlt, daß er auch Beine abschneiden oder Bahnhofswölbungen berechnen oder einen neuen Stern oder ein neues Alkaloid entdecken kann, der bleibe von den Künsten fern.

Das lächerlich Miserable des literarischen Erwerbes [...]. Ich kaufe ein Buch, das wenigstens vier Thaler kostet, arbeite drei Tage lang und lese drei Tage lang bis nachts um 2, zwei Kinder schreiben viele, viele Seiten ab und zum Schluß mache ich mich an eine Correktur und Glattfeilung des Ganzen und dafür erhalte ich 20 oder wenn es hoch kommt 24 Thlr. Wobei ich mein Wissen und mein Talent noch gar nicht rechne.

Dass man sich in seinem vermögenslosen Zustand und bei dem Jammerertrage seiner Feder einen solchen Luxus [Sommerkur] immer noch gönnen kann, ist eigentlich ein Mirakel. Und das führt mich zu dem Ausdruck meines lebhaftesten Bedauerns über den abermaligen Misserfolg meiner Anstrengungen, den ich nun, durch Ihre Zahlenangaben [Verkaufszahlen »Schach von Wuthenow«], schwarz auf weiss habe. [...] Aber am Ende eines Lebens auf eine 40jährige vergebliche Zappelei zurückzublicken, ist ein schlechtes Vergnügen. Tausendmal hab' ich mir gelobt, gleichgültig dagegen zu sein (au fond *ist* es gleichgültig) aber wenn einen dann die Zahl 510 anstarrt, 510 auf 60 Millionen Deutsche, die über die Welt hin wohnen, so kriegt man ein Zittern und das Herz sinkt einem, um nicht einen drastischeren Ausdruck zu wählen.

Dichter dritten Ranges sind schon lächerlich, wenn sie jung sind, aber solch 72jähriger [d. i. Leo Goldammer], mit kolossalem Asthma, der immer noch bei seinem vor 40 Jahren angefangenen »Großen Kurfürsten« sitzt, ist die Lächerlichkeit in höchster Potenz. Dabei immer noch lyrisch und schwabblig. Er war mal Bäcker, das läßt sich begreifen, dann aber auch städtischer Nacht-Wachtmeister oder Nachtwächter-Oberst, das läßt sich *nicht* begreifen. Unter seinem Regime muß furchtbar eingebrochen worden sein. Guter Kerl, aber just einer von der Sorte, die die Dichter-Reputation immer tiefer in den Dreck hineinbesorgen.

Ein junger Chamisso, Sohn Adelberts, trat beim zweiten Garderegiment ein, das damals der alte Möllenhoff kommandierte, ein trefflicher alter Herr – derselbe, der am 18. März [1848] das Malheur hatte, von einem Volkshaufen gefangengenommen zu werden. Es entspann sich zwischen dem Obersten und dem Avantageur folgendes Gespräch.

v. M.: »Also Chamisso! Was war Ihr Herr Vater?« v. Ch.: »Dichter.« v. M.: »Was?« v. Ch.: »Dichter.« v. M. (halb wohlwollend, halb aigriert): »Dichter? Nu gut, gut. Er muß doch aber auch was *Wirkliches* gewesen sein.« v. Ch. (verlegen): »Mein Vater war auch Landwehroffizier.« v. M. (beruhigt und beruhigend): »Na sehn Sie!«

So wurde mir seinerzeit im Kuglerschen Hause, das dem Chamissoschen nahestand, erzählt, und wenn es nichtsdestoweniger erfunden sein sollte, so behaupte ich, daß es sich damals jeden Tag ereignen konnte und vielleicht auch heute noch.

Mir selber erging es vor einigen Jahren nicht besser, ja sogar noch schlimmer, weil es mich persönlicher traf. Ich saß im Vorzimmer des Kultusministers und wartete. Mit mir ein Professor der Theologie. Der Bote ging hin und tat endlich die unvorsichtige, blamable Frage: »Gehören die Herren zusammen?« – »Nein«, sagte der Professor indigniert und mit einem Ton, mit einem Ton … O daß ich diesen Ton vor Gericht stellen könnte! Hätt ich Zeit gehabt, ich hätt in den Werken des Herrn die Stellen über Demut und Liebe nachgeschlagen.

Wie ist die Stellung des Schriftstellers? – Ich glaube, es herrscht in dieser Frage bei denen, die sie zunächst angeht, eine seltsame Einmütigkeit. Die Berühmten und die Unberühmten, Freien und Unfreien, die Romane- und Stückeschreiber, die Journalisten und Essayisten – der armen Lyriker ganz zu geschweigen –, alle sind meines Wissens einig darüber: die Stellung eines Schriftstellers ist miserabel. Welchem Lande nach dieser Elendsseite hin der Vortritt gebührt, mag schwer festzustellen sein, doch wird sich vielleicht sagen lassen, daß Preußen-Deutschland immer mit in erster Reihe figuriert hat und erfolgreich bemüht ist, sich auf dieser alten Höhe zu halten. Die, die mit Literatur und Tagespolitik handeln, werden reich, die, die sie machen, hungern entweder oder schlagen sich durch. Aus diesem Geld-Elend resultiert dann das Schlimmere: der Tintensklave wird geboren. Die für »Freiheit« arbeiten, stehen in Unfreiheit und sind oft trauriger dran als der mittelalterliche Hörige.

Denn »aus Gemeinem ist der Mensch gemacht« und der Literat zweimal.

Das ganze Metier hat einen Knacks weg.

Ich bin nicht menschenfeindlich, aber menschenscheu; dazu kommt, daß mir die literarische Collegenschaft so wenig gefällt – *nicht* auf der Vossin, *da* sind noch die besten – sondern das sogenannte »höhere Schriftstellerthum«, das nur noch aus dem Bengelthum sich rekrutirt. Diese Klage ist freilich alt, die absterbende Generation hat immer so gesprochen, aber so gewiß es wahr ist, daß Nationen sich ändern, so ändern sich auch Stände. Die Franzosen, sonst so artig, sind jetzt rüpelhaft und dieselbe Bezeichnung läßt sich dem jungen Schriftstellerthum beilegen. Alle Bescheidenheit ist aus der Welt und in vielen Kreisen herrscht ein Ton, als ob man unter den Goldgräbern in Californien lebte.

Gott, ich habe schon kaum sechs Kollegen, mit denen ich auf dem Sprechfuß stehe, und nun wollen Sie aus diesem kleinen Zirkel auch noch ausscheiden!

Freie Liebe hat nie was eingebracht, man sei eine Hure und man kriegt seine Thaler so gut wie alle die Lotten und Rieken, die sich deutsche Schriftsteller nennen.

In den Augen des großen Publikums kann der Dichter nie genug hungern, es ist sozusagen seine Spezialität, und je fester der Schmachtriemen ihm angezogen wird, desto reiner seine Lyrik. Aber die, die zur Erbauung des Publikums diese Trainierung durchmachen sollen, denken doch anders darüber und haben unter den einschlägigen Entziehungsprozessen [...] meist so sehr gelitten, daß sie sich, selbst in den liebenswürdigsten Stücken, an derartige Vorbereitungen für ihren Dichter- und Künstlerruhm nicht gern erinnern lassen.

Der echte Dichter
(Wie man sich früher ihn dachte)

Ein Dichter, ein echter, der Lyrik betreibt,
Mit einer Köchin ist er beweibt,
Seine Kinder sind schmuddlig und unerzogen,
Kommt der Mietszettelmann, so wird tüchtig gelogen,
Gelogen, gemogelt wird überhaupt viel,
»Fabulieren« ist ja Zweck und Ziel.

Und er ist gekämmt und gewaschen zuzeiten,
So schafft das nur Verlegenheiten,
Und ist er gar ohne Wechsel und Schulden
Und empfängt er pro Zeile ’nen halben Gulden
Oder pendeln ihm Orden am Frack hin und her,
So ist er gar kein Dichter mehr;
Eines echten Dichters eigenste Welt
Ist der Himmel und – ein Zigeunerzelt.

Sonderbar, das Publikum läßt einen im Stich, aber der alte Feind der schriftstellernden Menschen, der Buchhändler, thut seine Schuldigkeit.

Ich entferne mich in meinem Geschmack immer mehr von dem, was das Publikum will und was ihm, *weil* es es will, auch geboten wird. Was ich noch einen Zug fühle zur Darstellung zu bringen, das sind die kleinsten, alltäglichsten Hergänge; Verführungen, Entführungen, Radauszenen und alles das, was an den Müllkasten des Polizeiberichts erinnert, ist mir ein Greul, und mit einer Geschichte von mir mich vorzuwagen ist, als ob ich mit einer in lila Barège gekleideten »Einfalt vom Lande« auf einem von Sportsleuten gegebenen Ball erscheinen soll. Ich passe mit meiner Dame nicht auf den Ball, und der Ball paßt nicht zu mir.

Aber die Geschichte, das was erzählt wird. Die Mache! Zum Schluß stirbt ein Alter und zwei Junge heiraten sich; – das ist so ziemlich alles, was auf 500 Seiten geschieht. Von Verwicklungen und Lösungen, von Herzenskonflikten oder Konflikten überhaupt, von Spannungen und Überraschungen findet sich nichts. [...] Alles Plauderei, Dialog, in dem sich die Charaktere geben, und mit ihnen die Geschichte. Natürlich halte ich dies nicht nur für die richtige, sondern sogar für die gebotene Art, einen Zeitroman zu schreiben, bin mir aber gleichzeitig nur zu sehr bewußt, daß das große Publikum sehr anders darüber denkt und Redaktionen – durch das Publikum gezwungen – auch.

Aber so angenehm mich das äußerliche Wohlgelungensein berührt hat, so hat sich mir doch auch wieder die Frage aufgedrängt: »ja, wird – ja, *kann* auch nur ein großes Publikum drauf anbeißen?« Ich stelle diesmal meine Hoffnungen auf die Kritik. Finden sich Wohlwollende, die der Welt versichern: »ja, das ist was ganz Besonderes«, so glauben es die Leute. Ob auch aus *eigner* Kraft will mir zweifelhaft erscheinen.

Was tun? Ich dacht' an Umkehr; doch sein Auge,
Das *Fritzen*-Auge bannte mich zur Stelle;
So hielt ich denn und machte Front.
»Wie heißt Er?«
Ich stotterte was hin.
»Und sein Metier?«
»Schriftsteller, Majestät. Ich mache Verse.«

Der König lächelte. »Nun hör' Er, Herr,
Ich will's Ihm glauben. Keiner ist der Tor,
Sich dieses Zeichens ohne Not zu rühmen,
Dergleichen sagt nur, wer es sagen muß,
Der Spott ist sicher, zweifelhaft das andre.
Poete allemand! Ja, ja, Berlin wird Weltstadt. [...]

Geld pumpen darf man immer nur bei Fremden

Es haftet ja dem Gelde eine zauberhafte Macht an, auch im Guten, und das Absterben des *Kleinlichen*, daran die Deutschen auch jetzt noch leiden, ist eine der großen Segnungen großen Besitzes und großer Verhältnisse. Das eigentlich Erquickliche, Glückliche, auch *Große*, liegt aber doch wo anders. Unsre großen Dichter, Philosophen, Feldherrn und Staatsmänner waren arme Leute. Was bleibt vom alten Zieten, von Kant und Schiller übrig, wenn man sie mit der Geld-Elle mißt? Ohne *Freiheit* kann sich der Mensch nirgends zu was Schönem entwickeln, hat er aber Freiheit – und Bedürfnislosigkeit sichert auch dem Armen die Freiheit – so hat er alles.

Arm und zugleich frei und anständig sein, zählt zu den schwersten Aufgaben.

Ich habe jetzt mal wieder den Plan, fürs liebe Geld zu schreiben, nicht um große Summen dabei einzustreichen – nein, so sanguinisch rechne ich nicht mehr –, nur um meine Einnahmen in etwas zu verbessern.

Mir kommt es darauf an Geld zu kriegen *ohne* zu schreiben. *Das* ist das Geheimniß schriftstellerischen Wohlergehens. Wer noch schreibt, ist entweder ein Genie, was ich leider nicht bin, oder ein – Cadet.

Hätt' ich in Schöneberg ein Haus und einen Garten und könnt' ich, je nach Gefallen, heute ein Kapitel schreiben und morgen nach Mist schmeckende Riesen-Erdbeeren ziehn, so würd' ich gesund werden, aber Dienst und Arbeit, auch wenn ich keine Romane schriebe, würden mir meine schwachen Zustände überall fühlbar machen. Ich müßte Geld haben, und das hab ich nicht. Da liegt der Schlüssel.

Wo viel Geld ist, geht immer ein Gespenst um; je älter ich werde, je tiefer empfinde ich, soll heißen je schärfer beobachte ich den Fluch des Goldes; es scheint doch fast wie göttlicher Wille, daß sich der Mensch sein täglich Brot verdienen soll, der Minister natürlich anders wie der Tagelöhner, aber immer Arbeit mit bescheidnem Lohn. Ererbte Millionen sind nur Unglücksquellen, und selbst die reichen Philanthropen sind elend, weil das Studium der Niedertracht und Undankbarkeit der Menschen ihnen ihr Thun verleidet.

Ueberhaupt Geld! Daß Macht dabei herauskommt und daß alles vor jedem Stockjobber winselnd auf dem Bauche liegt, gebe ich zu, weil es so wenig Menschen giebt, die unabhängig von irgend einem großen Portemonnaie dastehn; außer dieser Macht über Sklaven kommt aber gar nichts dabei heraus; die miserabelsten Zustände, die widerwärtigsten Tragödien spielen sich immer in Geldhäusern ab.

Was wir »Formen« nennen, wird fast allein durch die Verhältnisse bedingt, schlechte Verhältnisse schlechte Formen, und umgekehrt. Je älter ich werde, je scheuer und ängstlicher sehe ich auf den Mammonismus, das goldne Kalb ist ein Fluch, aber das Gefällige, das trivial Schönheitliche des Lebens ist Sache des Geldes.

Alle reformatorische Macht ruht heutzutage beim Geldbeutel, Ideen gelten wenig, Recht gilt gar nicht.

Ich kann momentane Geldverlegenheiten, die bei Lichte besehen kaum welche sind, nicht als ungeheures Lebens-Unglück ansehn; wir haben seit Anno 55 also seit 26 Jahren alljährlich über 2000, eine kurze Zeit lang gegen 3000 und als Durchschnitt 2500 bis 2700 Thaler ausgegeben, – ich kann dies unmöglich ein jämmerliches Leben nennen. In Wahrheit leben wir, bei gleichzeitig äußerster Bescheidenheit, auf einem großen Fuß, in *dem* Sinne auf einem großen Fuß, daß wir uns nichts versagen, was uns *sehr* wünschenswerth erscheint.

Strengt Euch nur nicht mit Weihnachtsgeschenken an, jede Mark ist weggeworfen; man muß mit solchen alten Geschichten brechen, wenn man nicht Harun al Raschid oder Bleichröder ist.

Durch fünf Mark ersparen wollen, kann man sich ein ganzes Diner ruinieren, und der Pferdefuß der Ruppigkeit kommt irgendwo 'raus.

Bei dem Thema, wie man sich in Geldverlegenheiten einigermaßen helfen könne. »Ja«, sage ich, »'s ist sonderbar; es geht mir ja mehr als bescheiden, aber ich würde nicht sonderlich darunter leiden, wenn ich nur dann und wann einen Pump zu Stande bringen könnte. Das kann ich aber nicht. Ich habe durchaus kein Talent zu dergleichen; ich bin zu *un*geschickt.«

Es kommt vor, daß hochbegabte, aber erfolglose Dichter und Künstler nach ihrem Tode den Makel der Armuth überwinden und in Tagen, wo sie Niemanden mehr anpumpen können, heilig gesprochen werden, bei Lebzeiten indeß waren sie ein Schrecknіß, kaum ein Gegenstand des Mitleids; man wich ihnen aus, immer in Angst.

Überhaupt – als Lebensregel – nur nicht anfragen oder gar Dienste anbieten bei Freunden, Verwandten und Bekannten. Geld pumpen und Gefälligkeiten erbitten, darf man immer nur bei Fremden.

Dies Armsein ist mir schon deshalb genehmer,
Weil für den Alltag um vieles bequemer.
Von Vettern und Verwandtenhaufen
Werd' ich nie und nimmer belaufen,
Es gibt – und dafür will Dank ich zollen –
Keine Menschen, die irgend was von mir wollen,
Ich höre nur selten der Glocke Ton.
Keiner ruft mich ans Telephon.

Und doch, wenn ich irgend etwas geschrieben,
Das, weil niemand es will, mir liegen geblieben,
Oder wenn ich Druckfehler ausgereutet,
Da weiß ich recht wohl, was Geld bedeutet,
Und wenn man trotzdem, zu dieser Frist,
Den Respekt vor dem Gelde bei mir vermißt,
So liegt das daran ganz allein:
Ich finde die Summen hier immer zu klein.

In Kursfragen sind nur *die* bewandert, die Wertpapiere haben. Was soll mir dergleichen?

Gieshübel gehörte bis vor 20 oder 30 Jahren einem Grafen, vielleicht Graf Chotek, der das Quellwasser ruhig in die Tepel laufen ließ; er verkaufte dann seinen Besitz an einen Herrn Mattoni, also muthmaßlich an einen ungrischen Juden, der nun das Wasser auffing und es in den Welthandel brachte. Die Zahl der Millionen Gulden, die dabei gewonnen worden sind, ist so hoch, daß der gräfliche Vorbesitzer, der diesen Wechsel der Dinge noch erlebte, darüber verrückt geworden ist. *Ich* wäre nicht verrückt geworden, aber wer etwas wacklig ist, kann es dabei werden.

So nimm es, wie es fällt

Es wird gehen, gleichviel, ob momentan die 6 oben liegt oder Null. Jeder Tag ist ein neues Würfelspiel, und die Zahlen und Werte wechseln.

Alles im Leben ist Bestimmung oder Lotto und man muß abwarten, wie's fällt. Herauscalculiren läßt sich nichts. Das Allergleichgültigste sind aber Freunde und Bekannte, – sie wollen nichts thun und können nichts thun, weil sie dadurch nur in Ungelegenheiten kommen würden.

Ich rechne zwar auf 70, weil Vater und Großvater es so weit brachten, aber wie leicht macht man, auch auf *diesem* Gebiete, die Rechnung ohne den Wirth. Und wie es in alten Balladen heißt: »ich hätte deß nicht leid«; das beständige Ringen, nicht mehr um vorwärts zu kommen, sondern nur noch um sich auf einem Platze dritten Ranges mühvoll zu behaupten, hat etwas Ermüdendes. Aber keine sentimentalen Betrachtungen!

Ich soll zwar einen auf 85 Jahre berechneten Corpus haben, mir persönlich ist nicht danach zu Muthe. Zudem hat mir eine Breslauer Autorität, Professor Hirt, mit Hülfe des Augenspiegels ruhig versichert: Gehirn-Anämie, der Sehnerv ganz weiß, also hochgradig, er könne es aber elektrisch heilen. Na, na.

Ringt man sich erfolglos ab, bringt man es nie über den ledernen succès d'estime hinaus, empfindet man jeden Augenblick: es ist ganz gleichgültig, ob Du lebst oder nicht lebst, und es ist wo möglich noch gleichgültiger ob Du einen Roman unter dem Titel »Peter der Große«, »Peter in der Fremde« oder »Struwelpeter« schreibst, alle bestehen aus denselben 24 Buchstaben und alle kommen in die Leihbibliothek und werden à 1 Sgr. pro Band gelesen und nach Gutdünken und Zufall abwechselnd gut und schlecht gefunden, – auf *dieser* Alltags- und Durchschnittsstufe stehen bleiben, ist traurig, lähmt und kann selbst *meine* Hoffnungsseligkeit nicht zu neuen Großthaten begeistern. Man ist also blos wie der Soldat auf dem Posten, wie der Wereschaginsche Russe im Schipka-Paß, erst umwirbelt, dann bis an die Knie im Schnee und dann – ganz. Der einzige Trost, der einem bleibt, ist *der*: es liegen viele im Schipka-Paß.

Sich ewig mit dem Ruhm und Namen trösten zu wollen, ist lächerlich; dazu müßten denn beide doch um einige Ellen höher sein. Ich habe mich redlich angestrengt und bin so fleißig gewesen, wie wenige, aber es hat nicht Glück und Segen auf meiner Arbeit geruht. Ein Buch wie dies 70er Kriegsbuch wäre sonst nicht *spurlos* vorübergegangen.

Wenn sich die Leute mehr um meine Bücher kümmerten, wenn ich statt der ewigen succès d'estime mal einen *wirklichen* Erfolg zu verzeichnen hätte, so bin ich wahrhaftig nicht der Einfaltspinsel, der sich die Butter vom Brote nehmen lassen würde.
Ich habe mir manches in meinem Leben gefallen lassen müssen, aber das darf ich sagen: nie mehr, als ich *mußte*.

Ich sehne mich eigentlich nur noch nach Ruhe, Stille, Einsamkeit. Dies Mitrennen in dem großen Ameisenhaufen macht mir keinen Spaß mehr. Ich sehne mich nach einem *wirklichen* Erfolg; kann ich *den* nicht haben, so langweilt mich das literarische Sechsdreierthum mehr als es mich erfreut.

Alles Schwindel, Clique, Mache [...]. »Was gemacht werden kann, das wird gemacht.« Die Reputationen, die Lebenserfolge, Ruhm, Ansehn, Gewinn, – alles wird durch eine Gruppe von Personen bestimmt, die sich durch verschwiegnen Händedruck »zusammengefunden« haben.

Das einzige bewährte Mittel zum Absatz meiner Bücher – ich muß sie selber kaufen.

Meine nun grade durch 40 Jahre hin immer gleich gebliebenen Nicht-Erfolge, auf allen Gebieten, bei allen Firmen, würden mich längst um einen letzten Rest von Selbstvertrauen gebracht haben, wenn nicht die mir – ich bekenne zu meinem Staunen – bewilligten hohen Journal-Honorare, mich bei einigem Muth erhalten hätten. Denn das Geld ist doch auch ein Werthmesser, wenn auch freilich nicht der einzige.

Ende April [1891] erfahre ich, daß ich den »Schillerpreis« erhalten habe, was mich natürlich sehr freut, vielleicht am meisten wegen der 3000 Mark. Denn mit der Ehre ist es so: im Publikum sind einige (auch nicht viele), die's mir gönnen, unter den Kollegen eigentlich keiner; jeder betrachtet es als eine Auszeichnung, die meinen Anspruch darauf übersteigt. Wenn man sich auch noch so niedrig taxiert, macht man immer wieder die Wahrnehmung, daß es doch noch zu hoch war, und daß man in der allgemeinen Schätzung noch niedriger steht. Nun, auch gut. Alles ist nicht Schwindel, aber doch das Meiste.

Und vielleicht kriege ich einen Leitartikel. Ist mir aber Schnuppe; ich habe das Gold und keine Spur von Beschämung.

Das Klassische, der feste Bestand, das was den Schatz der Nationen bildet, wird von Jahrhundert zu Jahrhundert nur durch wenig Sachen vermehrt und Alles, was selbst die Guten und Besten jetzt schaffen, hat bloss einen Tageswerth – eine ganz kurze Zeit und es ist von der Tafel heruntergewischt. Heute waren in der »Vossin« sechs oder sieben Romane hintereinander besprochen, alles Arbeiten von namhaften Leuten, alle gut aber auf jeden kamen drei Zeilen und schon jetzt, wo die Buchstaben noch kaum trocken sind, sind alle sechs oder sieben Bücher schon so gut wie vergessen.

Summa Summarum

Eine kleine Stellung, ein kleiner Orden
(Fast wär' ich auch mal Hofrat geworden),
Ein bißchen Namen, ein bißchen Ehre,
Eine Tochter »geprüft«, ein Sohn im Heere,
Mit siebzig 'ne Jubiläumsfeier,

Artikel im Brockhaus und im Meyer...
Altpreußischer Durchschnitt. Summa Summarum,
Es drehte sich immer um Lirum, Larum,
Um Lirum Larum Löffelstiel.
Alles in allem – es war nicht viel.

Je besser man seine Pappenheimer kennen lernt, je mehr man sieht, wie dumm alles liegt, oft sogar innerhalb des Metiers, sicher aber wenn es über das Metier hinausgeht, – je mehr man sich mit dieser Erkenntniß durchdringt, je heitrer wird man, aller Aerger fällt fort und man resignirt sich dahin: »nach Lage der Sache geht es einem eigentlich noch sehr gut.«

Alles ist Zufall, besonders auch der Erfolg, und das einzig Erquickliche ist nicht der Ruhm sondern die Ruhe.

Haben Sie allerschönsten Dank für Ihre überaus freundliche Beurteilung meiner opera omnia. Ich will wünschen, daß ich in der Literaturgeschichte ähnlich günstig fortkomme. In dem gegen den Schluß hin stehenden Satze, daß ich nur ein paar Saiten auf meiner Guitarre, diese aber auch in der Gewalt hätte, haben Sie's, wenn es gestattet ist sein eignes Lob zu contrasignieren, vorzüglich getroffen. Neue Töne noch zu lernen, verbietet nicht blos die Natur sondern auch das »zu alt«. Spiel und Tanz ist vorbei.

Es hilft uns kein Gedeutel,
So nimm es, wie es fällt,
Der eine hat den Beutel,
Der andre hat das Geld.

Es läßt sich nichts erklopfen,
Der eine hat den Wein,
Der andre hat die Pfropfen,
Man muß zufrieden sein.

Ruhm und Größe sind meist mehr eine Annahme als eine Wirklichkeit und ist die Wirklichkeit auch wirklich mal da, so mischt sich so vieles mit ein, was die ganze Herrlichkeit wieder balancirt.

Als ich eines Tages las »daß es nur noch drei große Männer in Deutschland gäbe: Bismarck, Menzel und Fontane«, – *da* wurde mir doch unheimlich. Es muß notwendig ein Rückschlag kommen und wie mir Pietsch an meinem Geburtstag erzählte (als Geburtstagsgeschenk freilich etwas sonderbar) daß das »Daheim« einen Artikel vorbereitete, drin ich mehr oder weniger als alter Esel dargestellt würde, erkannte ich so was von göttlicher Gerechtigkeit.

Es bleibt also nur noch der Freundeskreis

Es giebt viel Freundliches in der Welt, aber das offiziell Freundschaftliche, daran hapert's. Auch auf diesem Gebiete wächst das Beste in der Freiheit, Freundschaft aber ist eine Zwangsanstalt.

Es ist wahr, es giebt überhaupt wenige nette Dichter.

Der Abend mit Zöllners war sehr angenehm; an die bekannten »Eigenthümlichkeiten« fange ich an mich zu gewöhnen und sie als »charakteristischen Zug« zu schätzen. Alles kommt auf die Beleuchtung an.

Ich habe, ein paar über den Neid erhabene Kollegen abgerechnet, in meinem langen Leben nicht 50, vielleicht 15 Personen kennen gelernt, denen gegenüber ich das Gefühl gehabt hätte: ihnen dichterisch und literarisch *wirklich* etwas gewesen zu sein. Im Kreise meiner Freunde hier (oder gar Verwandten) ist nicht einer; jeder hält sich die Dinge grundsätzlich und ängstlich vom Leibe, und vergegenwärtige ich mir das alles, so habe ich allerdings Ursach, über den Verkauf von lumpigen 1000 Exemplaren erstaunt zu sein, denn 100 ist eigentlich auch schon zuviel. Und mehr als 100 werden auch wirklich aus dem Herzen heraus *nicht* gekauft, das andre ist Zufall, Reclame, Schwindel.

Mit einer Art Schauder denkt man an die Möglichkeit, daß man rankehaft alt werden und dem Mitleids-Obol einer von Pietät und ähnlichen Schnurrpfeifereien emancipirten Jugend verfallen könnte. Die paar Alten sollten deshalb, soweit es Charakter und Verhältnisse zulassen, zusammenhalten.

Ich bin kühl, nicht sehr aufmerksam, etwas rechthaberisch, etwas pedantisch und viel breiter und gründlicher, als die Menschen lieben. Es ließe sich über alle diese Punkte schließlich auch noch sehr streiten, aber ich will sie 'mal ohne Weiteres gelten lassen; ich sage nur einfach, sieh Dir die *andern* an. Denkst Du denn, daß mich Zoellners Urtheile über Bücher, die er nicht gelesen hat, besonders interessiren? [...] Denkst Du denn, daß es mir nicht eine Tortur ist, unsren Heyden, wenn er mit Macbeth oder Hamlet beginnt, sofort bei seinen Walkyren oder dem »Oluf« ankommen zu sehn? Von den viel mattren Pilgern der Gesellschaft – denn dies sind die glänzenden Nummern – will ich gar nicht erst sprechen. Aber hast Du je ein Zeichen der Ungeduld bei mir wahrgenommen? Zum Donnerwetter, wer sind all die lieben Leute, daß sie den Anspruch erheben könnten, meine Aufmerksamkeit fordern zu dürfen, während sie mir die ihrige, nach Laune, versagen oder gewähren. Du weißt recht gut, daß ich, mit alleiniger Ausnahme von Lazarus (und gerade über *den* hab ich mich nie zu beschweren) den andern an Wissen, Esprit und Gedanken überlegen bin, und ich verlange, daß man mir dies zugesteht, sonst soll man mich in Ruhe lassen.

Werd' ich dieser schottischen Reise, an der Hand eines lieben und *nachsichtigen* Freundes, in Wehmut und Dankbarkeit gedenken.

Er [dieser Freund] war eine schwache, träge Natur, durch jedes Wort bestimmbar, auch von den dummsten Menschen, und was ihn und sein Leben recht eigentlich zu Fall gebracht hat, war *das*, daß er nicht arbeiten konnte.

Eggers stirbt an der Unfähigkeit eines Entschlusses. Die Götter sind solchem Gebahren entschieden abhold. Sie lieben kein va banque-Spiel, aber sie lieben den noch weniger, der sich mit seinem Gulden ängstlich-gierig um den Spieltisch herumdrückt und nicht weiß, ob er setzen soll oder nicht.

Es bleibt also nur noch der Freundeskreis. *Eggers*, der Vereinegründer, ist munter und liebenswürdig, [...], *Lepel* geht im Vorleser auf, andre sagen – unter.

Vielleicht schauspielere ich nur Paul Heysen gegenüber ein wenig, indem ich fast mit allzuviel Emphase den Trompeter seines Ruhmes mache. Er erschwert mir's nämlich dadurch, daß er mich ziemlich unumwunden für einen Menschen von mäßigen Gaben (des Herzens wie Geistes) hält, und es bedarf freilich mitunter einer Kraftanstrengung, um mich dadurch nicht beirren zu lassen.

Ich darf sagen – und ich fühle das so bestimmt, wie daß ich lebe, – daß ich etwas in diesem Buche [»Vor dem Sturm«] niedergelegt habe, das sich weit über das herkömmliche Romanblech, und nicht blos in Deutschland erhebt, und nichts hat mich mehr gereizt, als daß einer meiner *besten Freunde* (Name später mündlich) so thut, als ob es so gerade nur das landesübliche Dutzendprodukt wäre.

Mein Freund Leo Berg löst immer noch am »sexuellen Problem« herum – persönlich so ungeeignet wie möglich dazu – und die ganze deutsch-skandinavische Neuliteratur folgt seinem Beispiel. All der Quatsch, der sich geriert, als läute er eine neue Weltperiode ein, wird binnen kurzem vergessen sein, während der Bauer, der noch lebend für einen Sechser rasiert werden will, weil es nachher zwei Groschen kostet, in Äonen nicht untergehen kann.
[Leo Bergs »Das sexuelle Problem in Kunst und Leben« (1890) behandelte u. a. den »Feminismus in der modernen Litteratur« und erlebte fünf Auflagen.]

Immer sechs bis acht Personen, immer Mustertee, immer »Götterspeise«, immer Dichtungen vor einem Publikum, das durch Vortrag derselben grenzenlos gelangweilt wurde. Nur Frl. v. Rohr strahlte. Sie war nach wie vor Lepels Egeria und bald auch meine.

Adelheid. Ein herbes, wenig liebenswürdiges Fr. v. R. aber durch ihre häßliche Herbheit sich von dieser unterscheidend. Von sehr schwacher Bildung, aber von gutem praktischen Verstand. Praktisch, prosaisch, ökonomisch.

[Fontanes langjährige Brieffreundin Mathilde von Rohr, Stiftsfräulein im Kloster Dobbertin, wurde zur Romanfigur Adelheid im »Stechlin«.]

Friedländer ist eitler und äußerlicher, aber trotz dieses Gewichtlegens auf gutsitzende Hosen etc. doch viel *unbourgeoishafter*, ein Vorzug, der mir, je älter ich werde, immer mehr bedeutet.

Sie [Friedländer] haben einen verhängnisvollen Zug, den feinfühlenden Finger immer wieder auf die sonderbare, von Ihnen mit Recht beanstandete Stelle zu legen. Die Folge davon ist, daß sich Ihr Gemüth, Ihr ganzes innres Leben zu sehr in kleinen, Sie beständig quälenden Empfindungen ausgiebt. Sie sind ein scharfer, witziger und auch humoristischer Beobachter, aber Sie treten nur so zu sagen literarisch humoristisch auf; Sie bringen es zu einer Sie selber amüsirenden humoristischen Form, aber Ihre Seele bringt es zu keiner humoristischen Stellung den Albernheiten und Kleinlichkeiten des Lebens gegenüber. In dieser Stellung liegt das vom Ärger Befreiende.

Bin ich von etwas Fehlerhaftem in mir *absolut* durchdrungen, so habe ich die Pflicht, diesen Fehler abzulegen oder wenigstens beständig dagegen anzukämpfen. Aber solcher Art sind die Fehler nicht immer, die man hat; wie's bei den Katholiken »läßliche Sünden« giebt, so giebt es »läßliche Fehler«; wer sie nicht hat, wird der korrektere sein, er wird öfter als Musterknabe dastehn, aber viele von den Gaben, Vorzügen und selbst Tugenden des Andern wird er *nicht* haben. Dies fordert dazu auf, mit dem Ausmerzen und Correktmachen nicht zu energisch vorzugehn.

Er [Mauthner] ist ein kluger und geistvoller Mann, aber es gibt einen seidenen Zeugstoff, den man, glaub ich, Changeant nennt. Es sieht ganz gut aus; aber man weiß nicht recht, ist es grün oder rot oder braun. Mauthner beschwört immer was herauf; aber wenn man eben sagen will: »Erlauben Sie mal«, ist er schon wieder weg. Für eine etwas langsame und schwerfällige Natur, wie die meine, ist das störend. Ich komme zu keinem rechten Vergnügen. Mauthner ist der splendideste Gastgeber, aber auch zugleich der routinierteste Kellner, der einem den Teller schon wieder wegnimmt, wenn man eben anfangen will.

Es ist mit dem Egoismus des gebildeten, beständig auf sich achtenden Menschen vielfach nicht so schlimm, als die Pessimisten glauben, und daß wir uns trotzdem eines solchen Egoismus oft selbst bezichtigen und seiner schämen, hängt gar nicht mit *unsrem* Egoismus zusammen, sondern mit dem in unverschämter Breite heranmarschirenden Egoismus des andern, mit dem wir nun unausbleiblich zusammenstoßen. Artig wie wir sind, entschuldigen wir uns wegen dieses Zusammenstoßes, was der Unverschämtheitsfalstaff im für uns günstigsten Falle für selbstverständlich hinnimmt, ohne Ahnung davon, daß nur seine brutale Breite die Carambolage überhaupt veranlaßt hat.

Ach, die Eitelkeiten der Menschen! Und während man sie an den Andern wahrnimmt und belächelt, übersieht man, daß man grade eben so ist und daß man mit all seinen Anstrengungen und Einbildungen ebenso drin steckt, ebenso in die Vergessenheit hinüberschwimmt, und zwar sehr sehr rasch, wie alle andern, vor denen man sich einbildete etwas voraus zu haben.

Dichter sind gut, wenn sie eingebunden vor einem stehn.

Für mich haben Bücher Physiognomien wie die Menschen.

Aber sich 'mal sehen, ist selbst für *mich*, der ich doch ein Lebens-Abgefundener bin, immer noch von Interesse, weil man doch von dem einzig werthvollen Studium, dem Menschenstudium, nicht *ganz* los kann. Eine neue Figur interessirt immer noch wieder und in ihren Fehlern gelegentlich noch mehr als in ihren Vorzügen.

Unter Lob und Tadel sah man mir zu

Gelobtwerden ist immer gut, aber den Ausschlag giebt doch das »wie«. Ganz besonders dankbar bin ich Ihnen für den Hinweis darauf, daß ich andern zu Leibe rücke, mir selbst aber *auch*. Und hätte ich meiner Neigung folgen können, so wäre ich noch ganz anders gegen mich losgegangen, denn inmitten aller Eitelkeiten, die man nicht los wird, kommt man doch schließlich dazu, sich als etwas sehr Zweifelhaftes anzusehn. »Thou comest in such a questionable shape.«

Die Unsicherheit des menschlichen Urtheils ist eben sehr groß, weil wir – Menschen sind. Am schlimmsten steht es damit in Deutschland, weil das Urtheil des Deutschen am meisten abhängig ist von Dingen, die mit der *Kunst* gar nichts zu schaffen haben. Ein Buch wird danach beurtheilt, ob es lutherisch oder calvinistisch oder jesuitisch, ob es loyal oder oppositionell, ob es preußisch oder österreichisch, ob es kaiserwilhelmlich oder bismarckisch ist. Im Deutschen, ein paar Ausnahmen zugegeben, lebt keine Spur von Kunstgefühl.

Das Lob in der Regel noch dümmer als der Tadel. Die gesammte deutsche Presse verfolgt mir wie andern gegenüber, beständig den Zweck, einen bestimmten Schriftsteller an eine bestimmte Stelle festnageln zu wollen. Es ist das Bequemste. *Mein* Metier besteht darin, bis in alle Ewigkeit hinein, »märkische Wanderungen« zu schreiben. Alles andre wird nur gnädig mit in den Kauf genommen. Auch bei Schach tritt das wieder hervor, und so lobt man die Kapitel: Sala Tarone, Tempelhof und Wuthenow. In Wahrheit liegt es so: von Sala Tarone hab ich als Tertianer nie mehr als das Schild über dem Laden gesehn. In der Tempelhofer Kirche bin ich nie gewesen und Schloss Wuthenow existiert überhaupt nicht, hat überhaupt nie existiert. Das hindert aber die Leute nicht zu versichern: »ich hätte ein besondres Talent für das Gegenständliche«, während doch *alles*, bis auf den letzten Strohhalm, von mir erfunden ist, nur gerade *das* nicht, was die Welt als Erfindung nimmt: *die Geschichte selbst*.

Scott schrieb einmal: »Ich bin schlimm daran: Tadel verdrießt mich, und Lob erfreut mich nicht.« Ich hab ihm das oft nachgesprochen, denn das meiste Lob ist danach. Lob, aus dem man zugleich berechnende Vorsicht und die beständige Angst vor einem auch nur kleinsten Zuviel herauswittert, macht einen tristen Eindruck. Und diese Lobform ist *hier* noch immer zu Hause und arbeitet, mitten im anscheinenden Schnellzugenthusiasmus, mit der Carpenter-Bremse.

Als ich noch die Romane meines Freundes Hesekiel in der Kreuz-Zeitung besprechen mußte, habe ich diese Kunst gelernt; man lobt das, was zu loben ist – irgend was derart läßt sich immer finden – und geht über das Andre hin. Namentlich geht man über die Hauptfrage hin: ist das *Ganze* gut oder schlecht, sympathisch oder antipathisch. Muß man aber diese Frage, wohl oder übel, beantworten, so findet die Niedertracht menschlicher Natur auch da noch ihren Ausweg. »Ich habe sehr wohl erkannt, worauf Sie lossteuern; ich mache Ihnen mein Compliment; ja, so liegt es; Sie legen muthig die Axt an die Wurzel; wollte Gott, daß wir das Ziel erreichen; nur in diesem Zeichen können wir siegen.« In solchen Phrasen geht es weiter.

Ich stehe längst auf dem Standpunkt, an einem wohlwollenden und wohlmotivierten Tadel mehr Freude zu haben als an einem Lob, dem man selten das rechte Vertrauen entgegenbringt. Eine Kritik noch wieder zu kritisieren, ist geschmacklos.

Die Durchschnitts-Liebenswürdigkeit ist ein Nichts im Vergleich zu »Wohlwollen«. Das Wort sieht nach gar nichts aus, umschließt aber eine Welt. Es gehört ganz unter die feinen Sachen, wie Demuth, Reue, vergeben-und-vergessen-können, Beichtebedürfniß. Aber was besitzt die Welt von diesen Extra-Artikeln! Immer ein Quentchen auf 100 Pfund Commiß.

Es ist Mode, ja geradezu guter Ton geworden, von dem Virtuosentum als von etwas Schrecklichem, als von der Wurzel alles Übels zu sprechen. Ich finde dies einfach absurd und bekenne mich offen und beinahe uneingeschränkt zu der entgegengesetzten Ansicht. Alles, was mich von Personen auf der Bühne noch interessiert, sind Virtuosen oder doch solche, die wenigstens in der einen oder andern Rolle »virtuos« aufzutreten verstehn. Ein paar Ausnahmen laß ich gelten.

Nur nicht loben

Schreibt wer in Deutschland historische Stücke,
So steht er auf der Schiller-Brücke.
Macht er den Helden zugleich zum *Damöte*,
So heißt es: Egmont, siehe Goethe.
Schildert er Juden, ernst oder witzig,
Ist es Schmock oder Veitel Itzig.
Schildert er einige hübsche Damen,
Heißt es: Dumas … Ehebruchsdramen.
Jeder Einfall, statt ihn zu loben,
Wird einem andern zugeschoben.
Ein Glück, so hab' ich oft gedacht,
Daß Zola keine Balladen gemacht.

Halte immer fest, daß wir alle selten hinter unserm Rücken gelobt werden; und wenn uns solch' Tadel später zu Ohren kommt, so müssen wir ihn tragen können. Die beste Antwort ist die, daß man nichts von den Eigenschaften zeigt, die einem vorgeworfen werden.

In der Regel wirkt […] ein Gran Bedenken gerade so schwer wie ein Zentner Tadel, ja, der Gran, wie ein feines Gift, geht ins Blut, während die grobe Masse einfach wieder ausgestoßen wird.

Man ist doch furchtbar abhängig von dem, was die Menschen sagen, was so weit geht, daß man, wenn nur 3 mal 24 Stunden dazwischen liegen, mit Urtheilen einverstanden ist, die sich untereinander widersprechen.

Wenn man so mit Lob eingekocht vor sich steht, wie Aal in Aspik, und es bibbert alles nur so, jeden Augenblick bereit zu zerfließen, wird mir immer himmelangst, und das Vergnügen ist nicht groß; *so* viel aber, so literarhistorisch ruhig seinen Platz (und welchen Platz!) angewiesen zu erhalten, das tut unendlich wohl.

Rückblick

Es geht zu End', und ich blicke zurück.
Wie war mein Leben? wie war mein Glück?
Ich saß und machte meine Schuh;
Unter Lob und Tadel sah man mir zu.
»Du dichtest, das ist das Wichtigste …«
»Du dichtest, das ist das Nichtigste.«
»Wenn Dichtung uns nicht zum Himmel trüge …«
»Phantastereien, Unsinn, Lüge!«
»Göttlicher Funke, Prometheusfeuer …«
»Zirpende Grille, leere Scheuer!«
Von hundert geliebt, von tausend mißacht't,
So hab' ich meine Tage verbracht.

Stolz, Selbstgefühl, hoher Ehrbegriff, Noblesse – das sind alles wunderbar schöne Sachen, aber schon ein bischen zu viel davon ist ein Unglück und lächerlich dazu.

Etwas kann vielleicht mit meinem Selbstgefühl versöhnen: das heitre Zugeständniß all der Niederlagen, die dasselbe beständig erlebt.

Das prädominierende Gefühl bleibt doch immer: »Lägst du nur erst wieder im Bett.« Bei mir ist dies Gefühl so stark, daß selbst meine berühmte Artigkeit zusammenbricht und ich mir sage: »Wird dir das und das übel genommen, so auch gut.« Es ist vielleicht eine kleine Tugend, von dem Urteil der Menschen abhängig zu sein, aber bequemer haben es die Rüpel, denen all so was ganz gleichgültig ist.

Man gähnt sich anständig durch die Welt

Das Schlimmste bleibt schließlich doch immer die Langeweile; vom Standpunkt der Gesellschaft aus, ganz gewiß.

Eine große Vorliebe für ein uniformes Abwickeln meiner Tage steckt allerdings in mir, und dieser deutsche Studiercharakter rettet mich hier vor äußerster Unbefriedigtheit und wachsendem Trübsinn.

Man frißt sich durch, hat keine direkten Sorgen, kann mal einen Pfropfen aus der Weinflasche und einen Extra-Sixpence aus der Börse ziehn, aber die Verschlagung, das Exil, die Oede, die Langeweile wird immer größer und man darf von sich in Bausch und Bogen sagen: man gähnt sich anständig durch die Welt.

Und was ist, wenn man nicht mehr arbeiten kann? Man kommt um vor Langerweile.

Das *Leben* ist nie langweilig und in seiner künstlerischen Darstellung am wenigsten.

In diesen Nöthen flieh ich zum alten Göthen und lese die »natürliche Tochter« und die »Wahlverwandtschaften«; ich bewundre es und finde es tief-langweilig. Als Beobachtung des Lebens und Weisheits-Ansammlung klassisch, aber kalt und farblos. Es muß doch wirklich irgendwo fehlen, wenn ein 50jähriger Mann, der sein Leben an diese Dinge gesetzt hat, dazu den *besten Willen* mitbringt, und durch Schiller, Scott, ja selbst durch Storm, Heyse, Wilbrandt, in ihren beßren Hervorbringungen *vollständig* befriedigt werden kann, wenn *der* die »natürliche Tochter« mit den Worten zuklappt: Form klassisch, Inhalt Misère, Grundanschauung weise aber klein.

Selbst der Kenner wird das von mir Geschriebne sehr wahrscheinlich zu lang und hier und da auch zu langweilig finden. Was heißt aber langweilig? Davor darf man nicht erschrecken. In diesem Punkte ist Goethe neben Wilkie Collins ein Nachtwächter. Und so glaube ich denn, daß bei den starken Streichungen [Vorabdruck des Romans »Quitt« in der »Gartenlaube«] auch alle meine Finessen gefallen sind.

Das Langweiligste von der Welt ist bekanntlich die reine, weiße, durch nichts gefärbte Vorzüglichkeit.

Es giebt kein unbedingtes und ungetrübtes Glück, das länger als 5 Minuten dauert. Das Tollste sind Flitterwochen in einem englische Seebade. So langweilig, daß Zankscenen eine Erlösung werden.

So eben komme ich von der vielbesprochenen [Brühlschen] Terrasse, wo ich mich sattsam gelangweilt und – weil es eben nichts Bessres zu tun gab – Deiner in Liebe und Freundschaft gedacht habe.

Wir leben hier [in Kissingen] sehr angenehm und sehr bevorzugt, weil wir in der Lage sind, mit etwa einem Dutzend Menschen uns verabreden und unterhalten zu können. [...] Ueberblickt man den Zustand, in dem ganz ersichtlich die Andern leben, darunter die Reichsten und Vornehmsten, so ist dies ein großes Glück, – den Meisten steht die grenzenlose Langeweile, die sie leiden, aufs Gesicht geschrieben und sie zählen trotz Glanzentfaltung und Ziererei die Tage wo sie dem glänzenden Bade-Elend wieder entfliehen können.

Die Langeweile ist kolossal und wäre noch kolossaler, wenn ich nicht das Menschenbeobachten zu einer mir lieben, unterhaltlichen und lehrreichen Kunst ausgebildet hätte. Ja, es steckt 'was von Genuß drin, von einer ganz feinen Sinnlichkeit, wie sie der künstlerisch beanlagte Mensch immer hat und haben muß, so lange er als Künstler sieht und empfindet. Die Toiletten, ihre Schönheit und Sonderbarkeit, interessieren mich gleichermaßen, und am meisten die Frauengesichter, aus denen man lange, schreckliche Romane herauslesen kann, schrecklich durch Schuld und schrecklich durch Sühne. Mitunter sieht auch ein Gesicht nach Buße aus, nach Reue nie. Nichts ist seltener als Reue; jeder ist schließlich mit seinem Tun zufrieden und würd' es, wenn es ginge, wieder so machen.

Unter den 2000 Damen, die ich nun hier in 3 Wochen gesehn habe, waren 10 oder 20 (hoch gerechnet) famos gekleidet, so daß sich von Kunst und höherem Geschmack sprechen läßt, 100 andre präsentiren sich gut, der Rest von 1500 und mehr sind entweder zum weinen oder reichen doch noch lange nicht an die [Hausschneiderin] Mischke heran, wenn sie nur einigermaßen ihren guten Tag hat. Die Meisten wirken einfach wie Karrikaturen und wenn mich meine Erinnerung nicht täuscht, war man früher, in der Masse, besser gekleidet. Es kann auch kaum anders sein; die jetzt herrschende Mode verlangt wirklich ein Stück Kunst, um die schwierige Sache zu bewältigen, und wo soll bei der ungeheuren Mehrzahl von Schneiderfräuleins diese Kunst herkommen. In allen Lebensverhältnissen fehlt Einfachheit, Natürlichkeit, bon sens, daher ist alles so niederträchtig schlecht. Allenfalls das Bierbrauen abgerechnet.

Das Quantum von Gleichgültigkeit, das die Menschen allem entgegenbringen, was nicht Modesache ist, ist kolossal.

Wenn man die Gicht hat, ist Berlin besser als Krummhübel und mit solchen Dingen wie Gicht und hundert Aehnlichem, hat man zu rechnen. Ich kann mir doch auch einen Zustand denken, den ich mit »koppermüde« bezeichnen möchte, während man berlinmüde nicht recht werden kann. Man kann von vornherein berlinantipathisch sein, aber wenn man, seiner Natur nach, überhaupt hier leben kann, so kann sich der Zustand nicht recht verschlechtern, wenigstens nicht durch Langeweile, weil sich das Leben einer großen Stadt beständig erneuert. Wenn mich das Schauspielhaus zu langweilen anfängt, kommen die Holländer auf Gastspiel. Und so auf jedem Gebiet.

Das »sexuelle Problem« »freie Liebe« das »Weib und sein höherer Beruf« etc. sind denn doch nachgerade Themata, deren Ueberschriften einen angähnen und nun gar erst was drin steht.

Die Deutschen mit ihrer »ewigen Ordnung« kann ich nicht als das Ideal der Schöpfung ansehn. Es ist gerade gut genug für den Alltag und – die Langeweile.

Ich bin ganz Sanguiniker

An und für sich bin ich der ungalligste Mensch von der Welt; aber das Leben packt mir so viel kleinen Aerger auf, daß auch meine gar nicht auf Galle gestellte Leber ein Treibhaus-Beet wird, drauf sie üppig gedeiht. Der Aerger als Mist. Was er wirklich ist.

Zwei Dinge kann ich meiner ganzen Natur nach nicht aushalten: Aerger und Confusion. Ich bin auf ein stilles Licht gestellt, auf Ruhe und Klarheit.

Ich bin nun mal für Frieden und Compromisse. Wer diese Kunst des Compromisses nicht kennt, vielleicht nicht kennen will, solch Orlando furioso und Charakterfatzke kann sich begraben lassen. Ich habe noch nicht gesehn, daß ein Dollbregen oder auch nur Prinzipienreiter heil durchs Leben gekommen ist.

Zu meinen kleinen Eigentümlichkeiten gehört auch *die*, in allen Confliktsfällen das Recht des mir Gegenüberstehenden zu doubliren, das meine zu halbieren! Aber selbst nach diesem Doppelverfahren hüben und drüben find ich immer noch, daß sein flaues Benehmen gegen mich ein Unrecht involviert.

Sieht man von ganz wenig Ausnahmefällen ab, so läuft überhaupt unser ganzer Verkehr im Leben entweder auf ein reines schändliches Komödienspiel, oder da, wo im Ganzen genommen Ehrlichkeit herrscht, auf Compromisse, Waffenstillstände, stillschweigende gegenseitige Abmachungen hinaus. Und wie ich Dir schon neulich schrieb: »man steht zu seinen Kindern nicht anders, als wie zu andern Menschen.« Also nochmals: selig sind die Friedfertigen. In der That, wer nicht seiner Natur nach auf Kampf gestellt ist, muß allen Streit und alle Conflikte fliehn, sonst wird er unglücklich.

Hypochondrische Anfälle, halb melancholisches Brüten halb leidenschaftliches Auffahren, gewinnen immer mehr Macht über mich, so daß ich mitunter überhaupt an mir verzweifle, und an den Poeten nun schon gar überhaupt.

Bei meiner großen Reizbarkeit, die ich beklage, aber nun nicht mehr ablegen kann.

Man muß Aerger aushalten können; wenn man es nicht kann, wenn man ihm überall aus dem Wege geht, so erreicht man nichts. Bei Frauen mag dies nur halb zutreffen, oder noch weniger als halb, bei Männern ist es wichtig.

Gram embellirt nicht.

Er [Alexis] hat aus Marwitz [Memoiren] den »Isegrimm« gemacht, ich den Vitzewitz. Auch darin zeigt sich der Unterschied unsrer Naturen. Er war Melancholicus, ich bin ganz Sanguiniker.

Es gibt wenig Gegnerschaften im Leben, mit denen man so beharrlich zu kämpfen hat, wie mit der Neidhammelei. Davon kann ich ein Lied singen und in nichts habe ich meinen glücklichen sanguinischen Charakter *so* sehr bewiesen, als in dem Leichtnehmen der Demüthigungen und Unterschätzungen. Nur vergessen habe ich sie nicht.

Unser aller Leben ist, bei gelegentlich eingestreutem Freundlichen, eine Kette von Kränkungen.

Die Sachen von der Marlitt, von Max Ring, von Brachvogel, Personen die ich gar nicht als Schriftsteller gelten lasse, erleben nicht nur zahlreiche Auflagen, sondern werden auch wo möglich ins Vorder- und Hinter-Indische übersetzt; um mich kümmert sich keine Katze. Es ist *so* stark, daß es zuletzt wieder ins Lächerliche umschlägt. Und das rettet mich, sonst würd' ich leberkrank.

Man muß sich darin finden, daß immer wer da ist, der einem vorgezogen wird. Vielfach – namentlich in der Jugend und ehe man sich etablirt hat – ist dies kränkend. In spätren Lebensjahren aber hört es auf kränkend zu sein, weil man sich überzeugt, daß niemand, auch der Größte nicht, von dieser Kränkung ausgeschlossen bleibt. Es läuft darauf hinaus, daß immer »das Andre« besser ist. Eine Frau, die einen Schöngeist hat, sehnt sich nach einem Kürassieroffizier, und eine Frau, die einen Kürassieroffizier hat, sehnt sich nach einem Schöngeist. Ist man klug, so kommt es auf Stattlichkeit und ist man stattlich, so kommt es auf Klugheit an. Dem Loyalitätsfatzke steht der Freiheitsapostel und dem Freiheitsfatzke der Loyalitätsapostel gegenüber. Wie man's auch einrichten mag, zur *Hälfte* kommt man immer schlecht weg. Hat man sich damit durchdrungen, daß es nicht anders sein kann, so fällt zwar nicht der momentane Aerger fort, aber man verheirathet sich nicht mit ihm.

Die Frau Professorin begrüßte mich sehr herzlich, zeigte mir die neuste Nummer der Vossin, und sagte: »Eben hab' ich von Ihnen gelesen; sehen Sie, hier; es ist so spannend, man kennt ja alle Straßennamen.« Dann brach das Gespräch glücklicherweise ab, und wir gingen, mit Herrn v. Behr zu sprechen, »zu interessanteren Thematas über«.

Wenn wir über die Straße gehen, und der dümmste Mensch ruft uns zu: alter Schafskopf! so ärgern wir uns. Unser gutes Gewissen, daß wir zu den klügsten Leuten der Christenheit zählen, ist nicht mächtig genug, uns diesen Ärger zu ersparen. Selbst die übliche Expektoration »Ochse«, zu der auch der Geistreichste in so dringenden Fällen zu greifen pflegt, stellt die gute Laune nur kümmerlich wieder her.

Cultivirung halber und Ausflickung zerrissener Verhältnisse, ist das Thörichste was man thun kann.

Nur sehr selten in meinem Leben – und ich erachte dies für ein großes Glück – haben mich Dinge beleidigt oder schwer verdrossen, in welchen Fällen ich immer kurzen Prozeß gemacht und jede Beziehung abgebrochen habe. Solche Personen waren von Stund an Luft für mich, aber auf eine sich hinschleppende stille Fehde habe ich mich nie eingelassen. Ich trenne mich von Menschen oder, wenn ich mich *nicht* von ihnen trenne, so lebe ich in Frieden mit ihnen und verwinde kleine und selbst große Unannehmlichkeiten, die ja nun mal nicht aus der Welt zu schaffen sind. All das ist mir auch nie sehr schwer geworden; allerdings hatte ich es leicht, weil ich immer eine freie Rückzugslinie hatte. Beamte, Offiziere, Kompagnons, die zugleich Vettern und Vermögensteilhaber sind, können sich diesen Luxus meist nicht gönnen; ich wäre, wenn ich dergleichen hätte durchmachen müssen, längst tot.

Sei heiter!
Es ist gescheiter
Als alles Gegrübel;
Gott hilft weiter –
Zur Himmelsleiter
Werden die Übel.

Die Gesellschaft ist ein Scheusal

»Es gibt Umgangsformen und Artigkeitsgesetze. Gewiß. Aber das alles reicht nicht weit. Was der Mensch am ehesten durchbricht, das sind gerade solche Formen. Und wer sie nicht durchbricht, der kann einem auch leid tun.«

Ich dränge mich nirgends ein; man fordert mich auf zu erscheinen, und nachdem ich erschienen bin, Du wirst dies einräumen, schaff' ich Leben in die Bude. Dafür sollte man mir danken; ich habe Anspruch darauf »cajolirt« zu werden, denn, wie Du nur zu gut weißt, ich bringe Opfer wenn ich mich von meinem Buch und meinem Theetisch trenne und statt dessen in meinen halbschmutzigen weißen Handschuh fahre. Nun aber *ist* das Opfer gebracht; mit einem heitren Todesmuth, der einer beßren Sache werth wäre, spring ich in die Bresche und erzähle den Leuten (nicht zu meiner Erbauung; ich schwiege lieber) vom Hundertsten und Tausendsten. Dafür verlang ich einen Gesellschaftsorden, aber nicht lange Gesichter. Wer mir *die* zeigen will, der soll mich zu Hause lassen.

Ich wage die Behauptung: wer keine Glacéhandschuh trägt, hat entweder keine, oder *versteht* sie nicht zu tragen, und dem breiten Behagen der Unfeinheit gehen unwandelbar viele hundert gescheiterte Versuche voraus, sich auf dem Parquet des Lebens zu bewegen.

Independenz über alles. Alles andre ist zuletzt nur Larifari. Und auch von diesem Larifari werden wir immer genugsam haben, wir werden immer lebhaft, espritvoll und gesellschaftlich-liebenswürdig bleiben, und die Menschen werden sich immer ein Vergnügen und eine Ehre daraus machen, uns zu Gaste zu laden.

Geistreich-sein ist blos gefährlich wie schön-sein und ruinirt den Charakter.

Wenn man einer vornehmen Dame vorgestellt werden soll, und zwar nicht auf Attachéschaft, sondern auf Dichterschaft hin, so ist es am besten, alles vollzieht sich nach dem Satze: »Schicksal nimm deinen Lauf.« Irgend was Dummes wird man gewiß sagen; aber es ist doch besser, diese Dummheit kommt frisch vom Faß, als daß sie sich als Produkt eines voraufgegangenen Drills kennzeichnet. Im ersteren Fall wird sie immer noch was haben, was vornehme Damen amüsiert, im anderen Fall ist alles bloß tot und langweilig.

Führen mich bestimmte literarische Zwecke in solche Häuser, so nehm ich das Unbequeme nicht blos geduldig mit in den Kauf, so fühl' ich es auch gar nicht; die stündliche Wahrnehmung, daß ich *das* erreiche, was ich erreichen will, erhält mich bei guter Laune. Ich kriege, wie die Berliner sagen »meinen Preis heraus«. Fehlen diese Zwecke aber, so krieg ich ihn *nicht* heraus und aergre mich meine Zeit so nutzlos veranlagt zu haben. Dazu kommt noch ein kleiner Neben-Aerger, der, je älter ich werde, immer stärker wird. In der Regel verlaufen die Dinge so, daß man zwar mit exquisiter Artigkeit behandelt, dem Ganzen aber doch ein Ton und Wesen gegeben wird, aus dem man die einem zu Theil werdende bedeutende gesellschaftliche Auszeichnung erkennen soll. Dies ist mir nun im höchsten Maaße langweilig und ridikül; ich empfinde nichts von einer Auszeichnung, bin vielmehr so kolossal arrogant mir umgekehrt einzubilden, die Leute müßten froh sein mich kennen gelernt zu haben.

Anregendes, heitres, wenn's sein kann geistvolles Geplauder, wie es hierzulande üblich ist, ist die Hauptsache an dem Buch [»Vor dem Sturm«]. *Dies* hervorzubringen, meine größte Mühe. Daher zum Theil auch die ewigen Correkturen, weil nicht die Dinge sachlich, sondern durch ihren Vortrag wirken. Ich möchte etwas Feines, Graziöses geben; ob ich es erreiche, steht dahin.

Da ich kein Freund der »Ausschweige-Soireen« bin, so fiel mir [...] die nicht leichte Aufgabe zu, wie für den Tee so auch für den Unterhaltungsstoff zu sorgen. Alle meine alten Steckenpferde mußten aus dem Stall und nie hab ich in Völkerpsychologie und vergleichender Stamm- und Racenforschung so geschwelgt, als an meinem Kamine in Oléron. Wenn ich dann über die Weltherrschafts-Qualität der germanischen Race, über die Nicht-Gefahr des Panslavismus, über die Wellenbewegungen im Volksleben, über die eigentlichen und uneigentlichen Demokratien meine freien Vorträge gehalten und der Graf (darin ganz Graf) mit völligster Ungeniertheit sich ausgegähnt hatte, zogen sich gegen acht die beiden Herren zurück.

Sie wissen gewiß – wer wüßt' es nicht! – aus eigener Erfahrung, daß Zeiten kommen, wo sich Gott und Menschen gegen uns verschworen zu haben scheinen, wo man in der besten Gesellschaft sich unter lauter Vampiren wähnt, die nur darauf warten, uns das Herzblut auszusaugen und wo man an der Liebe und Teilnahme der Menschen so gründlich verzweifelt, daß man verwundert um sich blickt, wenn einem jemand freundlich »Guten Morgen« bietet.

Dies ist auch eine der Ungeheuerlichkeiten, ja Rohheiten unsres gesellschaftlichen Lebens, daß man, wenn man nicht mehr Zipp sagen kann oder Zahnweh oder einen Strom- und Trompetenschnupfen oder eine furchtbare Migräne hat, immer noch gerade gut genug ist, um in Gesellschaft zu gehen. Das ganze, dem Schönheitlichen und Aesthetischen entfremdete Wesen des Germanen spricht sich darin aus; zugleich der krasse Selbstsüchtling.

Alle Welt hält »dichten« für langweilige Quatscherei und mehr oder weniger ungehörige Beschäftigung, die man nur Kindern und Imbeciles verzeiht, und doch verlangt jeder Bourgeois, Philister und Staatshämorrhoidarius seinen Vers, wenn's ihm gerade paßt.

Letzten Freitag erschien ein Diener von Excellenz Graf Redern und sagte mir, der Graf würde sich freuen mich am Montag zwischen 9 und 11 zu sehen, es sei in einer literarischen Angelegenheit. [...] Er proponirte mir schließlich, ich solle seine Biographie schreiben. Natürlich war ich gleich gewillt, es *nicht* zu thun, ich bat mir aber Bedenkzeit aus und versprach ihm eine schriftliche Antwort. Die hab ich denn gestern Abend zur Post gegeben. Ich hab' in dem Verkehr mit Hof und Hofleuten ein Haar gefunden; sie bezahlen nur mit »Ehre«, und da diese ganze Ehre auch noch nicht den Werth einer altbackenen Semmel für mich hat, so wird es mir nicht schwer darauf zu verzichten.

Der Mensch, der so viel sein kann, ist in der Gesellschafts- und Geldsphäre doch recht wenig. Die Menschheit fängt nicht beim Baron an, sondern, nach unten zu, beim 4. Stand; die 3 andern können sich begraben lassen. So lange man die Dinge um einen her wie selbstverständlich ansieht, geht es, aber bei Beginn der Kritik bricht alles zusammen. Die »Gesellschaft« ist ein Scheusal.

Die gewöhnliche gesellschaftliche Feinheit besteht aus äußerlicher Geschraubtheit und innerlicher Rücksichtslosigkeit.

Worin liegt der Unterschied? Ich glaube *darin*, daß in guten Häusern das Unfreie, das Zurechtgemachte, das Hinaufgeschraubte, die Trivialität und das Blech wegfällt. Es wird auch allerhand dummes Zeug gesprochen, Unausreichendes, Unfertiges, Unhaltbares, aber die Ziererei fehlt, die Prätension; alles giebt sich natürlicher. Gerade da, wo man Zwang fürchtet herrscht Zwanglosigkeit, und umgekehrt.

Zu dieser gesellschaftlichen Liebenswürdigkeit gehört noch mehr *Freiheit* als Feinheit, es gehört der Muth dazu, vor Uebermüthigkeiten, Gewagtheiten, selbst Frivolitäten nicht zu erschrecken.

Ich werde diesen Abend-Reunions mit Majonnaise und Kaiser-Wilhelms-Torte immer abgeneigter und ich bräche ganz und gar damit, wenn ich mir nicht sagte, daß das nicht geht und daß derjenige, dem seine Lage eine schöne Zurückgezogenheit von der Welt leider nicht gestattet, diese Zurückgezogenheit auch nicht forciren darf. Man hat sonst bald den Schaden davon; die Welt braucht uns nie, aber wir die Welt.

Unser Leben hier ist das alte, nur noch stiller als gewöhnlich. Wir haben uns ganz aus der Welt zurückgezogen und sehen nur noch die Kinder, die 4 Mann hoch, Leben genug ins Haus bringen. Mitunter mehr, als uns, in zwei niedrigen Stuben, lieb sein kann. Es versteht sich von selbst, daß trotz dieser Zurückgezogenheit von der Welt, zu der mich Neigung und Verhältnisse gleichmäßig bestimmen, die alte Ur-Legende fortlebt, ich führte eigentlich ein Leben wie in Tausend und einer Nacht, dinirte mit Excellenzen und soupirte mit Künstlern, und wäre nur nie zu sprechen, wenn jemand von der »Familie« mich sehen wollte.

Das Letztre ist freilich richtig, aber die Gründe sind es dafür desto weniger. Es paßt den Leuten nicht, sich eine Vorstellung von den *wirklichen* Verhältnissen zu machen; wer, wie Tante Pine, einen blos Karte-spielenden Bummel-Mann gehabt hat, hat keine Idee davon, daß es ein Ding in der Welt giebt, was arbeiten, Pflicht und Gewissen heißt. Uebrigens hab ich es lange aufgegeben, mich darüber zu ärgern.

Wie lebe ich denn in der Reichshauptstadt? Arbeit bis um 3, Mittagbrot, Schlaf, Kaffe, Buch oder Zeitung, Abendspaziergang und Thee. Von 365 Tagen verlaufen 300 nach dieser Vorschrift. Du denkst »ich wünsche es so«. Das ist aber nicht der Fall; ich dürste nach Umgang, Verkehr, Menschen, aber freilich alles muß danach sein und speziell *die* Formen haben, die mir gefallen, sonst danke ich für Obst und ziehe die Einsamkeit vor. Aber deshalb weil ich sie relativ vorziehe, gefällt sie mir noch lange nicht.

Jetzt ist es mir absolut gleichgültig, ja nur störend, zu einem Prinzen oder Minister zu Tische geladen zu werden. Ruhe, Ruhe; nur keine Störungen, nur keine Zapplungen und Anstrengungen, bei denen doch nichts heraus kommt. Was ich als Material zu meinen Arbeiten brauche, das habe ich *doch*, ja soviel davon, daß ich's nie abarbeiten kann.

Seit anderthalb Menschenalter besuche ich Gesellschaften und habe vielleicht eine kleine Virtuosität auf diesem Gebiet ausgebildet, dennoch bin ich bis diesen Tag noch nie nach Hause gekommen, ohne von dem Gefühl gequält zu sein: ein halbes Dutzend Dinge gesagt zu haben, die *nicht* gesagt zu haben viel viel besser gewesen wäre.

In fast allem geht der Schwefelgelbe um

Was ist das Glück? Ist's Gold, ist's Ehr',
Ist's Ruhm, ist's Liebe? Das Glück ist mehr,
Noch liegt es im Dämmer, erkennbar kaum,
Aber er sieht es in seinem Traum,
Jung-Bismarck.

In fast allem, was ich seit 70 geschrieben, geht der »Schwefelgelbe« um und wenn das Gespräch ihn auch nur flüchtig berührt, es ist immer von ihm die Rede wie von Karl und Otto dem Großen. Ich habe auch mal eine kleine Biographie verbrochen und in Versen habe ich Ungeheuerliches geleistet.
[Schwefelgelb war die Kragenfarbe des Halberstädter Kürassier-Regiments, dem Otto von Bismarck angehörte.]

Unsere Zeit besitzt jetzt wieder einen Namen, der »Haushalt-Wort« über die ganze Welt hin geworden ist – es gibt keine Südseeinsel, wohin nicht der cri de guerre Bismarck gedrungen wäre.

Die Bismarck-Frage etc. etc. hat *hier* die Gemüther viel weniger bewegt, als in den Provinzen. Das Oberflächliche, Nivellirende des großstädtischen Lebens kann man dabei recht studiren. *Jede* Frage, auch die größte, interessirt die Menschen nur 3 oder 5 oder 7 Tage, dann ist es vorbei.

Es ist wie mit unsrem Reichskanzler. Heißt er Schnökel oder Hasemann, so muß er der Glocke des Präsidenten gehorchen, heißt er Bismarck, so muß er ihr *nicht* gehorchen. Carlyle hat Recht, der *Einzelne* bestimmt alles, darf alles, wenn er der Mann danach ist. *Da*ran hängt's.

Nur die Despoten haben Recht. Am meisten aber hass' ich die Biedermänner. Unter der Hand mogeln sie in einem fort. Auch in *diesem* Punkte weiß ich mich mit meinem Freunde Bismarck eins. Schade, daß er so kleinlich und so geizig ist und als Buchhändler auch wohl die Zeilen zählen würde.

»Ein bischen mogeln« (d. h. ganz gehörig) ist ihm immer als das Schönste erschienen.

Der Kanzler ist ein Despot; aber er darf es sein, er *muß* es sein. Wär' er es nicht, wär' er ein parlamentarisches Ideal, das sich durch das Dümmste, was es gibt, durch Majoritäten, bestimmen ließe, so hätten wir überhaupt noch keinen Kanzler und am wenigsten ein Deutsches Reich. *Das* ist andrerseits freilich richtig, daß neben einem solchen Despoten nur unselbständige Naturen oder Kräfte zweiten und dritten Ranges dienen können, und daß jeder freie Mann wohltut, bei Zeiten seinen Rückzug anzutreten.

Gegen Bismarck braut sich allmählich im Volk ein Wetter zusammen. In der Oberschicht der Gesellschaft ist es bekanntlich lange da. Nicht seine Maßregeln sind es, die ihn geradezu ruinieren, sondern seine Verdächtigungen. Er täuscht sich über das Maß seiner Popularität. Sie war einmal kolossal, aber sie ist es nicht mehr. Es fallen täglich hunderte, mitunter tausende ab. Vor seinem Genie hat jeder nach wie vor einen ungeheuren Respekt, auch seine Feinde, ja diese mitunter am meisten. Aber die Hochachtung vor seinem Charakter ist in einem starken Niedergehn. Was ihn einst so populär machte, war das in jedem lebende Gefühl: »Ah, ein großer Mann.« Aber von diesem Gefühl ist nicht mehr viel übrig, und die Menschen sagen: »Er ist ein großes Genie, aber ein kleiner Mann.« Dadurch, daß er seine mehr und mehr zutage tretenden kleinlichen Eigenschaften mit einer gewissen Großartigkeit in Szene setzt, werden die kleinlichen Eigenschaften noch lange nicht groß. Wenn ich einen um einen Sechser verklage und nicht eher ruhe, als bis ich ihn im Zuchthause habe, so ist der Apparat zwar sehr groß, aber der Sechser bleibt ein Sechser.

Und wäre nicht der alte Löwe in Friedrichsruh, der dann und wann durch die Wüste brüllt, so ließe sich von Langerweile sprechen. Darin ist sich Bismarck in und außer dem Amte gleich geblieben, daß »was er auch packt, er packt's interessant«. Hast Du vielleicht gelesen, daß er neulich gesagt hat: »der Kaiser wolle fernliegende Dinge beständig in der *Luftlinie* erreichen, das ginge aber nicht und der Weg unten sei mühsam und voller Hecken und Gräben«. Er ist der glänzendste Bildersprecher und hat selbst vor Shakespeare die Einfachheit und vollkommenste Anschaulichkeit voraus.

Er ist die denkbar interessanteste Figur, ich kenne keine interessantere, aber dieser beständige Hang, die Menschen zu betrügen, dies vollendete Schlaubergertum ist mir eigentlich widerwärtig, und wenn ich mich aufrichten, erheben will, so muß ich doch auf andre Helden blicken. Dem Zweckdienlichen alles unterordnen ist überhaupt ein furchtbarer Standpunkt, und bei ihm ist nun alles noch mit soviel Persönlichem und geradezu Häßlichem untermischt, mit Beifallsbedürftigkeit, unbedingtem Glauben an das Recht jeder Laune, jedes Einfalls und kolossaler Happigkeit. Seine aus jedem Satz sprechende Genialität entzückt mich immer wieder, schmeißt immer wieder meine Bedenken über den Haufen, aber bei ruhigem Blute sind die Bedenken doch auch immer wieder da. Nirgends ist ihm ganz zu trauen.

Er hat die größte Aehnlichkeit mit dem Schillerschen Wallenstein (der historische war anders): Genie, Staatsretter und sentimentaler Hochverräther. Immer ich, ich, ich und wenn die Geschichte nicht mehr weiter geht, Klage über Undank und norddeutsche Sentimentalitätsthräne. Wo ich Bismarck als Werkzeug der göttlichen Vorsehung empfinde, beuge ich mich vor ihm; wo er einfach er selbst ist, Junker und Deichhauptmann und Vortheilsjäger, ist er mir gänzlich unsympathisch.

Diese Mischung von Uebermensch und Schlauberger, von Staatengründer und Pferdestall-Steuerverweigerer (er glaubte, die Stadt Berlin wollte ihn zugleich ärgern und bemogeln (man merkt, er hat selber öfters hinter der Thür gestanden)), von Heros und Heulhuber, der nie ein Wässerchen getrübt hat – erfüllt mich mit gemischten Gefühlen und läßt eine reine helle Bewunderung in mir nicht aufkommen. Etwas fehlt ihm und gerade das, was recht eigentlich die Größe leiht.

Es giebt eine mecklenburgische Geschichte, wo ein Berliner, der in Warnemünde badet, gern wissen will, »was eigentlich ein Lootse sei«, weshalb er sich an einen Eingeborenen wendet. Der antwortet ihm: »en Loots' is en Loots' un wat en Loots' is, weet jed een.« Viel anders gelingt es mit Bismarck auch nicht. Er hat das deutsche Reich aufgebaut. So wie man mehr sagen will, verheddert man sich.

Ich glaube nichts davon, weder daß Bismarck immer auf den Himmel sah, noch daß er, wenn er hinaufkuckte, die Gestalt seines Erlöser's erblickt habe. Wär' er so beschaffen gewesen, so hätte er das Deutsche Reich *nicht* aufgebaut.

Ich bin kein Bismarckianer, das Letzte und Beste in mir wendet sich von ihm ab, er ist keine edle Natur; aber die Hohenzollern sollten sich nicht von ihm abwenden, denn die ganze Glorie, die den alten Wilhelm umstrahlt – und die noch dazu eine reine Glorie ist, weil das Häßliche davon an Bismarcks Händen kleben blieb – die ganze neue Glorie des Hauses verdankt das Hohenzollernthum dem genialen Kraftmeier im Sachsenwald.

Nicht in Dom oder Fürstengruft,
Er ruh' in Gottes freier Luft,
Draußen auf Berg und Halde,
Noch besser: tief, tief im Walde;
Widukind lädt ihn zu sich ein:
»Ein Sachse war er, drum ist er *mein*,
Im *Sachsenwald* soll er begraben sein.«

Unter Thränen wachse ich immer mehr aus meinem Antisemitismus heraus

Wir sprachen über moderne Kunst und Literatur in Deutschland, und er [Adolf Lasson] sagte: »Sonderbar, die Juden bei uns thuen die deutsche Kulturarbeit und die Deutschen leisten als Gegengabe den Antisemitismus.« Kolossal richtig, leider die erste Hälfte noch richtiger als die zweite.

Inmitten seiner Antipathien kommt man doch immer wieder in's Schwanken, weil sie – auch die, die einem durchaus mißfallen – doch immer noch Kulturträger sind und inmitten all ihrer Schäbigkeiten und Geschmacklosigkeiten Träger geistiger Interessen. Wenn auch nur auf ihre Art. Sie kümmern sich um alles, nehmen an allem Theil, erwägen alles, berechnen alles, sind voll Leben und bringen dadurch Leben in die Bude. Wie stumpf, wie arm, auch geistig arm, wirkt daneben der Durchschnittschrist! Und sucht man sich nun gar die guten Nummern heraus oder lernt man Damen kennen, [...] die nichts sind als guter Judendurchschnitt und doch *unsrem* Durchschnitt gegenüber eine gesellschaftliche Ueberlegenheit zeigen. Das Schlußgefühl ist dann immer, daß man Gott schließlich noch danken muß, dem Berliner Judenthum in die Hände gefallen zu sein.

Die Judenfeindschaft ist, von allem Moralischen abgesehn, ein Unsinn, sie ist einfach undurchführbar; alle Menschen, die ich hier kenne, ganz besonders auch Militär und Adel, sind in eminentem Grade von den Juden abhängig und werden es mit jedem Tage mehr. Ich halte es für ganz unmöglich, diesen Zustand zu ändern. 61 Prozent aller Berliner Häuser sind in Judenhänden und in zehn oder zwanzig Jahren werden es wohl 80 Prozent sein; wie will man da heraus? Es giebt kein andres Mittel als Stillhalten und sich mit der allmäligen Christianisirung zufrieden zu geben.

Unter Thränen wachse ich immer mehr aus meinem Antisemitismus heraus, nicht weil ich will, sondern weil ich muß.

Die Karlsbader Tage waren wieder sehr schön, und selbst mit den Juden habe ich Frieden geschlossen. Anfangs außer mir, war ich doch bald so weit, daß ich erschrack, wenn ich einen Christen sah, namentlich Damen – alle sahen vergleichsweise wie Wassersuppen aus. Die Juden, selbst die häßlichen, haben doch wenigstens Gesichter.

Neunzehntel waren [in Kissingen] Juden und das letzte Zehntel oft so schwach ausgestattet – an Toilette gewiß und meist auch an Physiognomieen – daß ich mehr als einmal zu meiner Frau gesagt habe: »schade, daß das 10. Zehntel nicht auch Juden sind.«

Der x beinige Cohn, der sich ein Rittergut kauft, fängt an, mir lieber zu werden als irgend ein Lüderitz oder Itzenplitz, weil Cohn die Zeit begreift und alles thut, was die Zeit verlangt, während Lüderitz an der Lokomotive zoppt und »brr« sagt und sich einbildet, sie werde still stehn wie sein Ackergaul.

Aber die zum Jubeltag da kamen,
Das waren doch sehr, sehr andre Namen,
Auch »sans peur et reproche«, ohne Furcht und Tadel,
Aber fast schon von prähistorischem Adel:
Die auf »berg« und auf »heim« sind gar nicht zu fassen,
Sie stürmen ein in ganzen Massen,
Meyers kommen in Bataillonen,
Auch Pollacks und die noch östlicher wohnen;
Abram, Isack, Israel,
Alle Patriarchen sind zur Stell',
Stellen mich freundlich an ihre Spitze.
Was sollen mir da noch die Itzenplitze!
Jedem bin ich was gewesen,
Alle haben sie mich gelesen,
Alle kannten mich lange schon,
Und das ist die Hauptsache ..., »kommen Sie, Cohn.«

Die Juden bringen es fertig, im höchsten Maße feingeistig, auch wirklich *ehrlich* mit idealen Dingen beschäftigt zu sein, allerlei Gutes zu thun, zu geben und zu helfen und dabei beständig zu mogeln, oder auch direkt zu betrügen, immer mit einem herrnverklärten oder rabbinerhaft feierlichen Gesicht und immer durchdrungen von dem Gefühl 'was ganz Besondres und ein Liebling Jehovas zu sein.

Ein Freund von mir, Rath und Richter, aus einer angesehenen und reichen und seit 3 Generationen im Staatsdienst stehenden Judenfamilie, der längst verstorbene Vater orthodoxer Musterchrist, der Sohn selber klug und gescheidt und mit einem ehrlich verdienten eisernen Kreuz bewaffnet. Und doch Stockjude, so sehr daß seine feine und liebenswürdige Frau blutige Thränen weint, bloß weil ihr Mann die jüdische Gesinnung nicht loswerden kann.

Er [Friedlaender] ist aber ganz Jude. Freilich mir dadurch auch wieder *sehr* interessant, weil ich das Jüdische an ihm und auch an seiner Tochter so wundervoll studieren kann. Preußenthum, Berlinerthum, Assessorthum, Geheimrathsgöre, Bildungsallüren – alles geht unter im Juden oder erhält durch ihn eine bestimmte Färbung.

Einverleiben lassen sie sich, eingeistigen nicht.

Nordaus Auslassungen [über »Don Carlos«] sind wohl nicht eigentlich neu. Wenn ich nicht irre, findet sich in Brahms Schillerbuch so ziemlich dasselbe. Dennoch *wirkt* es neu, mehr noch vielleicht frappierend, und zwar erstens durch eine gewisse historische Detaillierung aller in Frage kommenden Punkte, zweitens durch eine gewisse Judenschärfe des Ausdrucks (namentlich bei Gelegenheit des »kategorischen Imperativs«) und drittens durch eine ebenfalls dem »Stamm« angehörige Unverfrorenheit des Urteils. Mit Shakespeare macht er nicht viel Umstände, und Schiller kommt auch nur noch gerade mit 'nem blauen Auge davon.

Feine Juden liebe ich, aber wenn sie gewöhnlich sind, sind sie furchtbar.

Alle Klüngel sind schlimm, aber die Judenklüngelei ist die schlimmste.

Das ist eben der Unterschied zwischen christlichem und jüdischem Geist. Der letztere hat so viel Blendendes und Verführerisches und jeder Berliner (ich selbst in hohem Maaße) ist ihm auf länger oder kürzer verfallen gewesen. Er hat auch viel Fördersames. Im Ganzen ist er aber ein Unglück und etwas durchaus niedrig Stehendes. Darauf bezieht es sich auch, wenn ich so oft Ihnen widersprach und von der zur allgemeinen Annahme gewordenen Ueberlegenheit des jüdischen Geistes nichts wissen wollte. Die Juden haben nichts von der germanischen Schwerfälligkeit, sie sind quick, witzig, zugespitzt im Ausdruck, aber der germanische Geist ist dem jüdischen unendlich überlegen. Letztrer bringt einen auf die Dauer einfach zur Verzweiflung und kann einem das sogenannt »Geistreiche« geradezu verleiden.

»Man kann's nicht wissen«, sagte eine alte Judenfrau, die ein kleines Kreuz heimlich auf der Brust trug, und »man kann's nicht wissen« sag auch *ich*.

Überhaupt alle diese Sommerfrischen

Ueberhaupt alle diese Sommerfrischen! In den ersten Tagen lebt man auf, findet es göttlich schön, und hält sich 6 oder 8 Wochen auf der Höhe. Bricht aber das Elend, in Gestalt irgend einer Krankheit (am schlimmsten das Gastrisch-nervöse) erst mal herein, so ist man verloren. Der naive Misthaufen, das überall hingelegte Huhn- oder Katzenklexchen, das Wasser aus höchst fragwürdigen Rinnsalen, die geheimnißvoll, meist unter Blumen versteckt, einmündenden Abzugskanäle, die Champignons die in der Stube wachsen, die Mäuse die knabbern, das Fleisch das Leder und der Wein der mit Sprit versetzte Tinte ist, – das alles fängt dann plötzlich an fürchterlich zu werden, weil es wohl der Gesunde aber nicht der Kranke ertragen kann.

Entweder man wohnt in einer Laterne, darin man sich vor Morgen- und Mittagssonne nicht lassen kann, oder man wohnt sonnenlos, so wachsen die Pilze aus der Erde, und alles riecht nach Multer und Schimmel. Die Mäuse laufen einem über das Bett; wenn man einschlafen will, blaffen die Hunde, worauf die der Nachbardörfer antworten, und wenn man endlich eingeschlafen ist, krähen die Hähne und die pralle Morgensonne fällt einem aufs Bett. Daß man trotzdem in leidlicher Verfassung bleibt, ist eine Frage der Luft, die die Nerven überanspannt, und es zuwege bringt, daß man sich eines hohen Gesundheitsgefühls rühmt, das aber eigentlich nur eine Nervenüberreizung ist.

Du kannst Aethertropfen nehmen oder einen halben Schinken aufessen, Du kannst stumm sein oder perorirenen, drei Stunden spatzieren gehen oder mit Frau Sternheim frühstücken, – das eine oder andre dieser Mittel pflegt immer zu helfen, nicht viel, aber ein bischen, und das bischen ist oft schon genug, einen unleidlichen Zustand in einen ertragbaren umzuwandeln. Ergebung und sich ausstudiren, philosophische Betrachtung und Pflichtgefühl und Bildung und Liebe, die, während man an andre denkt, vom eigenen Ich abzieht, das sind keine

Radikalmittel, aber – Hülfsmittel. »Und das Leben besteht aus Hülfskonstruktionen«, sagte Richard Lucae.

Nur noch Gesammtzustände, die hinter dem, was ich bescheidentlich zu Hause gewohnt bin, nicht zurückbleiben, können mir eine Sommerfrische genießbar machen. Eigentlich verschlechtert man sich *immer*, auch in dem vornehmsten Hôtel, aber man kann sich wenigstens durch allerhand Mumpitz und durch die Erwägung »es sei doch 'mal was andres« über die Sache hinwegtäuschen lassen.

Ja, so verlaufen »Sommerfrischen«, entweder sind sie so frisch, daß man mit den Zähnen klappert, oder man wird am Spieß gebraten.

Ueberhaupt deutsche Luftkurörter! Wie Kanonenluken in die Welt hineinstarrende Kloset-Rachen (Wernigerode), Dünensand der bibbert und Wellen wirft von den verscharrten Fleischabfällen (Nordernei) Gänsedreck-Ocean und zum Färben aufgethürmte alte Judenhosen (Krummhübel) – das heißt Sommerfrische, Luftbad.

Jeder Ort in Deutschland scheitert am Oertchen. […] Das klingt scherzhaft, ist aber eine ganz ernsthafte Kalamität. Mein erster Gang heute war in den Wald, in dem ich mir auch für die Zukunft einige verschwiegene Lauben ausgesucht habe. Wenn man will »Sommerfrische« bis ins Letzte.

Ich erkundigte mich nach jener bekannten Lokalität, nach der einzelne ängstliche Gemüter, wenn sie in einen Gasthof treten, immer zuerst fragen. Herr Brey trat mit mir an das Fenster und sagte: »Dort unter den Bäumen.« Im ersten Augenblick erschrak ich und dachte: »Sollten die idyllischen Zustände hier so weit gehen?« bald aber bemerkte ich zwischen zwei Apfelbäumen einen primitiven Holzbau, den man, seinem Stil nach, vielleicht als einen Vorläufer des Schilderhauses bezeichnen könnte. Wie hatt' ich dies alles aber unterschätzt. Die ganze Örtlichkeit, bei näherer Bekanntschaft, erwies sich als ein Ideal.

Weiß gescheuert, die Tür offen, alles, wie das Schloß im Märchen, von Bäumen umstellt, von Schlingpflanzen überwachsen. Kurz, es war hier eine Art Buen Retiro geschaffen, wie es die große Stadt mit all ihrem Erfindungsplunder, mit Ventilation und Wasserwerk nicht leisten kann. Dazu die schönste Luft, viel besser als in meinem Zimmer mit seinem Pfeffer und seinen Himbeeräpfeln.

»Oh, Mademoiselle, le cabinet où est-il donc?« Sie blieb ganz sie selbst; dem Ausdruck ihres Patriotismus noch den einer stillen Verachtung zulegend, machte sie eine klassische Armbewegung, etwa wie die Jachmann, wenn sie die Iphigenie spielt, und sagte einfach: »Descendez!« Dann schritt sie voraus, öffnete einen Hof, der die Form und die Größe jener Triangelschlafstuben hatte, denen man mitunter in Berliner Häusern begegnet und verschwand mit einem »C'est ca« vor meinen Augen. So schlimm nun alles gewesen war, so kam doch noch das Schlimmere. Die Örtlichkeit hatte ganz den südländischen Charakter, ein Engländer hatte nie seine reformatorische Tätigkeit hier begonnen, und so begann denn jener Schauer- und Scheuerakt, dem ich vielleicht erlegen wäre, wenn mich nicht die souveräne Rücksichtslosigkeit meines alten »Kreuzzeitungs«-Kollegen seit zehn Jahren daran gewöhnt gehabt hätte, mir diesen wichtigen Platz des Lebens Tag um Tag durch meiner Hände Arbeit zu erkaufen. So gelang es denn auch hier. Ich eilte auf mein Zimmer. Wasser und nochmals Wasser tilgten alle Schuld.

Das Interessanteste in meinem Cölner Hôtel war das Watercloset: es ist sehr eng darin und die Wand vor einem befindet sich so nahe, daß man sie mit der Nasenspitze berühren kann. Diese zudringliche Nähe war von talentvollen jungen Malern, die sonst wohl die Mauern und Wände der Häuser mit gewissen mehr riesigen als naturgetreuen Abbildungen auszustaffiren pflegen, zu ähnlichen Kunstleistungen benutzt worden, die theils aus Bleistiftzeichnungen, theils aus dauerhaften tiefen Gravirungen bestanden. Mitten unter diesen lautren Schöpfungen der Phantasie und Laune befand sich, wie ein Professor im Bordell, die bekannte Figur des pythagoräischen Lehrsatzes, die mich vor Zeiten auf der Quartaner-Bank immer sehr traurig gestimmt, heute aber mein hellstes Lachen zur Folge hatte.

Es wäre hier [in Bayreuth] alles ganz gut, aber die Gerüche sind fürchterlich. Wenn ich sie in ihrer Zusammensetzung erkennen könnte, möchte es gehen, aber in dem Undefinierbaren liegt etwas Schreckliches. Mir zur Seite, wenn auch zwei Etagen tiefer, ist eine Gänsehürde – diese habe ich im Verdacht, die Hauptsünderin zu sein; allgemein Sonnabendsches – es wird alles gescheuert – mischt sich ein. Der Bahnhofsportier schickte mich durch eine Duenna hier herüber und ich bin ein bißchen das Opfer einer Kleinen Leut- und Unter der Hand-Verschwörung. Jetzt habe ich es: es sind die gewaschenen Wolldecken, die meinen alten Ingrimm gegen blankets usw. nur noch steigern.

Wer in Bäder und Sommerfrischen gehen will und alt ist, der muß Bekanntschaft um sich her haben; hat er die nicht, so tut er besser, er bleibt zu Hause und legt sich ins Bett.

Fidel kann hier [auf Norderney], oder überhaupt an solchen Badeplätzen, nur *der* sein, dem es egal ist ob er im Zug sitzt oder nicht, der sich von 9 Uhr früh an mit guten Freunden Rendez-vous giebt, in der »Giftbude« Hummer, in der »altdeutschen Weinstube« Austern und drei Stunden später bei Oterendorp Mittagbrot ißt. Man muß seinem Körper und ganz speziell auch seinem Magen beständig was bieten können, *dann* kommt man in Reisestimmung; ich für meine Person ähnle doch mehr einem Hospitaliten, der von einer grünen Bank auf die andre kriecht.

Es läßt sich gegen diese Badereiserei gewiß sehr viel sagen, in hundert kleinen Dingen verschlechtert man sich, es fehlt an Komfort und manchem andren noch, aber man hat *Ruhe und frische Luft*, und diese beiden Dinge wirken wie Wunder und erfüllen Nerven, Blut und Lungen mit einer stillen Wonne.

Schon die ersten drei, vier Tage haben Wunder gethan; es bleibt dabei »Luft ist kein leerer Wahn« und ich denke mir die Zukunft der Medicin und speziell der Hygiene so, daß die Luftarten in ihren hundert Nüancen *alles* bedeuten. Und wie die Pharmacieen jetzt aus Flaschen und Büchsen bestehn, deren Inhalt unter lateinischem Namen verschrieben wird, so werden die Rezepte der Zukunft lauten: drei Wochen Lofoden, sechs Wochen Engadin, drei Monate Wüste Sahara. Auch die Malaria-Gegenden werden tageweis eingegeben werden, wie man jetzt Arsenik oder Strychnin eingiebt. Die große Wirkung der Luftmedizin liegt in ihrer Perpetuirlichkeit, – man kommt aus dem Heilmittel bei Tag und Nacht nicht heraus.

Zu nichts gehört so viel Kraft und Frische wie zum Vergnügen (viel mehr als wie zum Arbeiten), und von dem Augenblick an, wo diese Kraft und diese Frische nicht mehr da sind, sehnt man sich mehr nach dem heimischen Bettzipfel, als nach den Schlössern König Ludwigs oder Ausstellung oder Turnerfest.

Immer blos Zaungast. Und so ist es hier wieder. Zum Glück balancirt der Himmel alles und die Blinden sehen mit ihren Fingerspitzen. Die Dinge beobachten gilt mir beinah mehr als sie besitzen und so hat man schließlich seinen Glück- und Freude-Ertrag wie anscheinend Bevorzugtere.

Der Hochsommer ist übrigens, wie ich mich mal wieder überzeugt habe, zum arbeiten am besten geeignet, auch dann noch, wenn man mal von der Hitze leidet, denn es ist die einzige Zeit im Jahr, wo man so gut wie gar nicht gestört wird. Alles ist verreist; so wird man weder eingeladen, noch empfängt man Besuche, noch braucht man sie zu erwiedern, was aber noch wichtiger ist, die mich im Winter umbringende Fülle der Gleichgültigkeitsbriefe bleibt aus, ja nicht einmal die kleinen Pensionsfräuleins schreiben und bitten um ein Albumblatt. [...] All das fällt im Sommer fort und ich habe zu meiner Freude von dieser Stille profitiren können.

Tu ich einen Spaziergang machen

»Zu Fuß macht geschmeidig, zu Pferde macht steif. Und macht auch faul. Und überhaupt, Gebrüder Beeneke ist schon immer das Beste. Da kann man nicht zu Fall kommen. Aber jeder will heutzutage hoch 'raus. Das is, was sie jetzt die ›Signatur der Zeit‹ nennen.«

»Wer was hat, nun ja, der kann das Leben so nehmen, wie's wirklich ist, der kann das sein, was sie jetzt einen Realisten nennen; wer aber nichts hat, wer immer in einer Wüste Sahara lebt, der kann ohne *Fata Morgana* mit Palmen und Odalisken und all dergleichen gar nicht existieren. *Fata Morgana*, sag ich. Wenn es dann, wenn man näher kommt, auch nichts ist, so hat man doch eine Stunde lang gelebt und gehofft und hat wieder Courage gekriegt und watet gemütlich weiter durch den Sand.«

Eine Regenwolke stand am Himmel; aber nichts schöner als kurze Aprilschauer, von denen es heißt, daß sie das Wachstum fördern; und so schritt ich denn »am leichten Stabe«, nur leider um einiges älter als Ibykus, auf die Potsdamer Brücke zu, deren merkwürdige Kurvengleise – darauf sich die Pferdebahnwagen in fast ununterbrochener Reihe heranschlängeln – immer aufs neue mein Interesse zu wecken wissen. Da stand ich denn auch heute wieder an das linksseitige Geländer gelehnt, einen rotgestrichenen Flachkahn unter mir, über dessen Bestimmung eine dicht neben mir angebrachte Brückentafel erwünschte Auskunft gab: »Dieser Rettungskahn ist dem Schutze des Publikums anempfohlen.« Ein zu schützender Schützer und Retter; mehr bescheiden als vertrauenerweckend.

[...] war ich alsbald bis an den Anfang jener Straßenlinie vorgedrungen, [...] die ganze Linie eine Art Deutz, mit Köln am anderen Ufer, dessen Dom denn auch in Gestalt der Matthäikirche herrlich herübersah, die Situation beherrschend. Und nun kam »Blumeshof« mit seinem Freiblick auf den Magdeburger Platz, und eine kleine Weile danach, so war auch schon der Brückensteg da, der mich nach China hinüberführen sollte. So schmal ist die Grenze, die zwei Welten voneinander scheidet. Eine halbe Minute noch, und ich war drüben.

Kieswege liefen um einen eingefriedeten lawn, den, an dem einen Eck, ein paar mächtige Baumkronen überwölbten. Da nahm ich meinen Stand und sah nun auf China hin, das chinesisch genug dalag. Was da vorüberflutete, gelb und schwer und einen exotischen Torfkahn auf seinem Rücken, ja, wenn das nicht der Jangtsekiang war, so war es wenigstens einer seiner Zuflüsse. Ganz besonders echt aber erschien mir das gelbe Gewässer da, wo die Weiden sich überbeugten und ihr Gezweig eintauchten in die heilige Flut. Merkwürdig, es war eine fremdländische Luft um das Ganze her, selbst die Sonne, die durch das Regengewölk durchwollte, blinzelte sonderbar und war keine richtige märkische Sonne mehr. [...]

Und während in Front der massiven Umfassungsmauern etliche Berliner Jungen Murmel spielten, sprangen, in geringem Abstande davon, einige kleine Mädchen über die Korde. Die älteste mochte elf Jahre sein. Jede Spur von Mandel- oder auch nur Schlitzäugigkeit war ausgeschlossen, und das mutmaßlich seit frühester Jugend immer nur mit Spreewasser behandelte starre Haar fiel, in allen Farben schillernd, über eine fußlige Pelerine, während die Gesichtsfarbe griesig war und die Augen überäugig vorstanden. So hüpfte sie, gelangweilt, weil schon von Vorahnungen kommender Lebensherrlichkeit erfüllt, über die Korde, der Typus eines Berliner Kellerbackfisches.

Ich sah dem zu. Nach einigen Minuten aber ließen die Jungen von ihrem Murmelspiel und die Mädchen von ihrem Über-die-Korde-Springen ab und gaben mir, auseinanderstiebend, erwünschte und bequeme Gelegenheit, die Zeichnungen und Kreide-Inschriften zu mustern, die gerade da, wo sie gespielt hatten, die Chinesische Mauer reichlich überdeckten. Gleich das erste, was ich sah, erschien mir frappant. Es war das Wort »Schautau«. Wenn das nicht chinesisch war, so war es doch mindestens chinesiert, vielleicht ein bekannter Berolinismus in eine höhere, fremdländische Form gehoben. [...]

Sinnend und enttäuscht zugleich hing ich dem allen nach, mehr und mehr von der Erfolglosigkeit meines Studienspazierganges und damit zugleich auch von der Notwendigkeit eines Rückzuges durchdrungen.

Ich trat ihn an, und kaum eine Viertelstunde später, so lag auch schon die heuer im April bereits zur Maienlaube gewordene Bellevuestraße hinter mir, und scharf rechts biegend, trat ich bei Josty ein, um mich nach all den Anstrengungen meiner Entdeckungsreise durch eine Tasse Kaffee zu kräftigen. Es war ziemlich voll unter dem Glaspavillon oben, und siehe da, neben mir in hellblauer Seide saßen jetzt zwei *Chinesen*, ihre Zöpfe beinah kokett über die Stuhllehne niederhängend. Der jüngere, vielleicht erratend, von welchen chinesischen Attentaten ich herkam, sah mich schelmisch freundlich an, so schelmisch, wie nur Chinesen einen ansehen können, der ältere aber war in seine Lektüre vertieft, nicht in Konfutse, wohl aber in die Kölnische Zeitung. Und als nun die Tasse kam und ich das anderthalb Stunden lang vergeblich gesuchte Himmlische Reich so bequem und so gemütlich neben mir hatte, dacht' ich meiner Platenschen Lieblingsstrophe: Wohl kommt Erhörung oft geschritten / Mit ihrer himmlischen Gewalt, / Doch *dann* erst hört sie unser Bitten, / Wenn unser Bitten lang verhallt.

Tu ich einen Spaziergang machen,
Beschäftigen mich immer allerlei Sachen.
In das Kommende sich versenken,
Tod und Sterben überdenken,
Gibt es so was wie Fortschritt auf Erden
Oder werden wir alle russisch werden,
Sollen wir was für den Himmel tun,
Alle diese Fragen ruhn.
Immer nur allerkleinste Sachen
Dürfen einen Anspruch machen:
Warum sind Müllers ausgeblieben?
Warum hatte Schulze nicht geschrieben?
Werd' ich der Meyer im Park begegnen?
Wird es schön Wetter oder wird es regnen?
Und im immer weitern Schreiten
Wechseln so die Nichtigkeiten.

Der Spaziergang am Strande ist das Beste, schon deshalb weil er eher frisch als müde macht. In der ersten halben Stunde schlepp ich mich von Bank zu Bank und betreibe die Sache pflichtmäßig wie meine Berliner Abendspaziergänge, je länger man aber geht, desto mehr fällt die Müdigkeit von einem ab. Leider ist es im Uebrigen kolossal langweilig, weil man nicht mal die sonst übliche Unterhaltung mit sich selber hat. In Berlin führ' ich doch mitunter Gespräche, notire mir dies und das, aber dazu kommt es gar nicht. Ich zähle höchstens die Schiffe, die draußen in See sind, oder die Menschen, die ihre Strandpromenade machen, oder vergleiche die Fußspuren andrer Fußgänger mit meinen eignen Leistungen. Und dabei bin ich denn dahinter gekommen, daß ich durch persönliches und [Schuhmacher] Zimmer's Verdienst an der Tête marschire. Einmal glaubte ich einen Obermann gefunden zu haben, aber ich sah bald daß es Pferdehufe waren.

Gieb nur ja die Spatziergänge nicht auf: Luft und Bewegung sind die eigentlichen Geheimen Sanitäts-Räthe, und an denen, die sich so nennen, ist *das* das Beste, daß sie dies mehr und mehr einzusehen beginnen.

Storm war wie geschaffen für einen Tiergartenspaziergang an dichtbelaubten Stellen, aber für Kranzler war er nicht geschaffen. Ich seh' ihn noch deutlich vor mir. Er trug leinene Beinkleider und leinene Weste von jenem sonderbaren Stoff, der wie gelbe Seide glänzt und sehr leicht furchtbare Falten schlägt, darüber ein grünes Röckchen, Reisehut und einen Shawl. Nun weiß ich sehr wohl, daß gerade ich vielleicht derjenige deutsche Schriftsteller bin, der in Sachen gestrickter Wolle zur höchsten Toleranz verpflichtet ist, denn ich trage selber dergleichen. Aber zu so viel Bescheidenheit ich auch verpflichtet sein mag, zwischen Shawl und Shawl ist doch immer noch ein Unterschied. Wer ein Mitleidender ist, weiß, daß im Leben eines solchen Produkts aus der Textilindustrie zwei Stadien zu beobachten sind: ein Jugendstadium, wo das Gewebe mehr in die Breite geht und noch Elastizität, ich möchte sagen,

Leben hat, und ein Altersstadium, wo der Shawl nur noch eine endlose Länge darstellt, ohne jede zurückschnellende Federkraft. So war der Stormsche. Storm trug ihn rund um den Hals herum, trotzdem hing er noch in zwei Strippen vorn herunter, in einer kurzen und einer ganz langen. An jeder befand sich eine Puschel, die hin und her pendelte. So marschierten wir die Linden herunter.

Storm, der zu einem kleinen lyrischen Gedicht mehr Zeit brauchte als Brachvogel zu einem 3bändigen Roman, ist zwar mehr spazieren gegangen als der letztre, hat aber als *Künstler* doch einen hundertfach überlegenen Fleiß gezeigt.

Von Federkraft – bei mir doppelsinnig zu verwenden – ist keine Rede mehr. Ich raffe mich mit Anstrengung auf, um wenigstens meinen Spaziergang zu leisten.

Jeden Abend gehe ich eine Stunde lang in der Thiergartenstraße spaziren – das ist mein Zusammenhang mit der Welt.

Die Begegnungen im Thiergarten, der mitunter wie der Parkgarten eines Sanatoriums wirkt; alles was alt und leidend ist, sucht auf mittäglichen Spaziergängen Zuflucht in ihm. Neulich traf ich meinen alten Freund und Gönner den General v. Zychlinski, einen der Tapfren aus dem Swip-Wald bei Sadowa, wo die 7. Division den Tag rettete. Wir kennen uns seit 50 Jahren und die Freude war groß. Wovon man da alles sprach? Von Blasenleiden, Kathetrisirung und Strahlschen Pillen und so plaudernd zogen eine Generals-Excellenz und ein deutscher Balladendichter ihres Weges. Ich darf aber sagen, es hatte all das nichts Niederdrückendes, es war menschlich und der Ton dafür richtig gestimmt, resignirt mit einem Anfluge von Humor.

Lebenswege

Fünfzig Jahre werden es ehstens sein,
Da trat ich in meinen ersten »Verein«.
Natürlich Dichter. Blutjunge Ware:
Studenten, Leutnants, Refrendare.
Rang gab's nicht, *den* verlieh das »Gedicht«,
Und *ich* war ein kleines Kirchenlicht.

So stand es, als Anno 40 wir schrieben;
Aber ach, wo bist du Sonne geblieben?
Ich bin noch immer, was damals ich war,
Ein Lichtlein auf demselben Altar,
Aus den Leutnants aber und Studenten
Wurden Genräle und Chefpräsidenten.

Und mitunter, auf stillem Tiergartenpfade,
Bei »Kön'gin Luise« trifft man sich grade.
»Nun, lieber F., noch immer bei Wege?«
»Gott sei dank, Exzellenz ... Trotz Nackenschläge ...«
»Kenn' ich, kenn' ich. Das Leben ist flau ...
Grüßen Sie Ihre liebe Frau.«

Liebe war nicht meine Force

Draußen aber nach dem Walde zu, war es noch schöner; – da lief ich stundenlang dem schönen Backfisch der schönen Frau nach, und hatte Herzschmerzen, wenn ich die Gemüthsruhe der jungen Dreizehnjährigen sah, die saure Kirschen und aus der Speisekammer gestohlne Backpflaumen aß, während ganz andres Verlangen mir die Kehle zuschnürte.

Ein Buchfink auf den Zweigen, eine kühlende Flußwelle, die sich beim Baden an unsern erhitzten Leib schmiegt, berühren uns fast ebenso wundersam traulich, wie ein brünetter Backfisch am Klavier oder der verstohlene Kuß einer liebebedürftigen, sehr herzensstarken, aber sehr – geistesschwachen Blondine. Wenn man dann, wie ich, erst dreißig auf dem Rücken hat, so ist einem der Buchfink sogar lieber – er ist anspruchsloser und geniert einen weniger.

Anno 37 kam Minna Krause mit ihrer noch schönen, höchstens 36 Jahre alten Mutter (denn sie hatte sich mit 15 Jahren verheiratet) aus dem »Oberon« und ich stand im Vorflur des Opernhauses und wartete auf Beide; Minna trug einen schottischen Mantel, eine Boa von Fé und einen eleganten weißen Atlashut, sah auch noch verklärt aus durch »O, Huon, mein Gatte«, – nun, kurz heraus, jeder Zoll eine Prinzessin, eine Fee in Fé, vielleicht auch eine Schlange in Boa, was nur den Reiz steigerte, – heute sah ich eine alte Backebeere, mit unglaublich wenig Zähnen und unglaublich viel Runzeln. Ich freute mich aber doch. Dabei nannte sie mich mit der größten Unbefangenheit »Du«, was mich geradezu rührte, denn man bleibt ein Schaf.

Liebe, Liebe, Liebe. Ich habe selbst zu der großen antiken Leidenschaft kein rechtes Fiduz, weil mir auf meinem, bis nun gerade heute zweiundsiebzigjährigen Lebenswege nichts vorgekommen ist, was unter der Rubrik »antike Leidenschaft« unterzubringen wäre. Es mischt sich immer sehr viel häßlicher

Kleinkram ein, der mit der Erhabenheit der Gefühle nichts zu schaffen hat. Dennoch – wenn meiner persönlichen Beobachtung auch fern geblieben – ich will in dieser Sache nicht eigensinnig sein und will ohne weiteres zugeben, daß eine große gewaltige Leidenschaft vorkommt und als solche nicht bloß rücksichtslos ihres Weges schreitet, sondern, weil elementar, auch schreiten *darf*.

Ich liebe Liebe, aber ich kucke sie mir an und prüfe sie auf ihre Echtheit; vieles, was sich in gutem Glauben dafür gibt, ist nicht weit her. Die bloße persönliche, aus leidlicher Begriffsverwirrung geborene Überzeugung: »Ich liebe« ist noch lange keine Legitimation.

Man kommt nun allgemach in die Jahre, wo man wahrnimmt, daß man nicht notwendig geliebt werden *muß* und wo man schon zufrieden ist, dann und wann zu erkennen, daß man wenigstens noch geliebt werden *kann*. Ach, und wie's einem mit der Liebe geht, so geht's einem mit allem; man wird trostlos bescheiden in seinen Ansprüchen, giebt den Jugendglauben an eine gradlinige Abstammung von Schiller und Göthe völlig auf und legt sich ernsthaft die Frage vor, ob man größer ist als Karl Müchler oder nicht. Vielleicht steckt auch in dieser Frage noch ein gut Stück Arroganz.

Im Uebrigen weiß ich sehr wohl, daß ich kein Meister der Liebesgeschichte bin; keine Kunst kann ersetzen, was einem von Grund auf fehlt.

Das Leben, Gott sei Dank, ist kein Tummelplatz großer Gefühle, sondern eine Alltagswohnstube, drin das sogenannte Glück davon abhängt ob man friert oder warm sitzt ob der Ofen raucht oder guten Zug hat. Liebe ist gut, aber sie läßt sich nach Minuten berechnen, alles andre hat lange Stunden.

»Wenn es sich um Dinge wie Liebe handelt, so darf man nicht sagen, ›ich habe mich damit beschäftigt‹. Liebe ist doch schließlich immer was Forsches, sonst kann sie sich ganz und gar begraben lassen, und da möcht' ich denn doch etwas von dir hören, was ein bißchen wie Leidenschaft aussieht. Es braucht ja nicht gleich was Schreckliches zu sein. Aber so ganz ohne Stimulus, wie man, glaub' ich, jetzt sagt, so ganz ohne so was geht es nicht; alle Menschheit ist darauf gestellt, und wo's einschläft, ist so gut wie alles vorbei.«

Was früher die jungen Damen an mir versäumt haben – worüber ich jetzt sehr milde und beinah dankbar denke – holen die alten nach. Beiden liegt wohl ein richtiger Instinkt zu Grunde: die jungen fühlten heraus, daß Liebe nicht meine Force war, und die alten fühlen jetzt heraus, daß ich ein artiger und amüsabler alter Herr bin. Irgendwie kommt man immer auf seine Kosten.

Es ist ein Elend. In der Jugend kann man mit dem jungen Weibervolk nicht recht zu Stande kommen, im Alter mit dem alten auch nicht. Ich ziehe den Kampf mit den jungen aber doch dem mit den alten vor.

Mit Geld verkehren ist eine Kunst wie mit Frauen verkehren; wer es 'mal nicht hat, der lernt es schwer.

Dichtung und Courtoisie leben von Uebertreibungen.

Sie war so schön, wie ich selten Weiber gesehn habe und das halbgekräuselte schwarze Haar lag wie eine Mähne um sie her, mit den Spitzen nach vorn hin über die halb entblößte Brust fallend; ich werde den Anblick nie vergessen. Aber sie war ungewaschen und ungekämmt und nach meinem Gefühl, so wenig sie persönlich innerhalb der idealen Liebe zu stehen schien, doch nur für eine solche geeignet. Ein Wesen, nur mit dem *Auge* zu genießen; mit ihr zu *leben* – ein Gedanke, nicht ausgedacht zu werden! So auch die Stadt selbst. Diese schöne, schwarzhaarige Schwester Struwelpeters, die seifenintakt auf einen gondelbefahrenen Rinnstein niedersah, war mir wie das Bild Venezias selbst erschienen.

Wie sich vor ein paar Jahren die Franzosen eine âme russe zurechtmachten, so haben sich bestimmte Dichter eine âme feminine zurechtgemacht, die dem ein und für allemal inferior Männlichen, das immer feige, selbstisch und dürftig ist, gegenübersteht. Nun, gewiß gibt es so was in der Welt, auch heutzutage noch, und wenn unsre Dichter solche hohen Frauenseelen (die einer Prinzessin und auch einer Köchin, viel, viel öfter einer Köchin, angehören können) finden und, wenn sie sie gefunden, darzustellen verstehen, so will ich eine Mark in den Klingelbeutel tun, jedenfalls will ich mich freuen und den Geschehnissen mit großer Bewegung folgen.

Einer Dame ins Stammbuch

Was ist aus Dichtern schon alles geworden?
Hofräte mit und ohne Orden; –
Mir aber scheint der Preis auf Erden:
»Von Frauenherzen verstanden zu werden.«

Im Uebrigen ist einem der Mensch nicht das, was er *überhaupt* ist, sondern das, was er einem allerpersönlichst und ganz im Speziellen ist, wobei sich's treffen kann, daß einem eine fragwürdige Gestalt viel mehr ans Herz gewachsen ist als irgend ein Tugendpriester und Gesinnungstrampel.

Auch die sonderbaren und fragwürdigen Verhältnisse haben oft sehr viel Gefühlsechtes.

»Vieles ist erlaubt, nur nicht das, was die Seele trifft, nur nicht Herzen hineinziehen und wenn's auch bloß das eigne wäre.«

Dies Natürliche hat es mir seit lange angetan, ich lege nur *da*rauf Gewicht, fühle mich nur *da*durch angezogen und dies ist wohl der Grund, warum meine Frauengestalten alle einen Knax weghaben. Gerade dadurch sind sie mir lieb, ich verliebe mich in sie, nicht um ihrer Tugenden, sondern um ihrer Menschlichkeiten d.h. um ihrer Schwächen und Sünden willen. Sehr viel gilt mir auch die Ehrlichkeit, der man bei den Magdalenen mehr begegnet als bei den Genoveven.

»Denn sie war eine Frau, die, wie die meisten, die sich einer Vergangenheit rühmen dürfen, ein gutes und starkes Herz und jedenfalls eine Verachtung gegen alle Tugend- und Offiziositätsphrasen hatte.«

Männer sind immer gewissenhafter und gerechter, aber ihre Gewissenhaftigkeit und Gerechtigkeit läuft auf Kleinkram oder, wenn dies zu hart ist, auf »Nummer für Nummer« heraus. Kluge Frauen – wenn sie nicht einen *zu* schlechten Charakter haben, und die ganz klugen sind selten ganz schlecht – gehen immer aufs Ganze, irren im Einzelnen, aber treffen den Kern. Intuition geht über Studium.

Die bedenklichen Frauen sind draußen, die guten sind ungesehn zu Hause, aber sie sind da.

Sie nehmen die Normen aus sich und es ist zuzugestehn, daß die guten Frauen normaler, will sagen gesünder, natürlicher und pflichtmäßiger fühlen, als die dem Bequemen und Egoistischen zuneigenden Männer. Darauf beruht auch der große Einfluß der Frauen, die Männer, im Gefühl ihrer Mängel, ordnen sich freiwillig unter. Aber mehr können sie auch nicht thun, sie können sich nicht »umkrempeln« und – und dies ist die Hauptsache – brauchen es auch nicht.

Frauen haben eine Vorliebe für Bummelbrüder und finden eine Art Anziehungskraft in Eigenschaften und sittlichen Mängeln, die sie an ihren *Männern* höchlichst übelnehmen würden.

Ich habe noch von keiner *ehrlichen* Dame gehört, daß ihr das Nibelungenlied gefallen hätte. Kurz gesagt: ohne Liebe halten's die Frauen nicht lange aus.

Alle verzweifelten Witwer, also auch er, verlieben sich am 99. Tage wieder, und am 366. heiraten sie die neue Nummer.

Man kann sehr egoistisch und flackerweise doch sehr liebevoll sein; ein Mensch der ja keine Liebe hat, hört auf ein Mensch zu sein und wie er selbst ein Stein ist, versteinert er andre, man wird leblos dabei und kann kein Wort mehr sagen.

Das ist die Kunst des Lebens

Daß man lebt, ist nicht nöthig; nur das empfind ich immer tiefer: »wenn man überhaupt lebt, muß man auch leben *können*.«

Ich war nie ein Lebemann, aber ich freue mich, wenn andere leben, Männlein wie Fräulein. Der natürliche Mensch will leben, will weder fromm noch keusch noch sittlich sein, lauter Kunstprodukte von einem gewissen, aber immer zweifelhaft bleibendem Wert, weil es an Echtheit und Natürlichkeit fehlt.

Es kommt immer nur drauf an, daß, wie und wo man auch marschirt, man allerorten die *Musik* des Lebens hört.

Jene heitere Freiheit, die heute dies tut und morgen das, bloß immer das Richtige.

Ein liebenswürdiges Bummeln, wenn es ohne schwere Pflichtverletzung geschehen kann, berührt wohlthuender als die ewige unerbittliche Correktheit.

Ohne ein bescheiden Theil Leichtsinn ist überhaupt nicht zu leben.

Leicht zu leben ohne Leichtsinn, heiter zu sein ohne Ausgelassenheit, Muth zu haben ohne Uebermuth, Vertrauen und freudige Ergebung zu zeigen ohne türkischen Fatalismus, – das ist die Kunst des Lebens. In vielen Stücken ordne ich mich unter, aber in diesem Punkt bin ich Autorität.

Denn die Kunst des Lebens, genau wie in der Politik, ist die, *recht viele Eisen im Feuer zu haben*, versagt das eine den Dienst, so nimmt man ein andres; es ist immer gefährlich alles auf *eine* Karte zu stellen. Bei sieben Karten mit mäßigem Einsatz wird man nie das Höchste erreichen, aber in der Regel auch nicht dem Niedrigsten verfallen.

Fasse dir also ein Herz, *antizipiere* die ganze Situation; jetzt bist du noch elastisch genug, um sie mit Gottes Hilfe siegreich überwinden zu können; dir kann sich noch absolut Neues, Glückliches erschließen, der Moment dazu ist gut gewählt; erschließt sich etwas Neues, Glückliches dir aber *nicht*, nun, so ist auch noch nichts verloren.

Erst unter Kuß und Spiel und Scherzen
Erkennst du *ganz*, was Leben heißt;
O lerne denken mit dem Herzen,
Und lerne fühlen mit dem Geist.

Aber die Kunst der Lebensführung besteht bekanntlich darin, mit gerade so viel Dampf zu fahren, wie gerade da ist.

Alles läßt sich nicht zwingen, und die Kunst des Lebens läuft darauf hinaus, von 2 Übeln das kleinere zu wählen.

D*er* faßt es so, *der* anders an,
Man muß nur wollen, was man kann;
Mir würde der Weitsprung nicht gelingen,
So blieb ich denn bei den näheren Dingen,
Drei Schritt bloß – – ich weiß, es ist nicht viel,
Aber Freude gibt jedes erreichte Ziel.

Es giebt nur ein Mittel sich wohl zu fühlen: man muß lernen mit dem Gegebenen zufrieden zu sein und nicht immer *das* verlangen, was gerade fehlt.

Bald gewöhnt man sich an das Gute, nimmt es als selbstverständlich hin und hat eine Neigung, *das* zu betonen was fehlt. Es gehört zu den ersten Regeln der Lebensklugheit, über dies Fehlende, wenn es nicht schwerer wiegt als das Gute was da ist, hinweg sehn zu lernen.

In entscheidenden Momenten, wo das Beste, was man hat, auf dem Spiele steht, muß man sprechen, ordentlich, fest, bestimmt, muthig. Aber die Lebenskunst besteht darin, sein Pulver nicht unnütz und nicht in jedem Augenblick zu verschießen.

Dann und wann muß man auch ein bischen Courage haben.

Ich habe immer gerade so viel Courage, wie mir zuständig.

Der Humor hat das Darüberstehn, das heiter-souveräne Spiel mit den Erscheinungen dieses Lebens, auf die er herabblickt, zur Voraussetzung.

Die Kunst zu leben, hatte es bis zur Perfektion gebracht. Witz, feine Formen, auch eine gutmütige Geneigtheit, leben zu *lassen*, nehmen allem den Stachel, und die Prinzipienstrenge wird einem nicht nur unter den Händen weggetändelt, sondern sie sieht sich auch so eigentümlich angelächelt, daß sie sich, beim dritten Flaschenwechsel, selber als Albernheit anzusehen beginnt.

Ich habe mein ganzes spätres Leben nach dem Satz eingerichtet, daß 4 ausgeschlafene Stunden besser sind als 12 müde.

Vieles kann man entbehren, wenn man 2erlei hat: Schlaf und Abwesenheit von Aerger.

Der unausgeschlafene Mensch ist eine Null, oder wenn der Mensch überhaupt eine Null ist, die Null einer Null.

Der Bücher- und Literaturwurm, und wenn er noch so gut und auch so gescheidt ist, ist doch immer nur eine Freude für sich selbst, für sich und eine Hand voll Menschen. Die Welt geht drüber weg und lacht dem Leben und der Schönheit zu.

Meiner Natur nach bin ich Optimist; aber ich habe zwei Augen im Kopf und meine Erfahrungen haben schließlich meine Neigungen corrigirt.

Es liegt in meiner Natur, angesichts aller Dinge, über die ich *ausnahmsweise* nicht gleich hinweg kann, sorglich zu balanciren und nur zögernd zu einem Entschluß zu kommen; ist dieser Entschluß aber einmal gefaßt, so spring' ich auch sofort wieder mit beiden Füßen in die alte Sorglosigkeit hinein und vertraue lachend und heiter meinem guten Stern.

Was mir gefällt

Du fragst: ob mir in dieser Welt
Überhaupt noch was gefällt?
Du fragst es und lächelst spöttisch dabei.

Lieber Freund, mir gefällt noch allerlei:
Jedes Frühjahr das erste Tiergartengrün,
Oder wenn in Werder die Kirschen blühn,
Zu Pfingsten Kalmus und Birkenreiser,
Der alte Moltke, der alte Kaiser,
Und dann zu Pferd, eine Stunde später,
Mit dem gelben Streifen der »Halberstädter«;
Kuckucksrufen, im Wald ein Reh,
Ein Spaziergang durch die Läster-Allee,
Paraden, der Schapersche Goethekopf,
Und ein Backfisch mit einem Mozartzopf.

Einfache Menschen sind eben von Natur einfach, sehr kluge aber müssen sich das Einfache, als ein Höchstes, erst wieder zurückerobern. Diese *gewonnene* Einfachheit ist dann aber auch die ächte, weil sie durchgeistigt ist.

Jedes Land, jede Gesellschaft, jedes Lebensalter, jedes Verhältniß, jedes Portemonnaie, fordert ein ganz bestimmtes Benehmen und die jedesmal entsprechende Haltung zu treffen, ist die recht eigentliche Lebens-Klugheit.

Das Glück, kein Reiter wird's erjagen

Eigentlich ist es ein Glück, ein Lebelang an einer Sehnsucht zu lutschen; einige sagen ja sogar, das ganze Leben sei nur dazu da, sich das Ferne, das Unbestimmte zu wünschen.

Gut und gut gibt Glück. Aber sicher hat man's nie, und um die Gnade der großen Rätselmacht, sie heiße nun Gott oder Schicksal, muß immer gebeten werden. Sicherheit ist Gefahr; wir sollen in einem Bangen bleiben und jedem neuen glücklichen Tag neuen Dank entgegenbringen.

Je länger ich das Leben beobachte, je deutlicher seh' ich, daß dem Einzelnen mit einer eisernen Consequenz des Schicksals das Eine gegeben, das Andre versagt wird; der eine spekulirt immer glücklich, der andre immer unglücklich; der eine liebt immer glücklich, der andre immer unglücklich; der eine reist dreimal um die Welt ohne Unfall, der andre trifft es bei jeder Ausfahrt so, daß ein Rad bricht oder ein Pferd durchgeht oder doch wenigstens daß es mit Mollen gießt. Und nach diesem Unwandelbarkeits-Gesetz ist auch über mein Bücher-Geschick und Unglück ein für allemal entschieden: ich werde immer einen mäßigen Anstands-Erfolg erzielen; aber nie mehr.

Wenn andre Fortunens Schiff gekapert,
Mit *meinen* Versuchen hat's immer gehapert,
Auf halbem Weg, auf der Enterbrücke,
Glitt immer ich aus. War's Schicksalstücke?
War's irgendein großes Unterlassen?
Ein falsches die Sach'-am-Schopfe-Fassen?
War's Schwachsein in den vier Elementen,
In Wissen, Ordnung, Fleiß und Talenten?
Oder war's – ach, suche nicht zu weit,
Was mir fehlte, war: Sinn für *Feierlichkeit.*

Allerlei ist eingefädelt, was mir doch vielleicht ein kleines Glückshemd zusammennäht.

Es giebt *vielerlei Glück*, und wo dem Einen Disteln blühn, blühn dem Andern Rosen. Das Glück besteht darin, daß man *da* steht, wo man seiner Natur nach hingehört; selbst die Tugend- und Moralfrage verblaßt daneben.

Die Glücksarten der Menschen sind eben verschieden; »den enen sin Uhl is den annern sin Nachtigall«. Mir ist die Freiheit Nachtigall, den andern Leuten das Gehalt.

Ein Innerliches muß man erreichen, *da* liegt das Glück. Es braucht nicht einmal immer mit der Moral zu stimmen; freilich darf es sich auch nicht zu sehr in Gegensatz dazu stellen.

Seine Befriedigung innerhalb des Erlaubten oder doch des Zulässigen zu finden, auf das unsre Natur hinweist, das ist Glück. Der geringste Fehltritt dabei, oder auch nur Irrtum und das Glück ist hin. Das Glas fällt aus der Hand und ist zerbrochen.

Wer satt zu essen hat, kann sich neben jeden Crösus stellen. Das Glück liegt wirklich wo anders als in aufgethürmten 5 Thalerscheinen. Und schließlich, – um 9 ist alles aus, und niemand kann's mitnehmen.

Das Elend des Menschengeschlechtes wurzelt in der verfluchten Anschauung, daß Gold und Glück identisch sei. Umgekehrt wird ein Schuh daraus.

Du hast ganz Recht: das Beste im Leben ist Arbeit, man kann fast sagen das Einzige.

Bestimmte Beschäftigung ist an und für sich schon ein Segen, kommt nun noch ein Gefühl der Pflichterfüllung und einer dadurch gewonnenen Freiheit und Selbständigkeit hinzu, so hat man zwar nicht alles Glück, aber doch ein gut Theil davon.

Wir »rechnen« immer noch mit der Menschheit; Beifall, Zustimmung, Ehren bedeuten uns immer noch 'was, als wäre damit was gethan; das ist aber falsch und unklug, wir müssen vielmehr unsre Seele mit dem Glauben an die Nichtigkeit dieser Dinge ganz erfüllen und unser Glück einzig und allein in der Arbeit, in dem uns Bethätigen unser selbst finden.

Eine Hauptquelle von Glück und Zufriedenheit aber, wenn ich nach meinen Erfahrungen urteilen darf, ist das Reisen, der Ort- und Luftwechsel, der Leib und Seele frisch macht und einem zugleich die Vorzüge des Heims immer neu zum Bewußtsein bringt.

Ich bin hinauf, hinab gezogen
Und suchte Glück und sucht' es weit;
Es hat mein Suchen mich betrogen,
Und was ich fand, war Einsamkeit.
[...]
Die Welt, die fremde, lohnt mit Kränkung,
Was sich, umwerbend, ihr gesellt;
Das Haus, die Heimat, die Beschränkung,
Die sind das Glück und sind die Welt.

Die Menschen lieben nur das Glück, den Glanz und die lachenden Gesichter, und zuletzt: wer will es ihnen verargen?!

Immer schreitet eine Angst, eine Sorge, ein Schmerz, ein Pickel, neben unsrem Glück und unsren Plänen her, namentlich aber immer in dem Augenblick, wo sie sich erfüllen sollen.

Nicht Glückes bar sind deine Lenze,
Du forderst nur des Glücks zuviel;
Gib deinem Wunsche Maß und Grenze,
Und dir entgegen kommt das Ziel.

Wie dumpfes Unkraut laß vermodern,
Was in dir noch des Glaubens ist:
Du hättest doppelt einzufodern
Des Lebens Glück, weil *du* es bist.

Das Glück, kein Reiter wird's erjagen,
Es ist nicht dort, es ist nicht hier;
Lern überwinden, lern entsagen,
Und ungeahnt erblüht es dir.

Wenn man mehr als 20mal ein Buch, ein Werk veröffentlicht und immer – in jungen Jahren oft in lächerlicher, weil ganz unmöglicher Weise – die Hoffnung eines großen Erfolges, der dann stets ausblieb, daran geknüpft hat, so verlernt man es schließlich, sich mit dem Gedanken an das große Los zu tragen und freut sich, daß einem bei dem nun 50jährigen Nachlaufen nach dem Rade des Glücks, vor längerer oder kürzerer Zeit schon, ein Pflock, ein Nagel zugefallen ist. Eine Speiche, wie's im Sprichwort eigentlich heißt, ist schon zu viel.

Je älter ich werde, je tiefer empfinde ich, *alles* ist Glück und Gnade, das Kleine so gut wie das Große.

Resignieren können ist ein Glück und beinahe eine Tugend.

Glück ist überall Glück und wenn man's hat, so soll man's halten und wenn es in Tobolsk oder gar in Ochotzk wäre. Zerrinnt es einem aber zwischen den Händen oder wird aus Brot ein Stein oder aus einem flatternden Band ein Strick, dann Sorgetragung für change of air, dann weg, fort. *Dann* ist große Stadt besser, weil sich Streit, Klatsch, Niedertracht mehr darin verthut.

Aber wir lassen es andere machen

Ein Chinese ('s sind schon an 200 Jahr)
In Frankreich auf einem Hofball war.
Und die einen frugen ihn: ob er das kenne?
Und die andern frugen ihn: wie man es nenne?
»Wir nennen es tanzen«, sprach er mit Lachen,
»Aber wir lassen es *andere* machen.«

Und dieses Wort, seit langer Frist,
Mir immer in Erinnerung ist.
Ich seh' das Rennen, ich seh' das Jagen
Und wenn mich die Menschen umdrängen und fragen:
»Was tust du nicht mit? Warum stehst du beiseit'?«
So sag' ich: »Alles hat seine Zeit.
Auch die Jagd nach dem Glück. All derlei Sachen,
Ich lasse sie längst durch andere machen.«

Ich mit meiner Altenherrnweisheit

Jeder hat Wünsche und wenn diese Wünsche mit Pflichten in Conflikt kommen, so kuckt man sich die Pflichten noch mal an und findet, wenn es irgend geht, daß es damit so bindend und pressant nicht liegt, und daß die Wünsche auch wieder eine Pflicht-Erfüllung in sich schließen. So sind alle Menschen und man muß gut beanlagt oder gut geschult sein, um entweder in solche Conflikte gar nicht hinein oder doch wenigstens sehr schnell wieder herauszugerathen. Von der Jugend ist es nicht zu verlangen und da springt dann das Alter ein und giebt seinen Spruch.

Das Menschliche steht nicht blos höher, es ist das Einzige was gilt. Entgegengesetzte Anschauungen sind für die Jugend.

Wir sind schließlich doch das, wofür uns Andre halten.

Ich mit meiner Altenherrnweisheit.

Mit Menschen *ausdauern können*, ist ein großes Glück und man muß es deshalb durchaus lernen, über kleine Fehler und Schwächen hinwegzusehn. Mit dem ewigen Rigorismus – immer unter Ausschluß der eignen Person – bringt man es nicht weit.

Wer ausdauert, erreicht alles.

Absolvierung des Unangenehmen ist immer erstes Gebot.

Alle Tage geschieht das Unwahrscheinlichste und das Wahrscheinlichste läßt einen im Stich.

Was man auch tut, 'rein fällt man immer.

Ganz korrekt sind immer nur die Mittelmäßigen.

»Es ist nicht gut, immer nur an das zu denken, was die Leute sagen, aber es ist noch weniger gut, gar nicht daran zu denken.«

»Alle Menschen sind Wetterfahnen, ein bißchen mehr, ein bißchen weniger. Und wir selber machen's auch so. Schwapp, sind wir auf der andern Seite.«

Das Gute ist doch das Beste, wenn auch das Beste des Guten Feind ist.

Man kann nicht gegen seine innerste Natur und in jedes Menschen Herz giebt es ein Etwas, das sich, wo es mal Abneigung empfindet, weder beschwichtigen noch überwinden läßt.

Die Natur ist stärker als die Vorsätze.

Wer rechnet, ist immer in Gefahr, sich zu verrechnen. Die einfache dumme Kuh trifft immer das richtige Gras.

Das Glücken [...] hat man nicht in der Hand, nur für seinen Willen und seinen Fleiß ist man verantwortlich.

Wer sich selbst in die zweite Reihe stellt, kommt nie in die erste.

Ohne einen feinen Beisatz von Selbstironie ist jeder Mensch mehr oder weniger ungenießbar. Daher giebt es so viele Ungenießbare.

So lange man noch Geld und Rückzugslinien hat, geht alles.

Moral ist gut, Erbschaft ist besser.

Die Verpflegungsfrage ist für den Kulturmenschen eigentlich das Wichtigste; die Gesundheit hängt gewiß dran und fast auch die Moral.

Der Mensch ist eine Bestie und seiner Niedertracht muß mit Mitteln aus demselben Arsenal begegnet werden.

Männer – und nun gar wenn sie Prinzipien haben – sind immer »alte Ekels«.

Die männliche Schweinigelei hat noch eine lange Zukunft.

Sei so dreckig wie Du willst, wenn nur das Vorhemde blank und das Beinkleid zugeknöpft ist.

Der Deutsche, wenn er nicht besoffen ist, ist ein ungeselliges, langweiliges und furchtbar eingebildetes Biest.

Alle Weisheit ist nur so lange weise, bis sie widerlegt wird.

Ich bin so alt, daß ich von nichts tiefer überzeugt bin, als von der Wackligkeit des Urtheils, also auch des eignen, vielleicht das eigne in erster Reihe.

Väter sind eigentlich nur noch dazu da, um schließlich in Widerspruch mit ihren Lieblingssätzen zu gerathen.

»Sonderbar, Väter werden fast immer vergessen.«

Neueste Väterweisheit

Zieh nun also in die Welt,
Tue beharrlich, was dir gefällt,
Werde keiner Gefühle Beute,
Meide sorglich arme Leute,
Werde kein gelehrter Klauber,
Wissenschaft ist fauler Zauber,

Sei für Rothschild statt für Ranke,
Nimm den Main und laß die Panke,
Nimm den Butt und laß die Flunder,
Geld ist Glück, und Kunst ist Plunder,
Vorwärts auf der schlechtsten Kragge,
Wenn nur unter großer Flagge.
Pred'ge Tugend, pred'ge Sitte,
Millionär ist dann das dritte,
Quäl dich nicht mit »wohlerzogen«.
Vorwärts mit den Ellenbogen,
Und zeig jedem jeden Falles:
»*Du* bist nichts, und *ich* bin alles.«

Die Alten und die Jungen

»Ich respektiere das Gegebene. Daneben aber freilich auch das Werdende, denn eben dies Werdende wird über kurz oder lang abermals ein Gegebenes sein. Alles Alte, so weit es Anspruch darauf hat, sollen wir lieben, aber für das Neue sollen wir recht eigentlich leben.«

»Sah man ihn, so schien er ein Alter, auch in dem, wie er Zeit und Leben ansah; aber für die, die sein wahres Wesen kannten, war er kein Alter, freilich auch kein Neuer. Er hatte vielmehr das, was über alles Zeitliche hinaus liegt, was immer gilt und immer gelten wird: ein Herz.«

Wir haben alles aus Kommiseration. Ehe nicht die *Macht*verhältnisse zwischen alt und neu zugunsten von »neu« sich ändern, ist all unser politisches Tun nichts als Redensartenkram und Spielerei.

Mein Haß gegen alles, was die neue Zeit aufhält, ist in einem beständigen Wachsen und die Möglichkeit, ja die Wahrscheinlichkeit, daß dem Sieg des Neuen eine furchtbare Schlacht voraufgehen muß, kann mich nicht abhalten, diesen Sieg des Neuen zu wünschen. Unsinn und Lüge drücken zu schwer, viel schwerer als die leibliche Noth.

Das »Neue« steht hinter dem Alten sehr oft zurück, trotzdem aber liegt in diesem Neuen, auch in dem *verfehlten* Neuen, der Fortschritt, die Weiterentwicklung. Ohne denselben frieren wir ein und sterben inmitten der vollkommensten Kunstübung ab.

Ich kann mit Ausnahme des Technischen und Naturwissenschaftlichen (wiewohl auch da die ganz großen Dinge der Vergangenheit angehören) nirgends einen Weltfortschritt wahrnehmen. Die Kanonen und die Gewehre werden immer besser und scheinen die Fortdauer europäischer »Zivilisation im Pizarrostil« vorläufig noch verbürgen zu wollen; aber es geht auch damit auf die Neige, die nichtzivilisierte Welt wird sich ihrer Kraft bewußt werden, und der große Menschheitsauffrischungsprozeß wird seinen Anfang nehmen. Eigentlich sind wir schon mitten in der Sache drin.

»Und kurz und gut, er sagte: das mit dem ›Wortlaut‹, das ginge nicht länger mehr, die ›Werte‹ wären jetzt anders, und weil die Werte nicht mehr dieselben wären, müßten auch die Worte sich danach richten und müßten gemodelt werden. Er sagte ›gemodelt‹. Aber was er am meisten immer wieder betonte, das waren die ›Werte‹ und die Notwendigkeit der ›Umwertung‹.«

Das Wort Nietzsche's von der »Umwerthung« der Dinge, die durchaus stattfinden müsse, trifft überall zu.

Was mir an dem Kaiser gefällt, ist der totale Bruch mit dem Alten und was mir an dem Kaiser *nicht* gefällt, ist das im Widerspruch dazu stehende Wiederherstellenwollen des Uralten.

Was der Kaiser muthmaßlich vorhat, ist mit »Waffen« überhaupt nicht zu leisten; alle militärischen Anstrengungen kommen mir vor, als ob man Anno 1400 alle Kraft darauf gerichtet hätte, die Ritterrüstung kugelsicher zu machen, – statt dessen kam man aber schließlich auf den einzig richtigen Ausweg, die Rüstung ganz fortzuwerfen. Es ist unausbleiblich, daß sich das wiederholt; die Rüstung muß fort und ganz andre Kräfte müssen an die Stelle treten: Geld, Klugheit, Begeisterung.

Alles Interesse ruht beim vierten Stand. Der Bourgeois ist furchtbar, und Adel und Klerus sind altbacken, immer wieder dasselbe. Die neue, bessere Welt fängt erst beim vierten Stande an. Man würde das sagen können, auch wenn es sich bloß erst um Bestrebungen, um Anläufe handelte. So liegt es aber nicht; *das*, was die Arbeiter denken, sprechen, schreiben, hat das Denken, Sprechen und Schreiben der altregierenden Klassen tatsächlich überholt, alles ist viel echter, wahrer, lebensvoller. Sie, die Arbeiter, packen alles neu an, haben nicht bloß neue Ziele, sondern auch neue *Wege*.

Es giebt so wenig Menschen, mit denen man auch nur ein erträgliches Gespräch führen kann. Ich leide jetzt ordentlich darunter. Neulich sprach ich mit meinen zwei Söhnen, Intendanturrath und Buchhändler, über die Wahlen; nach 5 Minuten brach ich ab und sagte: »nein, Kinder, das geht so nicht weiter, wir quasseln alle Drei und wenn ich bedenke, daß wir eine Art Elite repräsentiren, so kommt mir der Jammer an.«

Dieser ganze Wahlkrempel kann unmöglich der Weisheit letzter Schluß sein. In England oder Amerika vielleicht oder auch gewiß – aber bei uns, wo hinter jedem Wähler erst ein Schutzmann, dann ein Bataillon und dann eine Batterie stehen, wirkt alles auf mich wie Zeitvergeudung. Hinter einer Volks*wahl* muß eine Volks*macht* stehn, fehlt *die*, so ist alles Wurscht.

Ich werde immer mehr in der Anschauung bestärkt, daß wir viel zu sehr mit dem Alten aufräumen und die Weisheit und Erfahrung zurückliegender Zeiten nicht genug würdigen.

Ein alter bewährter Freundeskreis ist unbezahlbar, aber er reicht nicht aus, wenn nicht frische Elemente gelegentlich hinzukommen.

Das alte gesellschaftliche Leben schläft mehr und mehr ein, alles ist tot oder krank oder – verkracht. Ein Glück, daß ein Nachwuchs sich einstellt, bei dem ich nicht schlechter fahre, – fast im Gegenteil. Denn die Alten waren zu alt geworden, und keiner war unter ihnen, der das Zeug gehabt hätte, die sehr nötigen Wandlungen mitzumachen. Alles eingefroren.

Mit jungen Leuten zu verkehren, ist eine Kunst, die nicht jeder hat.

Man hört nie auf erziehungsbedürftig zu sein; ich gehe noch jetzt in die Schule und lerne von Leuten, die meine Enkel sein könnten.

Mir nichts verhaßter ist, als der Altmannsstandpunkt, der alles am besten zu wissen glaubt. Die Jahre bedeuten gar nichts. Wer dumm ist und nichts gelernt hat, faselt mit siebzig noch gerade so wie mit siebzehn.

»Jugend hat keine Tugend« ist falsch, wie fast alle Sprüchwörter; wenn wer noch Tugend hat, so ist's eben die Jugend.

Die Jugend hat mich auf ihren Schild erhoben, ein Ereignis, das zu erleben ich nicht mehr erwartet hätte.

Ich will zugeben, daß sehr vieles faul im Staate Dänemark ist, und daß die jungen Leute ein gewisses Recht der Reform oder meinetwegen auch der Revolution haben, aber sie können nicht verlangen, daß der Staat ihnen zuruft: »ach, das ist recht; nur tüchtig zu.«

Wir haben beispielsweise jetzt eine Schule in Worpswede [...]. Diese Schule erinnert (innerhalb der *Malerei*) sehr an die Lake school. Es sind vier oder fünf junge Maler, die sich auf ein Dorf zurückgezogen haben und da klösterlich miteinander leben, nur noch in gelegentlichem Verkehr mit den Bauern. Ich finde das sehr richtig.

Die Alten und die Jungen

»Unverständlich sind uns die Jungen«
Wird von den Alten beständig gesungen;
Meinerseits möch ich's damit halten:
»Unverständlich sind mir die Alten.«
Dieses am Ruderbleibenwollen
In allen Stücken und allen Rollen,
Dieses sich Unentbehrlichvermeinen
Samt ihrer »Augen stillem Weinen«,
Als wäre der Welt ein Weh getan –
Ach, ich kann es nicht verstahn.
Ob unsre Jungen, in ihrem Erdreisten,

Wirklich was Besseres schaffen und leisten,
Ob dem Parnasse sie näher gekommen
Oder bloß einen Maulwurfshügel erklommen,
Ob sie, mit andern Neusittenverfechtern,
Die Menschheit bessern oder verschlechtern,
Ob sie Frieden sä'n oder Sturm entfachen,
Ob sie Himmel oder Hölle machen –
Eins läßt sie stehn auf siegreichem Grunde:
Sie haben den Tag, sie haben die Stunde;
Der Mohr kann gehen, neu Spiel hebt an,
Sie beherrschen die Szene, *sie* sind dran.

Alles sagt mir: Es ist Zeit

Dann sprachen wir mehrere Stunden lang ganz gemüthlich von Tod und Sterben, versicherten uns gegenseitig, daß es eigentlich gar nichts und kaum der Rede werth sei und stießen dabei mit den großen Weingläsern auf langes Leben und gute Gesundheit an.

Mit Tante Pine soll es zu Ende gehen. Ich möchte doch *so* nicht sterben. Nicht einer, der ihr auch nur eine halbe ehrliche Thräne nachweint. Viele Thränen darf man nicht verlangen, sind auch nicht nöthig, aber doch ein paar. Drei Leser, wenn man ein Buch geschrieben hat, und drei Thränen, wenn man stirbt.

Man lebt sich selbst, man stirbt sich selbst; man ist den Menschen gar nichts (ihnen höchstens im Wege), und wenn sich 3 Ausnahmen finden, so steht es auch mit diesen mau genug. Wir hatten ein altes Dienstmädchen, altes originelles Berliner Gewächs, das 16 Jahr in unsrem Hause war und all die Kinder hat wachsen und – gehen sehn, *die* wird trauern, wenn ich selber gehe, das andre ist alles nichts.

[Zum Tod des Sohnes George:] Ueberhaupt ist die Art wie der Trauerapparat arbeitet, doch sehr unvollkommen und beinah roh, roh weil er das Beste was der Mensch hat, zu bloßer Phrase, ja zur Kunstthräne und Gefühlsheuchelei herunterdrückt. Und dabei noch die widerwärtige Wahrnehmung, daß die Menschen im höchsten Maße unzufrieden mit einem sind und Asche streun und Kleider zerreißen und verlangen und einen noch nicht einmal für einen Eisblock halten. Denn der kann doch wenigstens schmelzen. Der »andre« ist mit dem »andren« nie zufrieden und zum Kolossalmuth und zur Kolossalliebe, verlangt er auch einen Kolossalschmerz.

Wenn man den Tod mit Recht den großen Gleichmacher genannt hat, so hat doch auch schon der bloße Hinblick auf den Tod, das Fühlen seiner Gegenwart, etwas von dieser nivellierenden Kraft, und die Dissonanzen, die Gegensätze, weil man ihren baldigen Ausgleich nahe weiß, werden minder schwer empfunden.

Das Leben, war dir's wenig, war dir's viel?
Ich weiß das eine nur, du bist am Ziel.
In Blumen durfest du gebettet werden,
Du hast die Ruh nun. Erde wird zu Erden.
Und kommt die Stund' uns, dir uns anzureihn,
So laß die Stunde, Gott, wie diese sein.

Und wiewohl ich gern gelebt habe, jetzt, am Ende meiner Tage, bin ich doch tief davon durchdrungen, daß dies alles eine Welt der Mängel ist, viel viel mehr noch als man in jungen und mittleren Jahren annahm, und daß es nicht schlimm ist, die Unruhe mit der Ruhe zu vertauschen. Sie glauben gar nicht, in wie hohem Maße die Ueberzeugung davon während dieser letzten Jahre in mir gewachsen ist. Und nicht eigentlich erst seit Georges Tod. Denn man kann den Tod eines geliebten Menschen tief und innig beklagen und doch in Hoffnung und selbst in Heiterkeit weiter leben.

Ach, man muß an das Leben glauben, um glücklich zu sein; der schöne Wahn hält uns; »nur der Irrthum ist das Leben und die Wahrheit ist der Tod.« Schiller hat es auch *da*rin getroffen, wie so oft.

Heute kam die Nachricht von Storms Tod. Aber mit Blechmusik immer weiter und immer heiter vorwärts, bis man selber fällt. Nur keine Sentimentalitäten. Was das Schmerzlichste ist, ist zugleich auch das Alltäglichste und Gleichgültigste.

Was ist der Einzelne? gar nichts. Wenn der alte Wilhelm stirbt, kann man Radau machen, ein Commerzienrath ist ein Commerzienrath. Man kann nicht still genug in seine letzte Wohnung einziehn.

Das den Dingen scharf ins Gesicht sehn ist nur momentan schrecklich, bald gewöhnt man sich nicht nur daran, sondern findet in der gewonnenen Erkenntnis, auch wenn die Ideale darüber in die Brüche gingen, eine nicht geringe Befriedigung. Die höchste Ruhegebung aber kommt einem aus dem memento mori, und eine Viertelstunde auf dem Lichterfelder Friedhof rückt einen immer wieder zurecht. Freilich immer noch nicht dauernd genug. Immer noch wieder Rückfälle in das, was die Frommen das Irdische nennen.

»Wenn sich die Menschen erst nach Krankheit erkundigen, dann ist es immer schlimm. Eigentlich ist es jedem gleich, wie's einem geht. Und ich habe sogar welche gekannt, die sahen sich, wenn sie so fragten, immer schon die Möbel und Bilder an und dachten an nichts wie an Auktion.«

»Was soll der Unsinn?« Ein sonderbares Gefühl des totalen Überflüssigseins beherrscht mich und wiewohl ich eigentlich nie »eine Zeit« gehabt habe, fühle ich doch, meine Zeit liegt zurück. Alles weggestorben und der Blick der Jüngeren drückt das aus, was Friedrich der Große auf seiner letzten Fahrt durch das Ruppinsche sagte: »mein Gott, lieber Rathnow, ich dachte Er wäre lange todt.« Manche Blicke sind auch nicht so gemüthlich und erinnern mehr an »Racker's, wollt ihr denn ewig leben«. In Indien wurden früher die Alten auf große Bäume am Ganges gesetzt und dann begann ein Schütteln. Die sich nicht mehr halten konnten, fielen in den Fluß und wurden weggeschwemmt. Wenn man in die Herzen sehen könnte, würde man finden, daß dies Verfahren auch bei uns stille Anhänger zählt.

Man hängt am Leben (ich auch) trotzdem einen jede Stunde von der Mißlichkeit der Sache überzeugt.

Mein Leben, ein Leben ist es kaum,
Ich gehe dahin, als wie im Traum.

Wie Schatten huschen die Menschen hin,
Ein Schatten dazwischen ich selber bin.

Und im Herzen tiefe Müdigkeit –
Alles sagt mir: Es ist Zeit …

Daß ich wieder schlafen und mich geistig beschäftigen kann, empfinde ich jeden Tag dankbar, aber ein Gefühl der Wackligkeit, des auf den Abbruch Dastehens, werde ich doch nicht los. Es hindert einen in allem, weil einen beständig die Frage begleitet: »verlohnt es sich, das und das noch überhaupt anzufangen?«

Die Menschen quälen sich ein Lebelang, um im letzten Augenblick oder wenn der Tod sie auch nur streift, die Nichtigkeit all des von ihnen Erstrebten zu empfinden. Hier liegt eine ergaunerte Million neben mir und ein Schluck kaltes Wasser ist mir vielleicht unendlich viel mehr. Nichts hat Bedeutung und auch wieder alles; Großes Kleines, sehr vage Begriffe.

Ein so glückliches und bevorzugtes Leben und doch: »Was soll der Unsinn?« Dies kann man beinah wörtlich nehmen; in der Politik gewiß, und in Religion und Moral ist alles Phrase. Früher statuierte ich Ausnahmen; jetzt kaum noch.

Leben; wohl dem, dem es spendet
Freude, Kinder, täglich Brot,
Doch das Beste, was es sendet,
Ist das Wissen, daß es endet,
Ist der Ausgang, ist der Tod.

Das Dunkle, das Rätsel, die Frage bleibt

Alles, wie auch im Leben des einzelnen, hängt immer an einem Faden, und daß ein hoher Rätselwille alles Irdische leitet, jedenfalls aber, daß sich alles unserer menschlichen Weisheit entzieht, das muß auch dem Ungläubigsten klar werden.

Die ganze Geschichte [der Schillerpreis] müßte mich ja eigentlich *sehr* glücklich machen, aber es kommt ein bischen zu spät und fällt bei mir in eine Stimmung hinein, die doch bei aller Heiterkeit schmerzlich ist, weil es ein Durchdrungensein ist von der Nichtigkeit alles Irdischen. Wer an ein Ewiges glaubt, dem wird in diesem Zustande erst recht wohl, aber zu den *so* Beglückten darf ich mich nicht zählen.

Alles Operiren mit Unendlichkeit und Unsterblichkeit ist bedenklich; es ist unglaublich, welche »Umwerthungen« sich oft schon in einem lumpigen halben Jahrhundert vollziehn.

Umsonst

Immer rascher fliegt der Funke,
Jede Tschunke und Spelunke
Wird auf Wissenschaft bereist,
Jede Sonne wird gewogen,
Und in Rechnung selbst gezogen,
Was noch sonnenjenseits kreist.

Immer höhre Wissenstempel,
Immer richt'ger die Exempel,
Wie Natur es draußen treibt,
Immer klüger und gescheiter,
Und wir kommen doch nicht weiter,
Und das Lebensrätsel bleibt.

Das Bedenkliche am Christenthum ist, daß es beständig Dinge fordert, die keiner leisten kann und wenn es mal einer leistet, dann wird einem erst recht angst und bange und man kriegt ein Grauen vor einem Sieg, der besser nicht erfochten wäre. Das einzig Große sind die Dome und die Bilder und vielleicht die Klöster, aber Märtyrer und Scheiterhaufen ängstigen mich blos statt mich zu erheben.

Und während man in der guten Komödie der Künste fast die Komödie vergaß und nahbei zu religiöser Erhebung kam, vernichtet die schlechte Religions-Komödie: dies Plärren, Leiern, Knixen, Kopfschütteln und Kniebeugen den ganzen Eindruck des Kunst-Cultus wieder mit einem Schlag und die Seele athmet erst wieder auf, wenn der betäubende Weihrauchduft hinter ihr liegt und Gottes Sonne auf offner Straße lacht und grüßt. Summa Summarum: der Protestantismus kann einpacken, ich habe den festen Glauben, daß die Menschheit auch mit ihm nicht abschließen, auch ihn überwinden wird, – aber gegen den Katholicismus gehalten muß er unser Freund und unsre ganze Liebe sein, denn wir, die wir ein Stück himmlischer Freiheit gekostet haben, können nur in ihm, oder doch *durch ihn* das finden was wir gebrauchen.

Persönlich bin ich ganz unchristlich, aber doch ist dies herrnhutische Christenthum, das in neuer Form jetzt auch wieder bei den jüngeren Christlichsozialen zum Ausdruck kommt, das Einzige, was mich noch interessirt, das Einzige, dem ich eine Berechtigung und eine Zukunft zuspreche.

Ich finde es blos anmaßlich, wenn ein Schusterssohn aus Herrnhut 400 Millionen Chinesen bekehren will.

Was wir Glauben nennen ist Lug und Trug oder Täuschung oder Stupidität, was wir Loyalität nennen, ist Vortheilberechnung, was wir Liebe nennen ist alles Mögliche, nur meist nicht Liebe, was wir Bekenntnißtreue nennen ist Rechthaberei. »Das *ist* sein Fleisch und Blut«, »das bedeutet sein Fleisch und Blut«, – auf diesen Unterschied hin wird verbrannt und geköpft, werden Hunderttausende in Schlachten hingeopfert, und eigentlich – eine Handvoll verrückt fanatischer Pfaffen ausgenommen – ist es jedem gleichgültig. Ich habe noch keinen kennen gelernt, dem es *nicht* gleichgültig gewesen wäre.

Ich respektiere jeden ehrlichen Standpunkt, also natürlich auch den streng religiösen oder vielleicht auch den streng sektiererischen [...]. Es verstimmt mich aber immer tief, wenn Gläubige die Ungläubigen, Positive die Negativen wie Kaff von oben herab behandeln wollen.

Die ganze Welt – das ist die Macht des Überkommenen – steckt in dem Vorurtheil, daß der Glauben etwas Hohes und der Unglaube etwas Niederes sei. Wer sich zu Gott und zur Unsterblichkeit seiner eignen werthen Seele bekennt, ist ein »Edelster« oder dergleichen, wer da nicht mitmacht, ist ein Lump [...]. Ich persönlich kenne keinen Menschen, habe auch nie einen gekannt, der den Eindruck eines Vollgläubigen auf mich gemacht hätte. 99 stehen ebenso, der Hundertste möchte es bestreiten, kommt aber nicht weit damit. So steht es wirklich. Und dabei Forderungen an unser Gemüth, als lebten wir noch zur Zeit der Kreuzzüge. Läuft es so still hin, so schadet es nichts, kommen aber die Provokationen, an denen kein Mangel ist, so haben wir als Antwort darauf, Panizza. Hohn war immer eine berechtigte Form geistiger Kriegführung.

Das »Ich« zu opfern ist etwas Großes, aber es ist eine Spezialbeschäftigung, Vorstufe zur Heiligkeit oder schon die Heiligkeit selbst, ein Etwas, das man bewundert, danach man aber unter gewöhnlichen Verhältnissen nicht leben kann. Dazu giebt es besondere Anstalten: Klöster, Wüstenhöhlen, Lazarethe, Hospize.

Wenn dritthalb tausend Jahre nichts geändert haben, wo soll da die Aendrung herkommen. Ich glaube, das ist so von Anfang an entschieden: das Glücks- und Leidensmaß bleibt dasselbe, das Sündenmaß bleibt dasselbe und das Maß von Anstrengung, das Sündenmaß zu verkleinern bleibt auch dasselbe.

All den großen Sätzen der Bergpredigt haftet zwar etwas Philiströses an, aber wenn ihre Weisheit richtig geübt wird, d.h. nicht in Feigheit sondern in stillem Muth, so sind sie doch das einzig Wahre und die ganze Größe des Christenthums steckt in den paar Aussprüchen. Man begreift dann Omar als er die alexandrinische Bibliothek verbrannte: »steht es *nicht* im Koran, so ist es schädlich, steht es im Koran, so ist es überflüssig.« Das ist das Resultat, wenn man lange gelebt hat: alles was da ist, kann verbrannt werden, und wenn nur zehn oder zwölf Sätze, in denen die Menschenordnung liegt (nicht die *Welt*ordnung, von der wir gar nichts wissen) übrigbleiben. Es ist auch recht gut so; nur für einen Schriftsteller, der vom Sätzebau lebt, hat es etwas Niederdrückendes.

Schopenhauer hat ganz Recht: »das Beste, was wir haben, ist Mitleid.« Mitleid ist auch vielfach ganz echt. Aber mit all den andern Gefühlen sieht es windig aus. Trotzdem brauchen wir sie, brauchen den Glauben daran, wir dürfen sie nicht leugnen, weil sich sonderbare Reste davon immer wieder vorfinden und selbst wo gar nichts ist, müssen wir dies Nichts nicht sehen wollen; wer sein Auge immer auf dieses Nichts richtet, der versteinert. Die Wahrheit ist der Tod.

Es gibt ein Fatum, und weil es ein Fatum gibt, geht alles seinen Gang, dunkel und rätselvoll und nur mitunter blitzt ein Licht auf, und läßt uns gerade so viel sehen, um dem Ewigen und Rätselhaften seine Launen und Gesetze abzulauschen.

Die Frage bleibt

Halte dich still, halte dich stumm,
Nur nicht forschen, warum? warum?

Nur nicht bittre Fragen tauschen,
Antwort ist doch nur Meeresrauschen.

Wie's dich auch aufzuhorchen treibt,
Das Dunkle, das Rätsel, die Frage bleibt.

Quellennachweis

Basis ist die Hansersche Fontane-Ausgabe, genauer die Zweite, revidierte Ausgabe seiner »Werke, Schriften und Briefe«: 20 in 22 Bänden in vier Abteilungen, herausgegeben von Walter Keitel und Helmuth Nürnberger, München 1970ff. Die Orthographie dieser Ausgabe (abgekürzt HFA) ist damit maßgebend. Allerdings stimmt sie nur bei den Gedichten und den Briefen mit der original-fontaneschen Schreibweise überein, und bei letzteren, aufgrund der schwierigen Quellenlage, auch nicht immer. Insofern erschien es nützlich, bei den Zitaten aus Romanen, Novellen und autobiographischen Schriften, auf die Erstauflagen bzw. Erstdrucke zumindest hinzuweisen, denn im Zweifelsfall findet sich dort der authentische Wortlaut.

Die bei Hanser nicht nachweisbaren Zitate werden nach anderen Basis-Quellen wiedergegeben, so vor allem der vierbändigen Briefausgabe von Schreinert/Jolles im Propyläenverlag (BSJ) und der zweibändigen Ausgabe der Tagebücher im Aufbau-Verlag (AFT).

Die vom Aufbau-Verlag für 1998 vorbereitete dreibändige Edition des Briefwechsels zwischen Theodor und Emilie Fontane wird, was die Schreibweise betrifft, etliche Korrekturen erbringen wie auch vielfältig neue Einblicke ergeben – in Umfang und Intensität der fast fünfzig Jahre andauernden ehelichen Korrespondenz.

Wesentliche Briefe schrieb Fontane in seiner Londoner Zeit und auf Reisen, so auch in den langen Zeiten seiner »Sommerfrischen«. In solchen Fällen wird der Absendeort benannt; in allen anderen Fällen handelt es sich um Briefe vom Wohnsitz Berlin aus.

Der Zitatbeleg folgt der entsprechenden Druckseite im Textteil, jeweils in der Zählung 1 (erstes Zitat) bis x (Anfang des letzten Zitats).

Die 39 Kapitelüberschriften sind ihrerseits »Originalzitate«, die dann im Kontext wiederholt und im Anhang entsprechend belegt werden.

Texte, die zu Beginn und Ende mit Anführungszeichen versehen sind, bezeichnen Textstellen fiktionaler Art, d. h. solche aus Romanen und Novellen; meist sind es Aussprüche der Protagonisten. In einigen wenigen Fällen, z. B. »Vor Gott sind alle Menschen Berliner«, handelt es sich um Ondits, die Fontane als solche gekenntzeichnet hat.

Eckige Klammern markieren Textauslassungen [...] beziehungsweise lesedienliche Hinweise.

Seit einem Jahrhundert wurde Fontane als Aphoristiker und Bonmot-Künstler hoch gehandelt, so finden sich bereits in »Causerien über Theater« (1905) und im »Fontane-Buch« (1919) ganze Abschnitte dazu. Manch denkwürdige Zitate sind durch Fontane-Aufsätze wahlverwandter Autoren bekannt, durch Thomas Mann etwa und Ernst Bertram (beide 1910), in jüngerer Zeit durch Günter de Bruyn – wobei die Herkunft solcher Zitate oftmals im Dunkeln blieb. Vieles soll hier, in »Allerlei Glück«, durch sorgfältigen Nachweis erhellt werden.

Abkürzungen

AFT I-II	Theodor Fontane, Tagebücher. Hrsg. von Charlotte Jolles (Bd. I) und Gotthard Erler (Bd. II). Berlin 1994 (Aufbau Verlag).
AFW I-VII	Theodor Fontane, Wanderungen durch die Mark Brandenburg. Herausgegeben von Gotthard Erler. 7 Textbände und Registerband. Berlin 1976–1996 (Aufbau Verlag).
BSJ I-IV	Theodor Fontane, Briefe I-IV. Hrsg. von Kurt Schreinert. Zu Ende geführt von Charlotte Jolles. Berlin 1968–1971.
EA	Erstausgabe
ED	Erstdruck
Fa I-II	Theodor Fontanes Briefe an seine Familie. Hrsg. von K.E.O. Fritsch. 2 Bde. Berlin 1905.
FFr	Theodor Fontane, Briefe an Georg Friedlaender. Aufgrund der Edition von Kurt Schreinert [Heidelberg 1954] und der Handschriften neu herausgegeben von Walter Hettche. Frankfurt a. M. und Leipzig 1994 (insel-taschenbuch 1565).
FH	Der Briefwechsel zwischen Theodor Fontane und Paul Heyse. Hrsg. von Gotthard Erler. Berlin und Weimar 1972. – [Der Zusatz »FH (Petzet)« nimmt auf die Ausgabe Berlin 1929, hrsg. von Erich Petzet, Bezug.]
FHe	Theodor Fontane, Briefe an Wilhelm und Hans Hertz (1859–1898). Hrsg. von Kurt Schreinert (†). Vollendet von Gerhard Hay. Stuttgart 1972.
FK	Theodor Fontane, Briefe an Hermann Kletke. Hrsg. von Helmuth Nürnberger. München 1969.
FL I-II	Theodor Fontane und Bernhard von Lepel. Ein Freundschafts-Briefwechsel. Hrsg. von Julius Petersen. 2 Bde. München 1940.

Fr I-II	Briefe Theodor Fontanes. Zweite Sammlung. Hrsg. von Otto Pniower und Paul Schlenther. 2 Bde. Berlin 1910.
FR	Theodor Fontane, Briefe an Julius Rodenberg. Eine Dokumentation. Hrsg. von Hans-Heinrich Reuter. Berlin und Weimar 1969.
FSt	Theodor Storm – Theodor Fontane. Briefwechsel. Kritische Ausgabe in Verbindung mit der Theodor-Storm-Gesellschaft herausgegeben von Jacob Steiner. Berlin 1981.
FW	Theodor Fontanes Briefwechsel mit Wilhelm Wolfsohn. Hrsg. von Christa Schulze. Berlin und Weimar 1988. [Der Zusatz »FW (Wolters)« nimmt auf die Ausgabe Berlin 1910, hrsg. von Wilhelm Wolters, Bezug.]
HFA	Theodor Fontane, Werke (I/1-7, Schriften [III/1-5] und Briefe (IV/1-4). Herausgegeben von Walter Keitel und Helmuth Nürnberger. München 1970ff. (Hanser Verlag).
LA I-II	Theodor Fontane, Briefe an die Freunde. Letzte Auslese. Zwei Bände. Herausgegeben von Friedrich Fontane und Hermann Fricke. Berlin 1943. – Nachdruck mit einem Nachwort von Walter Hettche. Hildesheim 1995.
Merckel I-II	Die Fontanes und die Merckels. Ein Familienbriefwechsel 1850–1870. Hrsg. von Gotthard Erler. Berlin und Weimar 1987.
N I-XXIV	Theodor Fontane, Sämtliche Werke. München 1959–1975 (Nymphenburger Verlagshandlung).

Textnachweise

S. 7/1 Die Poggenpuhls, 11. Kapitel – zitiert Leo von Poggenpuhl
HFA I/4, S. 550. – EA: Berlin 1896. S. 129.

S. 7/2 Brief an Martha (Mete) am 24. 8. 1893 (aus Karlsbad)
HFA IV/4, S. 283f. – ED: Fa II, S. 290f. (authentisch BSJ II, S. 218f.).

S. 7/3 Meine Kinderjahre, 13. Kapitel
HFA III/4, S. 129. – EA: Berlin 1894. S. 228f.

S. 7/4 Meine Kinderjahre, Ende des 4. Kapitels
HFA III/4, S. 41f. – EA: Berlin 1894. S. 60f.

S. 8/1 Meine Kinderjahre, 14. Kapitel
HFA III/4, S. 140f. – EA: Berlin 1894. S. 250f.

S. 8/2 Brief an Theodor (Theo) am 12. 8. 1895
HFA IV/4, S. 469. – ED: Fa II, S. 314.

S. 9/1 Kriegsgefangen – »Ins alte, romantische Land«, 3. Langres
HFA III/4, S. 561f. – EA: Kriegsgefangen. Erlebtes 1870. Berlin 1871. S. 45–47.

S. 10/1 Tagebuch-Eintragung 1871 (Januar)
AFT II, S. 38.

S. 10/2 Brief an Georg Friedlaender am 30. 5. 1893
FFr, S. 300.

S. 10/3 Brief an Martha (Mete) am 10. 9. 1889
HFA IV/3, S. 723. – ED: Fa II, S. 231.

S. 10/4 »Was ich wollte, was ich wurde« (entstanden 90er Jahre)
HFA I/6, S. 338f. – ED: Allerlei Gereimtes. Dresden 1932. S. 31f.

S. 11/1 Brief an Emilie am 17.6.1884
HFA IV/3, S. 331. – ED: Fa II, S. 99 (authentisch BSJ I, S. 269).

S. 11/2 Der Stechlin, 1. Kapitel – zitiert Dubslav von Stechlin
HFA I/5, S. 9f. – EA: Berlin 1899. S. 6.

S. 11/3 Der Stechlin, 1. Kapitel – zitiert Dubslav von Stechlin
HFA I/5, S. 10. – EA: Berlin 1899. S. 6.

S. 11/4 Effi Briest, Schlußsatz des Romans – zitiert Ritterschaftsrat von Briest
HFA I/4, S. 296. – EA: Berlin 1895. S. 520.

S. 12/1 Meine Kinderjahre, 2. Kapitel
HFA III/4, S. 18. – EA: Berlin 1894. S. 17.

S. 12/2 Brief an Georg Friedlaender am 12. 9. 1891
HFA IV/4, S. 154. – ED: FFr (1954); Ausgabe 1994, S. 213.

S. 12/3 Brief an Maximilian Harden am 17. 12. 1889
HFA IV/3, S. 742. – ED: Merkur, 10. Jg. 1956, Heft 11 (105), S. 1093.

S. 12/4 Brief an Emilie am 30. 9. 1888
HFA IV/3, S. 640. – ED Fa II, S. 189 (authentisch BSJ I, S. 348).

S. 12/5 Brief an Martha (Mete) am 26. 6. 1878
HFA IV/2, S. 604. – ED: Fa II, S. 263 (dort datiert 26. 7.; authentisch BSJ II, S. 16).

S. 13/1 Meine Kinderjahre, 13. Kapitel
HFA III/4, S. 121. – EA: Berlin 1894. S. 214.

S. 13/2 Meine Kinderjahre, 10. Kapitel
HFA III/4, S. 91. – EA: Berlin 1894. S. 156.

S. 13/3 Meine Kinderjahre, 14. Kapitel
HFA III/4, S. 134. – EA: Berlin 1894. S. 238f.

S. 13/4 Brief an Friedrich Stephany am 24. 6. 1889
HFA IV/3, S. 701. – ED: Fr II, S. 201.

S. 14/1 Brief an Theodor (Theo) am 11. 7. 1878 (aus Wernigerode)
HFA IV/3, S. 606f. – ED: Fa II, S. 261f.

S. 14/2 Brief an Bernhard von Lepel am 5. 10. 1849
HFA IV/1, S. 86. – ED: FL I, S. 213.

S. 14/3 Meine Kinderjahre, 2. Kapitel
HFA III/4, S. 28. – EA: Berlin 1894. S. 36.

S. 14/4 Brief an Karl Zöllner am 15. 7. 1860
HFA IV/2, S. 165. – ES: Fr I, S. 249.

S. 14/5 Brief an Unbekannt am 28. 12. 1888
HFA IV/3, S. 669. – ED: Fr II, S. 169f.

S. 14/6 Brief an Bernhard von Lepel am 5. 10. 1849
HFA IV/1, S. 85. – ED: FL I, S. 211.

S. 15/1 Brief an Wilhelm Wolfsohn am 10. 11. 1847
HFA IV/1, S. 38f. – ED: FW (1910), S. 30f.

S. 15/2 Brief an Emilie am 23. 8. 1891 (aus Wyk)
HFA IV/4, S. 145. – ED: Fa II, S. 265.

S. 15/3 Brief an Friedrich Stephany am 30. 9. 1889
HFA IV/3, S. 728. – ED: Fr II, S. 217.

S. 15/4 Brief an Theodor (Theo) am 27.3.1875
Briefe S. 403f. – zitiert nach Edda Ziegler, Schriftsteller-Vater und Verleger-Sohn, in: Buchhandelsgeschichte, Beilage zum Börsenblatt Nr. 76 (1997), S. 137.

S. 15/5 Der Stechlin, Ende des 2. Kapitels – zitiert Dubslav von Stechlin
HFA I/5, S. 24. – EA: Berlin 1899. S. 25.

S. 15/6 Brief an Georg Friedlaender am 3. 10. 93
HFA IV/4, S. 299. – ED: Fr II, S. 308f. (authentisch in FFr, S. 318f.).

S. 16/1 Brief an Emilie am 14. 6. 1883 (aus Thale)
BSJ I, S. 199. – ED: Fa II, S. 34.

S. 16/2 Brief an Emilie am 12. 10. 1888
HFA IV/3, S. 647. – ED: Fa II, S. 192 (authentisch BSJ I, S. 352).

S. 16/3 Brief an Martha (Mete) am 22. 5. 1889
HFA IV/3, S. 693. – ED: Fa II, S. 208 (authentisch BSJ II, S. 130).

S. 17/1 Brief an Theodor Storm am 14. 2. 1854
HFA IV/1, S. 375. – ED: Fr I, S. 106 (authentisch FSt, S. 69).

S. 17/2 Von Zwanzig bis Dreißig – Mein Leipzig, 2. Kapitel
HFA III/4, S. 243. – EA: Berlin 1898. S. 121.

S. 17/3 Brief an Wilhelm Wolfsohn im Juli 1842 (aus Dresden)
HFA IV/1, S. 7f. – ED: FW, S.12.

S. 17/4 Brief an Theodor Storm am 14. 2. 1854
HFA IV/1, S. 376. – ED: Fr I, S. 107f. (authentisch FSt, S. 70).

S. 18/1 Brief an Martha (Mete) am 9. 3. 1888
BSJ II, S. 89. – ED: Fa II, S. 163.

S. 18/2 Brief an Martha (Mete) am 9. 8. 1895
HFA IV/4, S. 468. – ED: Fa II, S. 312 (authentisch BSJ II, S. 239).

S. 18/3 Brief an Theodor (Theo) am 21. 6. 1883 (aus Thale)
HFA IV/3, S. 258. – ED: Fa II, S. 40.

S. 18/4 Brief an Friedrich Stephany am 6. 6. 1893
HFA IV/4, S. 259. – ED: Fr II, S. 301.

S. 18/5 Brief an Schwester Lischen am 5. 8. 1859
HFA IV/1, S. 676. – ED: Fa I, S. 109 (authentisch BSJ II, S. 279).

S. 19/1 Brief an Georg Friedlaender am 25. 2. 1891
HFA IV/4, S. 100. – ED: FFr (1954); Ausgabe 1994, S. 197f.

S. 19/2 Meine Kinderjahre, 12. Kapitel
HFA IV/4, S. 115. – EA: Berlin 1894. S. 202.

S. 19/3 Brief an Theodor (Theo) am 30. 8. 1893 (aus Karlsbad)
HFA IV/4, S. 289. – ED: Fa II, S. 295f.

S. 20/1 Brief an Theodor Wolff am 24. 5. 1890
HFA IV/4, S. 46. – ED: Fr II, S. 252.

S. 20/2 Brief an Georg Friedlaender am 9. 4. 1886
HFA IV/3, S. 465. – ED: FFr (1954); Ausgabe 1994, S. 50.

S. 20/3 »Großes Kind«, entstanden 1888 – zweiter und dritter Vers
HFA I/6, S. 327. ED: Gedichte. 3., vermehrte Auflage. Berlin 1889.

S. 20/4 Frau Jenny Treibel, 7. Kapitel – zitiert Prof. Willibald Schmidt
HFA I/4, S. 360. – EA: Berlin 1893. S. 117.

S. 20/5 Brief an Mathilde von Rohr am 15. 5. 1878
HFA IV/2, S. 570. – ED: Fr I, S. 389 (authentisch BSJ III, S. 184f.).

S. 21/1 Brief an Julius Rodenberg am 6. 11. 1873
HFA IV/2, S. 445. – ED: FR, S. 12.

S. 21/2 Brief an Emilie am 30. 8. 1883 (aus Norderney)
HFA IV/3, S. 283. – ED: Fa II, S. 80 (authentisch BSJ I, S. 249).

S. 22/1 Brief an Martha (Mete) am 25. 7. 1891
HFA IV/4, S. 136. – ED: Fa II, S. 256 (authentisch BSJ II, S. 189).

S. 22/2 Brief an Emilie am 19. 7. 1856 (aus London)
HFA IV/1, S. 516. – ED: Fa I, S. 60.

S. 22/3 Brief an Friedrich Witte am 3. 10. 1853
Fr I, S. 85.

S. 22/4 Brief an Friedrich Witte am 1. 7. 1851
HFA IV/1, S. 172. – ED: Fr I, S. 37f.

S. 22/5 Brief an Emilie am 15. 6. 1879
BSJ I, S. 93f. – ED: Fa I, S. 279f. (authentisch BSJ I, S. 93f.).

S. 23/1 Brief an Hans Hertz am 15. 4. 1891
HFA IV/4, S. 113. – ED: Fr II, S. 262.

S. 23/2 Von Zwanzig bis Dreißig – Bei »Kaiser Franz«, 2. Kapitel
HFA III/4, S. 303f. – EA: Berlin 1898, S. 235f.

S. 23/3 Brief an Friedrich Eggers am 25. 4. 1856 (aus London)
HFA IV/1, S. 492. – ED: Fr I, S. 145f.

S. 23/4 Brief an Wilhelm von Merckel am 1. 12. 1857 (aus London)
HFA IV/1, S. 599. – ED: Fr I, S. 189f.

S. 24/1 Brief an Henriette von Merckel am 12. 12. 1856 (aus London)
HFA IV/1, S. 546. – ED: Fr I, S. 158.

S. 24/2 Kriegsgefangen – »Ins alte, romantische Land«, 4. Von Langres bis Besancon
HFA III/4, S. 566f. – EA: Berlin 1871. S. 57.

S. 24/3 Von Zwanzig bis Dreißig – Der Tunnel über der Spree, 2. Kapitel
HFA III/4, S. 332. – EA: Berlin 1898, S. 290.

S. 25/1 »An Klaus Groth« (1878) – Strophe 1 und 2
HFA I/6, S. 325. – ED: Aus dem Nachlaß. Berlin 1907. S. 155.

S. 25/2 Brief an Theodor (Theo) am 4. 6. 1885
HFA IV/3, S. 391f. – ED: Fa II, S. 116f.

S. 25/3 Brief an Paul Schlenther am 30. 6. 1889
Fr II, S. 203.

S. 26/1 Brief an Pol de Mont am 24. 5. 1887
HFA IV/3, S. 538.

S. 26/2 Brief an Martha (Mete) am 17. 5. 1889
BSJ II, S. 129f. – ED: Fa II, S. 212 (dort unter dem Datum 26. 5. kontaminiert).

S. 26/3 Brief an Georg Friedlaender am 22. 5. 1893
HFA IV/4, S. 254. – ED: FFr (1954); Ausgabe 1994, S. 295.

S. 26/4 Brief an Wilhelm Hertz am 9. 11. 1889
FHe, S. 320.

S. 27/1 Brief an Friedrich Spielhagen am 22. 11. 1897
HFA IV/4, S. 677. – ED: Fr II, S. 438.

S. 28/1 Von Zwanzig bis Dreißig – Der 18. März, 5. Kapitel
HFA III/4, S. 516. – EA: Berlin 1898. S. 631.

S. 28/2 Der Stechlin, 4. Kapitel – zitiert Dubslav von Stechlin
HFA I/5, S. 45. – EA: Berlin 1899. S. 52.

S. 28/3 Brief an Emilie am 1. 10. 1870
Fa I, S. 201.

S. 28/4 Von Zwanzig bis Dreißig – Der 18. März, Ende des 1. Kapitels
HFA III/4, S. 501. – EA: Berlin 1898. S.602.

S. 28/5 Von Zwanzig bis Dreißig – Der 18. März, 1. Kapitel
HFA III/4, S. 489. – EA: Berlin 1898. S. 581.

S. 28/6 Von Zwanzig bis Dreißig – Der 18. März, 2. Kapitel
HFA III/4, S. 506. – EA: Berlin 1898. S. 612.

S. 28/7 Von Zwanzig bis Dreißig – Der 18. März, 1. Kapitel
HFA III/4, S. 493. – EA: Berlin 1898. S. 588f.

S. 29/1 Meine Kinderjahre, 12. Kapitel
HFA III/4, S. 111f. – EA: Berlin 1894. S. 195f.

S. 29/2 Brief an Bernhard von Lepel am 12. 10. 1848
HFA IV/1, S. 46. – ED: FL I, S. 123f.

S. 30/1 »Der wiedergeborene Polizeistaat« (Dresdner Zeitung vom 8. 12. 1849)
HFA III/1, S. 36.

S. 30/2 Die Grafschaft Ruppin – Die Ruppiner Garnison: Der Straßenkampf in Dresden
HFA II/1, S. 250. – AFW I, S. 251.

S. 30/3 Brief an Henriette von Merckel am 20. 9. 1857 (aus London)
HFA IV/1, S. 595.

S. 30/4 Frau Jenny Treibel, 3. Kapitel – zitiert Jenny Treibel und Lieutenant Vogelsang
HFA I/4, S. 319. – EA: Berlin 1893. S. 42f.

S. 30/5 Brief an Bernhard Caspar am 28. 10. 1893
HFA IV/4, S. 302. – ED: Fr II, S. 311.

S. 31/1 Der Stechlin, 3. Kapitel – zitiert Dubslav von Stechlin
HFA I/5, S. 28. – EA: Berlin 1899. S. 31f.

S. 31/2 Ein Sommer in London – Long Acre 27
HFA III/3/I, S. 18. – EA: Dessau 1854. S. 16.

S. 31/3 Brief an Karl und Emilie Zöllner am 10. 11. 1874 (aus Neapel)
HFA IV/2, S. 489. – ED: Fr I, S. 349.

S. 31/4 Brief an Martha (Mete) am 15. 7. 1896
HFA IV/4, S. 579. – ED: Fa II, S. 325f. (authentisch BSJ II, S. 262).

S. 31/5 Von Zwanzig bis Dreißig – Der 18. März, 1. Kapitel
HFA III/4, S. 494. – EA: Berlin 1898. S. 590.

S. 31/6 Brief an James Morris am 31. 1. 1896
HFA IV/4, S. 529. – ED: Fr II, S. 369.

S. 32/1 Von Zwanzig bis Dreißig – Der 18. März, 2. Kapitel
HFA III/4, S. 506. – EA: Berlin 1898. S. 613.

S. 32/2 Brief an Martha (Mete) am 8. 5. 1889
BSJ II, S. 122. – ED: Fa II, S. 202.

S. 32/3 Brief an Bernhard von Lepel am 3. 11. 1851
HFA IV/1, S. 194. – ED: FL I, S. 392.

S. 32/4 Brief an Wilhelm Hertz am 19. 11. 1861
HFA IV/2, S. 49. – ED: Fr I, S. 224 (authentisch in FHe, S. 55).
S. 32/5 Der Stechlin, 35. Kapitel – zitiert Dubslav von Stechlin
HFA I/5, S. 405. – EA: Berlin 1899. S. 307.
S. 32/6 Von Zwanzig bis Dreißig – Der 18. März, 1. Kap. (Fußnote)
HFA III/4, S. 498. – EA: Berlin 1898. S. 598.

S. 33/1 Brief an Emilie am 5. 6. 1878
HFA IV/2, S. 581. – ED: Fa I, S. 252.
S. 33/2 Der Stechlin, 3. Kapitel – zitiert Dubslav von Stechlin
HFA I/5, S. 27 – EA: Berlin 1899. S. 30.
S. 33/3 Vor dem Sturm – 2. Bd., 3. Kapitel: Allerlei Freunde
HFA I/3, S. – EA: Berlin 1878. Bd. 2. S. 28f.

S. 34/1 Reiseaufzeichnung auf der ersten englischen Reise (1844)
Bilderbuch aus England. Berlin 1938. S. 19.
S. 34/2 Tagebuch für den Vater (Eintragung 23. 4. 1852)
AFT I, S. 9
S. 34/3 Brief an Friedrich Witte am 18. 10. 1852
HFA IV/1, S. 320. – ED: Fr I, S. 51f.

S. 35/1 Brief an Emilie am 6. 8. 1852 (aus London)
HFA IV/1, S. 292. – ED: Fa I, S. 25.
S. 35/2 Brief an Emilie am 12. 12. 1856 (aus London)
HFA IV/1, S. 543. – ED: Fa I, S. 79.
S. 35/3 Brief an die Mutter (Emilie) am 27. 6. 1858 (aus London)
HFA IV/1, S. 621. – ED: Fa I, S. 95 (authentisch BSJ I, S. 40).
S. 35/4 Brief an Bernhard von Lepel am 10./15. 5. 1852 (aus London)
HFA IV/1, S. 238. – ED: FL II, S. 9.
S. 35/5 Brief an die Ellora am 14. 2. 1856 (aus London)
Fr I, S. 143.

S. 36/1 Brief an Emilie am 10. 3. 1857 (aus London)
HFA IV/1, S. 566. – ED: Fa I, S. 89f.
S. 36/2 Von Zwanzig bis Dreißig – Berlin 1840, 2. Kapitel
HFA III/4, S. 218. – EA: Berlin 1898. S. 72.
S. 36/3 Kriegsgefangenen – »Ins alte, romantische Land«, 6. Rückblicke
HFA III/4, S. 552f.. – EA: Berlin 1871. S. 93.

S. 37/1 Rezension von Alfred Tennyson, Gedichte (1854)
N XXI/1, S. 424.

S. 37/2 Kriegsgefangen – »Ins alte, romantische Land«, 2. Neufchateau
HFA III/4, S. 550. – EA: Berlin 1871. S. 19f.

S. 37/3 Brief an Emilie am 12. 10. 1855 (aus London)
HFA IV/1, S. 428. – ED: Fa I, S. 43.

S. 37/4 Brief an Emilie am 16. 10. 1856 (aus Paris)
HFA IV/1, S. 535. – ED: Fa I, S. 68f.

S. 38/1 Brief an den Vater am 19. 10. 1856 (aus Paris)
HFA IV/1, S. 537. – ED: Fa I, S. 70 (authentisch BSJ I, S. 7).

S. 38/2 Brief an den Vater am 19. 10. 1856 (aus Paris)
HFA IV/1, S. 538. – ED: Fa I, S. 71 (authentisch BSJ I, S. 8).

S. 38/3 Brief an den Vater am 19. 10. 1856 (aus Paris) – Nachschrift
HFA IV/1, S. 538f. – ED: Fa I, S. 72 (authentisch BSJ I, S. 9).

S. 38/4 Brief an den Vater am 19. 10. 1856 (aus Paris) – Nachschrift
HFA IV/1, S. 539f. – ED: Fa I, S. 73 (authentisch BSJ I, S. 10).

S. 39/1 Brief an den Vater am 19. 10. 1856 (aus Paris) – Nachschrift
HFA IV/1, S. 539. – ED: Fa I, S. 72 (authentisch BSJ I, S. 9).

S. 39/2 Brief an Theodor Storm am 12. 9. 1854
HFA IV/1, S. 390f. – ED: Fr I, S. 127 (authentisch FSt, S. 98).

S. 39/3 Ein Sommer in London – Der englische Zopf
HFA III/3/I, S. 46. – EA: Dessau 1854. S. 63.

S. 39/4 Brief an Martha (Mete) am 31. 7. 1891
HFA IV/4, S. 140. – ED: Fa II, S. 259f. (authentisch BSJ II, S. 192).

S. 39/5 Brief an Emilie am 16. 10. 1856 (aus Paris)
HFA IV/1, S. 534. – ED: Fa I, S. 67f.

S. 40/1 Modernes Reisen. Eine Plauderei (1873) – Textbeginn
HFA I/7, S. 9. – EA: Von, vor und nach der Reise. Berlin 1894.

S. 40/2 Modernes Reisen. Eine Plauderei (1873)
HFA I/7, S. 12. – EA: Von, vor und nach der Reise. Berlin 1894.

S. 40/3 Brief an Emilie am 9. 8. 1875 (»Auf dem Lago Maggiore«)
Von Dreissig bis Achtzig (Briefauswahl, hrsg. Hans-Heinrich Reuter). München 1970. S. 191.

S. 40/4 Brief an Mathilde von Rohr am 24. 11. 1874
HFA IV/2, S. 491. – ED: BSJ III, S. 154f.

S. 40/5 Brief an Emilie am 14. 8. 1875 (aus Lecco)
HFA IV/2, S. 510f.

S. 41/1 Brief an Friedrich Witte am 3. 10. 1853
Fr I, S. 84.

S. 41/2 Der Stechlin, 38. Kapitel – zitiert Dubslav von Stechlin
HFA I/5, S. 338. – EA: Berlin 1899. S. 448.

S. 42/1 Zwei Post-Stationen – Die Passagierstube (um 1845)
Faksimile-Ausgabe. Hrsg. von Jochen Meyer. Marbach a. N. 1991. S. 32f.

S. 42/2 Brief an Emilie am 6. 4. 1852 (aus Aachen)
Von Dreissig bis Achtzig (Briefauswahl, hrsg. von Hans-Heinrich Reuter). München 1970. S. 70. – ED: Fa I, S. 1f.

S. 42/3 Brief an Emilie am 28. 8. 1874
HFA IV/2, S. 470. – ED: Fa I, S. 228f.

S. 42/4 Der Stechlin, 22. Kapitel – zitiert Graf Barby
HFA I/5, S. 216. – EA: Berlin 1899. S. 282.

S. 43/1 Brief an Friedrich Stephany am 24. 9. 1896
HFA IV/4, S. 596. – ED: Fr II, S. 401.

S. 43/2 Brief an Emilie am 29. 4. 1870
Fa I, S. 186.

S. 43/3 Brief an Emilie am 17. 6. 1884 (aus Thale)
HFA IV/3, S. 331. – ED: Fa II, S. 98 (authentisch BSJ I, S. 268).

S. 43/4 Die Grafschaft Ruppin. Vorwort zur zweiten Auflage (1864)
HFA II/1, S. 13. – AFW 1, S. 5.

S. 44/1 Brief an Theodor (Theo) am 6. 5. 1895
HFA IV/4, S. 448. – ED: Fa II, S. 310.

S. 44/2 Brief an Emilie am 21. 5. 1868 (aus Thale)
Von Dreissig bis Achtzig (Briefauswahl, hrsg. Hans-Heinrich Reuter). München 1970. S. 157. – ED: Fa I, S. 150f.

S. 45/1 Brief an Theodor (Theo) am 12. 8. 1895
HFA IV/4, S. 469. – ED: Fa II, S. 313f.

S. 45/2 Brief an James Morris am 4. 11. 1896
HFA IV/4, S. 605. – ED: LA II, S. 581f.

S. 46/1 Aus den Tagen der Okkupation. Bd. I. Kap. Rouen III
HFA III/4, S. 826. – EA: Berlin 1871. S. 267.

S. 46/2 Brief an Graf Philipp zu Eulenburg am 12. 3. 1881
HFA IV/3, S. 123. – ED: Fr II, S. 34.

S. 46/3 Brief an James Morris am 13. 5. 1898
HFA IV/4, S. 716. – ED: Fr II, S. 463.

S. 46/4 Brief an Martha (Mete) am 3. 8. 1889 (aus Kissingen)
BSJ II, S. 143. – ED: Fa II, S. 223.

S. 46/5 Brief an Martha (Mete) am 8. 5. 1889
BSJ II, S. 123. – ED: Fa II, S. 203f.

S. 47/1 Brief an Graf Philipp zu Eulenburg am 11. 7. 1884
HFA IV/3, S. 339. – ED: Fr II, S. 93.
S. 47/2 Brief an Georg Friedlaender am 22. 5. 1893
HFA IV/4, S. 255. – ED: FFr (1954); Ausgabe 1994, S. 296f.

S. 48/1 Brief an Theodor Storm am 17. 4. 1854
HFA IV/1, S. 379. – ED: Fr I, S. 113.
S. 48/2 Kriegsgefangen – »Ins alte, romantische Land«, 6. Rückblicke
HFA III/4, S. 584. – EA: Berlin 1871. S. 95f.
S. 48/3 Kriegsgefangen – »Ins alte, romantische Land«, 6. Rückblicke
HFA III/4, S. 585f. – EA: Berlin 1871. S. 97.

S. 49/1 Aus den Tagen der Okkupation. Bd. II. Kapitel: Bis Gorze
HFA III/4, S. 945. – EA: Berlin 1871. S. 191.
S. 49/2 Aus den Tagen der Okupation. Bd. II. Kapitel: Bitsch
HFA III/4, S. 983. – EA: Berlin 1871. S. 266f.
S. 49/3 Brief an Emilie am 10. 8. 1875 (aus Mailand)
Von Dreissig bis Achtzig (Briefauswahl, hrsg. von Hans-Heinrich Reuter). München 1970. S. 197.
S. 49/4 Brief an Wilhelm Hertz am 13. 7. 1884
HFA IV/3, S. 339f. – ED: Fr II, S. 93 (authentisch FHe, S. 272).
S. 49/5 Brief an Martha (Mete) am 3. 1. 1881
HFA IV/3, S. 139. – ED: Fa I, S. 312.
S. 49/6 Brief an Martha (Mete) am 21. 9. 1878 (aus Forsteck bei Kiel)
HFA IV/2, S. 621. – ED: BSJ II, S. 18.

S. 50/1 Brief an Martha (Mete) am 18. 4. 1884
HFA IV/3, S. 315. – ED: Fa II, S. 95 (authentisch BSJ II, S. 63).
S. 50/2 Brief an den Rütli am 6. 2. 1856 (aus London)
HFA IV/1, S. 475.
S. 50/3 Brief an Georg Friedlaender am 29. 6. 1885 (aus Krummhübel)
HFA IV/3, S. 401. – ED: FFr (1954); Ausgabe 1994, S. 24.
S. 50/4 Brief an die Mutter (Emilie) am 26. 10. 1859
HFA IV/1, S. 682. – ED: Fa I, S. 111.
S. 50/5 Brief an Otto Marquardt am 13. 9. 1873
Theodor Fontane, Briefe an den Verleger Rudolf von Decker. Heidelberg 1988. S. 221f.
S. 50/6 Brief an Friedrich Eggers am 2. 6. 1852 (aus London)
HFA IV/1, S. 261f. – ED: Fr I, S. 44.

S. 51/1 Brief an Ludwig Metzel am 11. 12. 1855 (aus London)
HFA IV/1, S. 460.

S. 51/2 Brief an Emilie am 20. 12. 1855 (aus London)
HFA IV/1, S. 467.

S. 51/3 Brief an Emilie am 23. 9. 1873 (aus Neu-Ruppin)
HFA IV/2, S. 437f. – ED: Fa I, S. 223f.

S. 51/4 Frau Jenny Treibel, 7. Kapitel – zitiert Prof. Willibald Schmidt
HFA I/4, S. 362. – EA: Berlin 1893. S. 122.

S. 51/5 Brief an Emilie am 10. 7. 1887 (aus Seebad Rüdersdorf)
HFA IV/3, S. 548. – ED: Fa II, S. 152 (authentisch BSJ I, S. 324).

S. 52/1 Brief an Emilie am 3. 1. 1856 (aus London)
Von Dreissig bis Achtzig (Briefauswahl, hrsg. von Hans-Heinrich Reuter). München 1970. S. 115. – ED: Fa I, S. 49.

S. 52/2 Brief an Emilie am 14. 9. 1855 (aus London)
HFA IV/1, S. 418. – ED: Fa I, S. 40.

S. 53/1 Brief an Georg Friedlaender am 10. 11. 1894
HFA IV/4, S. 396. – ED: FFr (1954); Ausgabe 1994, S. 368.

S. 53/2 Brief an Georg Friedlaender am 1. 3. 1893
FFr, S. 290.

S. 53/3 Von Zwanzig bis Dreißig – Fritz, Fritz, die Brücke kommt, 2. Kapitel
HFA III/4, S. 475f. – EA: Berlin 1898. S. 553.

S. 53/4 Von Zwanzig bis Dreißig – Fritz, Fritz, die Brücke kommt, 1. und 2. Kapitel
HFA III/4, S. 469f. und 471. – EA: Berlin 1898. S. 542 und 545.

S. 53/5 Von Zwanzig bis Dreißig – Fritz, Fritz, die Brücke kommt, 2. Kapitel
HFA III/4, S. 472. – EA: Berlin 1898. S. 547f.

S. 54/1 Von Zwanzig bis Dreißig – Fritz, Fritz, die Brücke kommt, 2. Kapitel
HFA III/4, S. 474. – EA: Berlin 1898. S. 551.

S. 54/2 Brief an Emilie am 19. 3. 1859 (aus München)
HFA IV/1, S. 662. – ED: Fa I, S. 109.

S. 54/3 Brief an Martha (Mete) am 1. 7. 1887
HFA IV/3, S. 542. – ED: BSJ II, S. 87 (nicht in Fa I, S. 149).

S. 54/4 Von Zwanzig bis Dreißig – Fritz, Fritz, die Brücke kommt, 2. Kapitel
HFA III/4, S. 476. – EA: Berlin 1898. S. 555.

S. 54/5 Von Zwanzig bis Dreißig – Fritz, Fritz, die Brücke kommt, 2. Kapitel
HFA III/4, S. 476. – EA: Berlin 1898. S. 555.
S. 54/6 Brief an die Mutter (Emilie) am 18. 9. 1857 (aus London)
HFA IV/1, S. 590. – ED: Fa I, S. 94 (authentisch BSJ I, S. 37)

S. 55/1 Brief an Emilie am 17. 4. 1852 (aus Brüssel)
HFA IV/1, S. 222. – ED: Fa I, S. 7f.
S. 55/2 Brief an Martha (Mete) am 8. 5. 1889
BSJ II, S. 121f. – ED: Fa II, S. 202.
S. 55/3 Brief an Martha (Mete) am 25. 6. 1889
BSJ II, S. 137. – ED: Fa II, S. 213.
S. 55/4 Brief an Emilie am 8. 8. 1880
HFA IV/3, S. 95. – ED: BSJ I, S. 142.
S. 55/5 Brief an Emilie am 31. 7. 1876
HFA IV/2, S. 536f. – ED: Fa I, S. 235.

S. 56/1 Brief an Emilie am 28. 5. 1870
HFA IV/2, S. 319. – ED: Fa I, S. 197.
S. 56/2 Brief an Emilie am 11. 5. 1870
HFA IV/2, S. 309 (diese Schlußpassage fehlt in Fa I, S. 194).
S. 56/3 Brief an Georg Friedlaender am 3.10.1893
HFA IV/4, S. 298. – ED: Fr II, S. 308 (authentisch FFr, S. 317).
S. 56/4 Brief an Emilie am 6. 8. 1875 (aus Neuhausen/Schaffhausen)
HFA IV/2, S. 508.
S. 56/5 Frau Jenny Treibel, 10. Kapitel – zit. Kommerzienrat Treibel
HFA I/4, S. 408. – EA: Berlin 1893. S. 207.

S. 57/1 Unwiederbringlich, 8. Kapitel
HFA I/2, S. 617. – EA: Berlin 1892. S. 72f.
S. 57/2 Unwiederbringlich, 21. Kapitel – zitiert Pastorin Schleppegrell
HFA I/2, S. 721. – EA: Berlin 1892. S. 215.
S. 57/3 Brief an Emilie am 23. 8. 1882
HFA IV/3, S. 204. – ED: Fa II, S. 18 (authentisch BSJ I, S. 182).
S. 57/4 Brief an Emilie am 23. 8. 1883 (aus Norderney)
BSJ I, S. 245. – ED: Fa II, S. 77.

S. 58/1 »James Monmouth« (Zu Paul Heyses Polterabend am 14. 5. 1854) – Strophe 2 bis 4
HFA I/6, S. 448f. – ED: Das Fontane-Buch. Berlin 1919. S. 74.
S. 58/2 Brief an Karl und Emilie Zöllner am 14.8.1873 (aus Kabarz)
BSJ IV, S. 35.

S. 58/3 Brief an Emilie am 15. 8. 1878
HFA IV/2, S. 615.
S. 58/4 Brief an Friedrich Stephany am 22. 3. 1898
HFA IV/4, S. 707. – ED: Fr II, S. 459f.
S. 58/5 Brief an Otto Brahm am 21. 4. 1888
HFA IV/3, S. 599.

S. 59/1 Effi Briest – 23. Kapitel
HFA I/4, S. 192. – EA: Berlin 1895. S. 335.

S. 60/1 Brief an die Mutter (Emilie) am 18. 9. 1857
HFA IV/1, S. 590. – ED: Fa I, S. 94 (authentisch BSJ I, S. 37).
S. 60/2 Brief an Emilie am 27. 8. 1882
HFA IV/3, S. 207. – ED: Fa II, S. 23f. (nur teilweise; authentisch BSJ I, S. 185).
S. 60/3 Brief an Wilhelm Wolfsohn am 22. 1. 1855
HFA IV/1, S. 397.
S. 60/4 Brief an Bernhard von Lepel am 1. 3. 1849
HFA IV/1, S. 62 (diese Passage nicht in FL).
S. 60/5 Brief an die Mutter (Emilie) am 14. 3. 1856 (aus London)
HFA IV/1, S. 490. – ED: Fa I, S. 53 (authentisch BSJ I, S. 27).

S. 61/1 Brief an Martha (Mete) am 13. 5. 1883
HFA IV/3, S. 245. – ED: BSJ II, S. 50f.
S. 61/2 Brief an Emilie am 23. 8. 1891 (aus Wyk)
HFA IV/4, S. 145. – ED: Fa II, S. 265.

S. 62/1 Brief an Martha (Mete) am 25. 1. 1894
HFA IV/4, S. 323. – ED: BSJ II, S. 228.
S. 62/2 Brief an Georg Friedlaender am 14. 1. 1892
HFA IV/4, S. 175f. – ED: FFr (1954); Ausgabe 1994, S. 228.

S. 63/1 Brief an Maximilian Harden am 16. 10. 1896
HFA IV/4, S. 602.
S. 63/2 Brief an Anna Witte (Konzept)
HFA IV/3, S. 189 und 190.
S. 63/3 Brief an Martha (Mete) am 13. 9. 1884
BSJ II, S. 71f. – ED: Fa II, S. 111.
S. 63/4 Brief an Martha (Mete) am 13. 8. 1885 (aus Krummhübel)
HFA IV/3, S. 410f. – ED: BSJ II, S. 84.

S. 64/1 Brief an Mathilde von Rohr am 3. 6. 1879
HFA IV/3, S. 24. ED: Fr I, S. 414 (authentisch BSJ III, S. 191).

S. 64/2 Brief an die Mutter (Emilie) am 20. 9. 1862 (aus Neu-Hardenberg)
HFA IV/2, S. 85. – ED: Fa I, S. 129 (authentisch BSJ I, S. 60).

S. 64/3 Sprüche, Nr. 10 (datiert: London, den 11. Januar 1857)
HFA I/6, S. 319. – ED: Gedichte. 2., verm. Aufl. 1875.

S. 64/4 Brief an Georg Friedlaender am 7. 11. 1892
HFA IV/4, S. 230. – ED: FFr (1954); Ausgabe 1994, S. 267.

S. 65/1 Brief an Martha (Mete) am 30. 8. 1895 (aus Karlsbad)
HFA IV/4, S. 475. – ED: BSJ II, S. 243.

S. 65/2 Brief an Emilie am 24. 8. 1882
BSJ I, S. 183. – ED: Fa II, S. 20.

S. 65/3 Brief an Martha (Mete) am 8. 7. 1888
BSJ II, S. 108. – ED: Fa II, S. 184.

S. 65/4 Brief an Theodor (Theo) am 9. 5. 1888
HFA IV/3, S. 601. – ED: Fa II, S. 175.

S. 66/1 Brief an Theodor Storm am 11. 10. 1853
HFA IV/1, S. 361 und 363f. – FSt, S. 55f.

S. 66/2 Brief an Karl Zöllner am 13. 7. 1881 (aus Wernigerode)
HFA IV/3, S. 157. – ED: Fr II, S. 51 (authentisch BSJ IV, S. 79).

S. 66/3 Brief an Martha (Mete) am 25. 6. 1889
BSJ II, S. 138. – ED: Fa II, S. 214 und 215.

S. 66/4 Brief an Theodor Storm am 6. 10. 1853
FSt, S. 53.

S. 66/5 Brief an Emilie am 25. 4. 1870
HFA IV/2, S. 297. – ED: Fa I, S. 187 (datiert vom Absendetag her: 29. 4.).

S. 67/1 Brief an Wilhelm Gentz am 3. 5. 1889
Fr II, S. 189.

S. 67/2 Brief an Emilie Zöllner am 19. 9. 1871
HFA IV/2, S. 385. – ED: Fr I, S. 288 (authentisch BSJ IV, S. 28).

S. 67/3 Brief an Friedrich Stephany am 16. 4. 1886
HFA IV/3, S. 466. – ED: Fr II, S. 111.

S. 67/4 Brief an Martha (Mete) am 5. 6. 1878
HFA IV/2, S. 582. – ED: Fa I, S. 250 (authentisch BSJ II, S. 14).

S. 67/5 Der Stechlin, 26. Kapitel
HFA I/5, S. 245. – EA: Berlin 1899. S. 323.

S. 67/6 Brief an Emilie am 17. 4. 1852
HFA IV/1, S. 223. – ED: Fa I, S. 8.

S. 67/7 Brief an Martha (Mete) am 4. 8. 1885 (aus Krummhübel)
HFA IV/3, S. 409. – ED: BSJ II, S. 82 (Fa II, S. 121 enthält die Passage nicht).

S. 68/1 Brief an Emilie am 3. 6. 1878
HFA IV/2, S. 576. – ED: Fa I, S. 248f.

S. 68/2 Brief an Emilie am 15.6.1878
HFA IV/2, S. 592. – ED: Fa I, S. 259.

S. 68/3 »Was mir fehlte«, Schluß der zweiten Strophe
HFA I/6, S. 332. – EA: Gedichte. 3., verm. Aufl. 1889.

S. 68/4 Brief an Theodor Storm am 11. 10. 1853
HFA IV/1, S. 363f. FSt, S. 57f.

S. 68/5 Brief an Hermann Wichmann am 7. 7. 1894
HFA IV/4, S. 371f.

S. 69/1 Brief an Martha (Mete) am 24. 4. 1896
HFA IV/4, S. 558. – ED: BSJ II, S. 253.

S. 69/2 Brief an Bernhard von Lepel am 23. 7. 1854
HFA IV/1, S. 174. – ED: FL I, S. 337.

S. 70/1 Brief an Mathilde von Rohr am 6. 6. 1881
HFA IV/3, S. 140. – ED: BSJ III, S. 199.

S. 70/2 Brief an Georg Friedlaender am 14. 7. 1898
HFA IV/4, S. 734. – ED: FFr (1954); Ausgabe 1994, S. 434.

S. 70/3 Theaterrezension »Marino Faliero« von Heinrich Kruse (21. 12. 1876)
HFA III/2, S. 262. – ED: Causerien über Theater. Berlin 1905. S. 156.

S. 70/4 Brief an Georg Friedlaender am 10. 4. 1893
HFA IV/4, S. 249. – ED: FFr (1954); Ausgabe 1994, S. 291.

S. 71/1 Brief an Eduard Engel am 1. 10. 1883
Jahrbuch der Dt. Schiller-Gesellschaft Bd. 28 (1984), S. 41.

S. 71/2 Zwei Verse aus »Ein Ball in Paris« (Dezember 1849)
HFA I/6, S. 261. – ED in Buchform: Gedichte. Berlin 1851.

S. 71/3 Brief an Emilie am 30. 8. 1883 (aus Norderney)
HFA IV/3, S. 284. – ED: Fa II, S. 80 (authentisch BSJ I, S. 249).

S. 71/4 Brief an Julius Hart am 7. 3. 1890
HFA IV/4, S. 31.

S. 71/5 Brief an Emilie am 11. 6. 1883
BSJ I, S. 196. – ED: Fa II, S. 31.

S. 71/6 Von Zwanzig bis Dreißig – »Mein Leipzig lob' ich mir«, 1. Kapitel
HFA III/4, S. 240. – EA: Berlin 1898. S. 114.

S. 71/7 Brief an Georg Friedlaender am 7. 11. 1893
HFA IV/4, S. 304. – ED: FFr (1954); Ausgabe 1994, S. 323.

S. 72/1 Brief an Emilie am 12. 6. 1883 (aus Thale)
HFA IV/3, S. 255. – ED: Fa II, S. 33 (authentisch BSJ I, S. 198).

S. 72/2 Brief an James Morris am 13. 5. 1898
HFA IV/4, S. 716. – ED: Fr II, S. 463f.

S. 72/3 Brief an Georg Friedlaender am 14. 8. 1896
HFA IV/4, S. 583. – ED: Fr II, S. 394.

S. 72/4 Brief an Paul Pollack am 10. 2. 1891
HFA IV/4, S. 96. – ED: LA II, S. 483.

S. 72/5 Brief an Emil Schiff am 15. 2. 1888
HFA IV/3, S. 586. – ED: Fr II, S. 148.

S. 73/1 Brief an Friedrich Paulsen am 25. 4. 1898
HFA IV/4, S. 713. – ED: LA II, S. 615.

S. 73/2 Brief an Paul Heyse am 24. 4. 1885
HFA IV/3, S. 379f. – ED: FH (Petzet), S. 158, vgl. FH, S. 162.

S. 73/3 Brief an Georg Friedlaender am 14. 5. 1894
HFA IV/4, S. 352. – ED: FFr (1954); Ausgabe 1994, S. 345.

S. 73/4 Brief an Georg Friedlaender am 14. 5. 1894
HFA IV/4, S. 352. – ED: FFr (1954); Ausgabe 1994, S. 345.

S. 73/5 Die gesellschaftliche Stellung des Schriftstellers in Deutschland (Entwurf vor 1888)
ED: Sinn und Form, 13. Jg. 1961, S. 724.

S. 73/6 Brief an Martha (Mete) am 24. 8. 1882
HFA IV/3, S. 206. – ED: Fa II, S. 22 (authentisch BSJ II, S. 46).

S. 74/1 Brief an Theodor (Theo) am 9. 5. 1888
HFA IV/3, S. 601. – ED: Fa II, S. 174.

S. 74/2 Brief an Gustav Karpeles am 3. 3. 1881
HFA IV/3, S. 120. – ED: Fr II, S. 33.

S. 74/3 Brief an Emil Dominik am 19. 2. 1882
HFA IV/3, S. 177. – ED: Fr II, S. 67.

S. 74/4 Brief an Paul Meyer am 7. 5. 1886
HFA IV/3, S. 469.

S. 74/5 Brief an Martha (Mete) am 9. 7. 1893
HFA IV/4, S. 267. – ED: Fa II, S. 282 (authentisch BSJ II, S. 210).

S. 75/1 »So und nicht anders« (entstanden in den 80er Jahren)
HFA I/6, S. 341f. – ED in Buchform: Gedichte. 3., verm. Aufl. 1889.

S. 76/1 Brief an Bernhard von Lepel am 7. 1. 1851
HFA IV/1, S. 144. – ED: FL I, S. 294f.
S. 76/2 Brief an Bernhard von Lepel am 7. 1. 1851
HFA IV/1, S. 145. – ED: FL I, S. 295.
S. 76/3 Brief an Theodor Storm am 20. 6. 1854
FSt, S. 87. – ED: Fr I, S. 120.
S. 76/4 Brief an Emilie am 8. 1. 1857 (aus London)
Fa I, S. 81.

S. 77/1 Brief an Henriette von Merckel am 12. 12. 1856 (aus London)
HFA IV/1, S. 546.
S. 77/2 Brief an Emilie am 9. 2. 1857 (aus London)
Fa I, S. 87.
S. 77/3 Brief an Emilie am 12. 2. 1857 (aus London)
»Heiteres Darüberstehen«. Familienbriefe, NF. Berlin 1937. S. 69.
S. 77/4 Brief an Friedrich Eggers am 25. 4. 1856 (aus London)
HFA IV/1, S. 492. – ED: Fr I, S. 245.
S. 77/5 Brief an Emilie am 2. 8. 1856 (aus London)
HFA IV/1, S. 520. – ED: Fa I, S. 65f.
S. 77/6 Brief an James Morris am 14. 3. 1898
HFA IV/4, S. 703. – ED: Fr II, S. 458.

S. 78/1 Brief an Emilie am 16. 5. 1870
HFA IV/2, S. 312. – ED: Fa I, S. 194.
S. 78/2 Brief an Paul Heyse am 28. 11. 1859
FH I, S. 278.
S. 78/3 Brief an Emilie am 7. 10. 1869
HFA IV/2, S. 244. – ED: Fa I, S. 169.
S. 78/4 Brief an Emilie am 16. 6. 1883 (aus Thale)
BSJ I, S. 203. – ED: Fa II, S. 38f.

S. 79/1 Brief an Emilie am 10. 6. 1862
HFA IV/2, S. 69. – ED: Fa I, S. 120.
S. 79/2 Brief an Wilhelm Hertz am 18. 8. 1879
HFA IV/3, S. 41. – ED: Fr I, S. 418 (authentisch FHe, S. 220).
S. 79/3 »Es kribbelt und wibbelt weiter«, letzte Strophe
HFA I/6, S. 347. – ED: Gedichte. 3., verm. Aufl. 1889.

S. 80/1 Brief an Wilhelm Hertz am 31. 10. 1861
FHe, S. 51. – ED: Fr I, S. 222f.
S. 80/2 Brief an Schwester Lischen (Lise) am 12. 10. 1873
HFA IV/2, S. 442 (authentisch BSJ II, S. 321).
S. 80/3 Brief an Hermann Wichmann am 2. 6. 1881
HFA IV/3, S. 135.

S. 81/1 Havelland (1873)
AFW III, S. 632f.
S. 81/2 Brief an Heinrich Jacobi am 5. 1. 1895
HFA IV/4, S. 415. – ED: Fr II, S. 333f.
S. 81/3 Tagebuch- Eintragung vom 12. 8. 1856
AFT I, S. 161.

S. 82/1 Die Grafschaft Ruppin – Vorwort zur zweiten Auflage (1864)
HFA II/1, S. 12. – AFW I, S. 5.
S. 82/2 Die Grafschaft Ruppin – Vorwort zur zweiten Auflage (1864)
HFA II/1, S. 14. – AFW I, S. 7.
S. 82/3 Die Grafschaft Ruppin – Vorwort zur zweiten Auflage (1864)
HFA II/1, S. 12f. – AFW I, S. 5f.
S. 82/4 Die Grafschaft Ruppin, Kap. Die Menzer Forst und der Grosse Stechlin
HFA II/1, S. 341. – AWF I, S. 349.

S. 83/1 Brief an Emilie am 16. 9. 1862 (aus Cunersdorf)
HFA IV/2, S. 83f.
S. 83/2 Brief an Martha (Mete) am 26. 5. 1889
BSJ II, S. 133. – ED: Fa II, S. 211.
S. 83/3 Brief an Ernst von Pfuel am 18. 1. 1864
HFA IV/2, S. 115. – ED: Fr I, S. 240.

S. 84/1 Brief an Wilhelm Schwartz am 26. 1. 1873
HFA IV/2, S. 423f. – ED: LA I, S. 267
S. 84/2 Brief an Mathilde von Rohr am 16. 5. 1888
HFA IV/3, S. 605. – ED: Fr II, S. 152 (authentisch BSJ III, S. 228).
S. 84/3 Aufsatz »Willibald Alexis« (1872)
HFA III/1, S. 411.

S. 85/1 Brief an Georg Friedlaender am 28. 3. 1889
FFr, S. 145 – ED: FFr 1954, S. 105f.
S. 85/2 Brief an Mathilde von Rohr am 26. 3. 1874
HFA IV/2, S. 458 – ED: Fr I, S. 325 (authentisch BSJ III, S. 151).

S. 85/3 Der Stechlin, 16. Kapitel – Brief Dubslavs an Sohn Woldemar
HFA I/5, S. 161. – EA: Berlin 1899. S. 207

S. 85/4 Brief an Mathilde von Rohr am 15. 1. 1880
HFA IV/3, S. 58. – ED: Fr II, S. 1 (authentisch BSJ III, S. 192).

S. 86/1 Der Stechlin, 24. Kapitel – Rede Dr. Wrschowitz
HFA I/5, S. 233. – EA: Berlin 1899. S. 304.

S. 86/2 Berliner Ton (entstanden ca. Frühjahr 1878)
AFW VII – Das Ländchen Friesack –, S. 31.

S. 86/3 Brief an Wilhelm Hertz am 10. 11. 1889
FHe, S. 321. – ED: Fr II, S. 224.

S. 86/4 Theaterkritik »Egmont« von J.W. v. Goethe (8. 3. 1872)
HFA III/2, S. 69. – ED: Causerien über Theater. Berlin 1905. S. 432.

S. 86/5 Brief an Martha (Mete) am 13. 6. 1891
HFA IV/4, S. 127. – ED: Fa II, S. 255 (authentisch BSJ II, S. 185).

S. 86/6 Brief an Emilie am 22. 8. 1877 (aus Thale)
Fontane-Blätter 61/1996, S. 17.

S. 86/7 Brief an Theodor Storm am 19. 3. 1853
FSt, S. 24f. – ED: Fr I, S. 64f.

S. 87/1 Brief an Emilie am 10. 8. 1875 (aus Mailand)
Jenseits von Havel und Spree. (Reisebriefe, hrsg. von Gotthard Erler). Berlin 1991. S. 247.

S. 87/2 Von Zwanzig bis Dreißig – Berlin 1840, 1. Kapitel
HFA III/4, S. 186f. – EA: Berlin 1898. S. 12.

S. 87/3 Brief an Martha (Mete) am 25. 8. 1891 (aus Wyk)
HFA IV/4, S. 148. – ED: Fa II, S. 268f. (authentisch BSJ II, S. 196f.).

S. 88/1 Brief an Emilie am 14. 8. 1877 (aus Thale)
HFA IV/2, S. 560.

S. 88/2 Brief an Paul Heyse am 30. 3. 1890
HFA IV/4, S. 35. – ED: FH (Petzet), S. 125, vgl. FH, S. 209.

S. 88/3 Brief an Georg Friedlaender am 14. 5. 1894
HFA IV/4, S. 354. – ED: FFr (1954); Ausgabe 1994, S. 347.

S. 88/4 Berlin wird Weltstadt
HFA III/4, S. 1042. – ED: Kritische Jahre – Kritiker-Jahre. Eisenach 1934. S. 16f.

S. 88/5 Brief an Friedrich Stephany am 11. 12. 1897
HFA IV/4, S. 680f. – ED: Fr II, S. 441.

S. 89/1 Brief an Martha (Mete) am 9.9.1889
HFA IV/3, S. 721. – ED: BSJ II, S. 153.

S. 89/2 Die Märker und die Berliner und wie sich das Berlinertum entwickelte (1889)
AFW VI – Dörfer und Flecken im Lande Ruppin –, S. 572f.

S. 89/3 Brief an Guido Weiß am 14.8.1889
HFA IV/3, S. 711. – ED: Fr II, S. 209.

S. 89/4 Brief an Emilie am 17.9.1898
HFA IV/4, S. 754. – ED: Fa II, S. 338f.

S. 90/1 Brief an Georg Friedlaender am 7.11.1893
HFA IV/4, S. 303. – ED: FFr (1954); Ausgabe 1994, S. 322f.

S. 90/2 Aus den Tagen der Okkupation, Bd. 2 – Kapitel St. Denis II
HFA III/4, S. 743. – EA: Berlin 1871. S. 100.

S. 90/3 Brief an Georg Friedlaender am 21.12.1884
HFA IV/3, S. 369. – ED: Fr II, S. 97 (authentisch FFr, S. 12).

S. 90/4 Brief an Georg Friedlaender am 21.12.1884
HFA IV/3, S. 369. – ED: Fr II, S. 98 (authentisch FFr, S. 13).

S. 91/1 Brief an Henriette von Merckel am 23.3.1859
FM II, S. 192.

S. 91/2 Brief an Theodor (Theo) am 9.12.1887
HFA IV/3, S. 574. – ED: Fa II, S. 160.

S. 91/3 Graf Petöfy, 3. Kapitel – zitiert Pater Feßler
HFA I/1, S. 695 und 696. – EA: Berlin 1884. S. 16 und 17.

S. 91/4 Aus den Tagen der Okkupation – Bd. 2, Kapitel Kassel, Wilhelmshöhe
HFA III/4, S. 1011. – EA: Berlin 1871. S. 324.

S. 91/5 Vor dem Sturm – 2. Bd., 13. Kap. In der Amts- und Gerichtsstube – zitiert Othegraven
HFA I/3, S. 220. – EA: Berlin 1878. Bd. 2. S. 117.

S. 91/6 Die preußische Idee (Prosaentwurf, um 1894)
HFA I/7, S. 509.

S. 91/7 Brief an James Morris am 5.2.1898
HFA IV/4, S. 697. – ED: Fr II, S. 452.

S. 92/1 Tagebuch-Eintragung vom 10.1.1881
AFT II, S. 81.

S. 92/2 Brief an Georg Friedlaender am 2.6.1898 (Weißer Hirsch bei Dresden)
HFA IV/4, S. 723. – ED: FFr (1954); Ausgabe 1994, S. 432.

S. 92/3 Brief an Emilie am 18. 7. 1880 (aus Emden)
HFA IV/3, S. 90. – ED: Fa I, S. 299 (authentisch BSJ I, S. 133).

S. 92/4 Brief an Georg Friedlaender am 3. 4. 1887
HFA IV/3, S. 530f. – ED: FFr (1954); Ausgabe 1994, S. 99.

S. 93/1 Brief an Martha (Mete) am 8. 8. 1880 (aus Wernigerode)
HFA IV/3, S. 97. – ED: Fa I, S. 305f. (authentisch BSJ II, S. 28f.).

S. 93/2 Der Stechlin, 29. Kapitel – zitiert Pastor Lorenzen
HFA I/5, S. 271. – EA: Berlin 1899. S. 355.

S. 94/1 Tagebuch-Eintragung vom 4. 3. bis 8. 7. 1888
AFT II, S. 243. – ED: Das Fontane-Buch. Berlin 1919. S. 172f.

S. 94/2 Brief an Georg Friedlaender am 12. 4. 1894
HFA IV/4, S. 342f. – ED: FFr (1954); Ausgabe 1994, S. 342f.

S. 94/3 Brief an Georg Friedlaender am 3. 10. 1893
HFA IV/4, S. 299f. – ED: Fr II, S. 309f. (authentisch FFr, S. 319).

S. 95/1 Brief an August von Heyden am 6. 5. 1894
HFA IV/4, S. 349f. – ED: Fr II, S. 317.

S. 95/2 Brief an Emilie am 11. 6. 1879
BSJ I, S. 90.

S. 96/1 Brief an Wilhelm Hertz am 27. 5. 1894
HFA IV/4, S. 356. – ED: Fr II, S. 318 (authentisch FHe, S. 352).

S. 96/2 Kriegsgefangen – »Ins alte, romantische Land«, 6. Rückblicke
HFA III/4, S. 583. – EA: Berlin 1871. S. 94.

S. 96/3 Brief an Emilie am 10. 8. 1878
HFA IV/2, S. 610. – ED: Fa I, S. 265f.

S. 96/4 Brief an Heinrich Jacobi am 23. 1. 1890
HFA IV/4, S. 18. – ED: Fr II, S. 242f.

S. 96/5 Brief an James Morris am 26. 10. 1897
HFA IV/4, S. 671. – ED: Fr II, S. 435.

S. 96/6 Brief an Georg Friedlaender am 1. 2. 1894
HFA IV/4, S. 328. – ED: FFr (1954); Ausgabe 1994, S. 338.

S. 97/1 Vor dem Sturm – 2.Bd., 13. Kap. In der Amts- und Gerichtsstube – zitiert Bernd von Vitzewitz
HFA I/3, S. 216. – EA: Berlin 1878. Bd. 2. S. 112

S. 98/1 Brief an Karl Robert Lessing (Entwurf Mitte März 1876)
HFA IV/2, S. 519.

S. 98/2 Brief an Mathilde von Rohr am 30. 11. 1876
HFA IV/2, S. 548f. – ED: Fr I, S. 378 (authentisch BSJ III, S. 173f.).

S. 98/3 Brief an Mathilde von Rohr am 1. 7. 1876
HFA IV/2, S. 534f. – ED: Fr I, S. 364f. (authentisch BSJ III, S. 165).

S. 98/4 Wie sich meine Frau einen Beamten vorstellt (um 1876, an Emilie)
ED: Aus Theodor Fontanes Trostbüchlein. Privatdruck zum Stiftungsfest des Fontane-Abends am 14. 11. 1928 (Faksimile-Druck in 100 Expl.).

S. 99/1 Brief an Mathilde von Rohr am 22. 8. 1876
HFA IV/2, S. 540. – ED: Fr I, S. 369 (authentisch BSJ III, S. 167).

S. 99/2 Entlassungsgesuch an Kaiser Wilhelm I., eingereicht am 19. 6. 1876
HFA IV/2, S. 531.

S. 99/3 Brief an Emilie am 15. 8. 1876
Fa I, S. 241f.

S. 100/1 Brief an Mathilde von Rohr am 22. 8. 1876
HFA IV/2, S. 541f. – ED: Fr I, S. 370 (authentisch BSJ III, S. 168).

S. 100/2 Brief an Emilie am 11. 6. 1879
BSJ I, S. 90.

S. 100/3 Brief an Martha (Mete) am 16. 2. 1894
HFA IV/4, S. 335. – ED: Fa II, S. 302 (dort kontaminiert mit Brief vom 29. 1. 1894; authentisch BSJ II, S. 233).

S. 100/4 Brief an Ernst Heilborn am 17. 11. 1896
HFA IV/4, S. 610.

S. 101/1 Brief an Paul Schlenther am 25. 3. 1896
HFA IV/4, S. 548.

S. 101/2 Brief an Georg Friedlaender am 16. 6. 1888
HFA IV/3, S. 614. – ED: FFr (1954); Ausgabe 1994, S. 127).

S. 101/3 Brief an Julius Beer am 27. 1. 1865
HFA IV/2, S. 136f. – ED: Fr I, S. 243f.

S. 101/4 Brief an Paul Heyse am 23. 12. 1860
HFA IV/2, S. 18. – ED: FH, S. 98.

S. 101/5 Brief an Otto Pniower am 21. 2. 1896
HFA IV/4, S. 537. – ED: Fr II, S. 379.

S. 101/6 Brief an Georg Friedlaender am 29. 11. 1893
HFA IV/4, S. 311. – ED: FFr (1954); Ausgabe 1994, S. 329.

S. 102/1 Brief an Emilie am 3. 6. 1878
HFA IV/2, S. 576. – ED: Fa I, S. 249.

S. 102/2 Brief an Emilie am 15. 10. 1869
Fa I, S. 173.

S. 102/3 Brief an Emilie am 8. 6. 1878
Fa I, S. 254.

S. 102/4 Brief an Georg Friedlaender am 26. 6. 1896
FFr, S. 400. – ED: FFr 1954, S. 298.

S. 103/1 Brief an Emilie am 7. 8. 1876
Fa I, S. 237.

S. 103/2 Brief an Georg Friedlaender am 7. 1. 1889
HFA IV/3, S. 673. – ED: Fr II, S. 171 (authentisch FFr, S. 141).

S. 103/3 Aus »Der Sommer- und Winter-Geheimrat« (Aus der Gesellschaft – 3)
HFA I/6, S. 372. – EA: Gedichte 3., verm. Aufl. 1889.

S. 103/4 L'Adultera, Kapitel 5: Bei Tisch – zitiert Van der Straaten
HFA I/2, S. 26f. – EA: Breslau 1882. S. 34.

S. 103/5 Brief an Martha (Mete) am 25. 8. 1893 (aus Karlsbad)
HFA IV/4, S. 287. – ED: Fa II, S. 293f. (authentisch BSJ II, S. 222).

S. 104/1 Brief an Martha (Mete) am 17. 2. 1891
HFA IV/4, S. 97. – ED: Fa II, S. 241 (authentisch BSJ II, S. 168).

S. 104/2 Brief an Martha (Mete) am 9. 8. 1895
HFA IV/4, S. 467. – ED: Fa II, S. 311 (authentisch BSJ II, S. 238).

S. 105/1 Brief an Georg Friedlaender am 26. 6. 1896
FFr 1994, S. 400. – ED: FFr 1954, S. 298.

S. 105/2 Kritische Jahre – Kritiker-Jahre (Aus dem Nachlaß)
HFA III/4, S. 1034. – ED: Die Neue Rundschau, 35. Jg. 1924, S. 941.

S. 105/3 Theaterkritik »Elisabeth Charlotte« v. Paul Heyse (30. 9. 1871)
HFA III/2, S. 44. – ED: Causerien über Theater. Berlin 1905. S. 114.

S. 106/1 Brief an Maximilian Ludwig am 2. 5. 1873
HFA IV/2, S. 431.

S. 106/2 Brief an Martha (Mete) am 13.4.1889
BSJ II, S. 114. – ED: Fa II, S. 193f.

S. 106/3 Theaterkritik »Egmont« von J. W. von Goethe (14.9.1870)
HFA III/2, S. 18. – ED: Causerien über Theater. Berlin 1905. S. 51.

S. 107/1 Theaterkritik »Der Vetter« von Roderich Benedix (25.9.1875)
NXX II/1, S. 439f.– ED: Causerien über Theater. Berlin 1905. S. 425.

S. 107/2 Theaterkritik »Edelweiß« von Anita Fischer (31.12.1886)
HFA III/2, S. 710. – ED: Causerien über Theater. Berlin 1905. S. 421.

S. 107/3 Brief an Emilie am 6.5.1879 (laut BSJ I, S. 84 versehentlich für 6.6.1879)
BSJ I, S. 85f. – ED: Fa I, S. 270f.

S. 107/4 Kritische Jahre – Kritiker-Jahre (Aus dem Nachlaß)
HFA III/4, S. 1036. – ED: Die Neue Rundschau, 35.Jg. 1924, S. 942.

S. 108/1 Brief an Paul Schlenther am 10.2.1886
HFA IV/3, S. 454. – ED: Fr II, S. 109.

S. 108/2 Brief an Paul Ackermann am 8.9.1889
HFA IV/3, S. 720.

S. 108/3 Brief an Maximilian Ludwig am 2.5.1873
HFA IV/2, S. 431. – ED: Fr I, S. 308.

S. 108/4 Theaterkritik »Die Staatskunst der Frauen« von Felix Dahn (5.10.1877)
HFA III/2, S. 289. – ED: Causerien über Theater. Berlin 1905. S. 221.

S. 108/5 Brief an Hermann Kletke (Redaktion »Vossische Zeitung«) am 3.12.1879
HFA IV/3, S. 50f. – ED: LA II, S. 328.

S. 109/1 Brief an Mathilde von Rohr am 13.7.1885 (aus Krummhübel)
HFA IV/3, S. 404. – ED in Buchform: BSJ III, S. 220.

S. 109/2 Brief an Otto Roquette (Entwurf Mitte Juni 1891)
HFA IV/4, S. 90f.

S. 109/3 »Erfolganbeter« (Aus der Gesellschaft – 7)
HFA I/6, S. 375f. – ED: Gedichte 3., verm. Aufl. 1889.

S. 110/1 Brief an Georg Friedlaender am 5.7.1886 (aus Krummhübel)
FFr, S. 60. – ED: Fr II, S. 116.

S. 110/2 Brief an Paul Schlenther am 4. 12. 1889
Fr II, S. 232.
S. 110/3 Brief an Georg Friedlaender am 12. 10. 1892
HFA IV/4, S. 222. – ED: FFr (1954); Ausgabe 1994, S. 263.
S. 110/4 Brief an Paul Schlenther am 7. 1. 1896
HFA IV/4, S. 526.
S. 110/5 Theaterkritik »Minna von Barnhelm« von G.E. Lessing (30. 8. 1870)
HFA III/2, S. 11. – ED: Causerien über Theater. Berlin 1905. S. 33f.

S. 111/1 Brief an Emilie am 18. 7. 1883 (aus Emden)
BSJ I, S. 217. – ED: Fa II, S. 49.
S. 111/2 Brief an Gustav Karpeles am 18. 8. 1880
HFA IV/3, S. 101. – ED: Fr II, S. 17.
S. 111/3 Brief an Georg Friedlaender am 2. 12. 1892
HFA IV/4, S. 238. – ED: FFr (1954); Ausgabe 1994, S. 275.
S. 111/4 Brief an Wilhelm Hertz am 3. 9. 1863
FHe, S. 94. – ED: Fr I, S. 235.
S. 111/5 Brief an Karl Fontane (Vetter, Chefredakteur der »Posener Zeitung«) am 21. 11. 1882
HFA IV/3, S. 219.

S. 112/1 Brief an Unbekannt am 24. 12. 1894
HFA IV/4, S. 411.
S. 112/2 Brief an Emilie am 8. 8. 1883 (aus Norderney)
HFA IV/3, S. 278. – ED: Fa II, S. 71f. (authentisch BSJ I, S. 237).
S. 112/3 Brief an Martha (Mete) am 17. 5. 1889
BSJ II, S. 129. – ED: Fa II, S. 211 (dort kontaminiert mit Brief 26. 5. 1889).
S. 112/4 Brief an Elsy von Wangenheim am 19. 10. 1889
Helmuth Nürnberger, Fontanes Welt. Berlin 1997. S. 242.
S. 112/5 Brief an Emilie am 3. 9. 1874
Fa I, S. 229f.
S. 112/6 Brief an Mathilde von Rohr am 26. 3. 1874
HFA IV/2, S. 457. – ED: Fr I, S. 325 (authentisch BSJ III, S. 149f.).

S. 113/1 Brief an Schwester Lischen (Lise) am 16. 12. 1876
BSJ II, S. 331. – ED: Fa I, S. 244.
S. 113/2 Brief an Emilie am 23. 6. 1862
HFA IV/2, S. 72. – ED: Fa I, S. 122.

S. 113/3 Brief an Georg Friedlaender am 26. 12. 1892
HFA IV/4, S. 243. – ED: FFr (1954); Ausgabe 1994, S. 280.
S. 113/4 Brief an Georg Friedlaender am 1. 2. 1894
HFA IV/4, S. 328f. – ED: FFr (1954); Ausgabe 1994, S. 339.

S. 114/1 Brief an Emilie am 25. 8. 1877
Fontane-Blätter 61/1996, S. 19.
S. 114/2 Brief an Martha (Mete) am 25. 7. 1891
HFA IV/4, S. 138. – ED: Fa II, S. 258 (authentisch BSJ II, S. 191).
S. 114/3 Brief an Gustav Karpeles am 5. 2. 1879
HFA IV/3, S. 12. – ED: Fr I, S. 411.
S. 114/4 Brief an Emilie am 8. 8. 1883
HFA IV/3, S. 278. – ED: Fa II, S. 71f. (authentisch BSJ I, S. 237).
S. 114/5 Brief an Julius Rodenberg am 9. 11. 1893
HFA IV/4, S. 307. – ED: FR, S. 62.
S. 114/6 Brief an Paul Schlenther am 11. 11. 1895
HFA IV/4, S. 502.

S. 115/1 Brief an Julius Rodenberg am 11. 12. 1894
HFA IV/4, S. 410. – ED: FR, S. 68f.
S. 115/2 Brief an Wilhelm Hertz am 25. 9. 1884
HFA IV/3, S. 354. – ED: FHe, S. 274.
S. 115/3 Brief an Moritz Necker am 9. 4. 1894
HFA IV/4, S. 340.
S. 115/4 Tagebuch-Eintragung vom 8. 6. 1881
AFT II, S. 123f.
S. 115/5 Brief an Gustav Karpeles am 21. 3. 1880
HFA IV/3, S. 67. – ED: Fr II, S. 4f.

S. 116/1 Brief an Gustav Karpeles am 3. 3. 1881
HFA IV/3, S. 120. – ED: Fr II, S. 33.
S. 116/2 Brief an Otto Brahm am 19. 10. 1890
HFA IV/4, S. 65. – ED: Fr II, S. 253.
S. 116/3 Brief an Martha (Mete) am 17. 2. 1891
HFA IV/4, S. 96. – ED: Fa II, S. 240f. (authentisch: BSJ II, S. 167).
S. 116/4 Brief an Ernst Heilborn am 24. 11. 1895
HFA IV/4, S. 508.
S. 116/5 Brief an Emilie am 14. 5. 1884
HFA IV/3, S. 319. – ED: Fa II, S. 94f. (authentisch BSJ I, S. 253f.).

S. 117/1 Brief an Paul Schlenther am 13.6.1888
HFA IV/3, S. 611. – ED: LA II, S. 432.

S. 118/1 Korrespondenzen aus der »Eisenbahn« (Dresden, im Sept. 1842)
N XIX, S. 10.
S. 118/2 Brief an Karl Zöllner am 31.8.1895 (aus Karlsbad)
HFA IV/4, S. 477. – ED: BSJ IV, S. 130.
S. 118/3 Brief an Karl und Emilie Zöllner am 14.3.1873 (aus Kabarz)
HFA IV/2, S. 435. – ED in Buchform: BSJ IV, S. 34.
S. 118/4 Der Stechlin, 33. Kapitel – zitiert Dubslav von Stechlin
HFA I/5, S. 293. – EA: Berlin 1899. S. 387.
S. 118/5 Brief an Georg Friedlaender am 3.4.1887
HFA IV/3, S. 531. – ED in Buchform: FFr (1954); Ausgabe 1994, S. 99f.
S. 118/6 Brief an Hermann Wichmann am 21.11.1890
HFA IV/4, S. 71.

S. 119/1 Brief an Martha (Mete) am 31.5.1896 (aus Karlsbad)
HFA IV/4, S. 561. – ED: Fa II, S. 322 (authentisch BSJ II, S. 254).
S. 119/2 Von Zwanzig bis Dreißig – Berlin 1840, 1. Kapitel
HFA III/4, S. 190. – EA: Berlin 1898. S. 18f.
S. 119/3 Brief an Friedrich Wilhelm Holtze am 23.1.1879
HFA IV/3, S. 8.
S. 119/4 Von Zwanzig bis Dreißig – Berlin 1840, 1. Kapitel
HFA III/4, S. 192. – EA: Berlin 1898. S. 22.
S. 119/5 Brief an Georg Friedlaender am 19.9.1886
HFA IV/3, S. 488. – ED: FFr (1954); Ausgabe 1994, S. 80.
S. 119/6 Brief an Friedrich Stephany am 1.2.1887
HFA IV/3, S. 517. – ED: LA II, S. 413.

S. 120/1 Brief an Mathilde von Rohr am 1.7.1876
HFA IV/2, S. 534. – ED: Fr I, S. 363f. (authentisch BSJ III, S. 164f.).
S. 120/2 Brief an Emilie am 29.6.1883 (aus Thale)
HFA IV/3, S. 265f. – ED: Fa II, S. 48 (authentisch BSJ I, S. 216).
S. 120/3 Der Stechlin, 5. Kapitel – zitiert Dubslav von Stechlin
HFA I/5, S. 50. – EA: Berlin 1899. S. 59.
S. 120/4 Brief an Fritz Mauthner am 20.12.1888
HFA IV/3, S. 665f.

S. 120/5 Der Stechlin, 3. Kapitel – zitiert Dubslav von Stechlin
HFA I/5, S. 26. – EA: Berlin 1899. S. 29.
S. 120/6 Brief an Georg Friedlaender am 27. 5. 1891
HFA IV/4, S. 123 (fehlt in Fr II, S. 266f.). – ED: FFr (1954); Ausgabe 1994, S. 202f.

S. 121/1 Frau Jenny Treibel, 10. Kapitel – zitiert Kommerzienrat Treibel
HFA I/4, S. 403. – EA: Berlin 1893. S. 199.
S. 121/2 Brief an Emilie am 17. 4. 1852 (aus Brüssel)
HFA IV/1, S. 224. – ED: Fa I, S. 9.
S. 121/3 Brief an Emilie am 12. 8. 1883 (aus Norderney)
HFA IV/3, S. 279f. – ED: Fa II, S. 73f. (authentisch BSJ I, S. 239).
S. 121/4 Brief an Theodor Storm am 13. 8. 1853
HFA IV/1, S. 356. – ED: Fr I, S. 79.

S. 122/1 Der Stechlin, 3. Kapitel – zitiert Dubslav von Stechlin
HFA I/5, S. 27. – EA: Berlin 1899. S. 30.
S. 122/2 Brief an Mathilde von Rohr am 18. 1. 1867
LA I, S. 219.
S. 122/3 Der Stechlin, 42. Kapitel – zitiert Dubslav von Stechlin
HFA I/5, S. 372. – EA: Berlin 1899. S. 494.

S. 123/1 Brief an Ludovica Hesekiel am 28. 5. 1878
HFA IV/2, S. 572. – ED in Buchform: BSJ IV, S. 146.
S. 123/2 Brief an Emilie am 17. 8. 1882 (aus Norderney)
HFA IV/3, S. 201. – ED: Fa II, S. 17f. (authentisch BSJ I, S. 178f.).
S. 123/3 Brief an Theodor Storm am 13. 8. 1853
HFA IV/1, S. 356. – ED: Fr I, S. 79.
S. 123/4 Brief an Emilie am 1. 4. 1880
BSJ I, S. 117. – ED: Fa I, S. 287.

S. 124/1 Brief an Julius Rodenberg (Entwurf Januar 1890)
HFA IV/4, S. 23.
S. 124/2 Brief an Theodor (Theo) am 17. 2. 1888
HFA IV/1, S. 586f. – ED: Fa II, S. 160f.
S. 124/3 Brief an Emilie am 7. 4. 1880
HFA IV/3, S. 77. – ED: Fa I, S. 291 (authentisch BSJ I, S. 123).
S. 124/4 Brief an Wilhelm Friedrich am 13. 7. 1883
HFA IV/3, S. 266. – ED: Fr II, S. 85.

S. 125/1 Tagebuch-Eintragung vom 3.2.1884
AFT II, S. 199. – ED: Das Fontane-Buch. Berlin 1919. S. 127f.

S. 125/2 Die gesellschaftliche Stellung des Schriftstellers in Deutschland (1881)
T. F., Aufzeichnungen zur Literatur. Hrsg. von H.-H. Reuter. Berlin und Weimar 1969. S. 187.

S. 126/1 Die gesellschaftliche Stellung der Schriftsteller (1891)
HFA III/1, S. 573. – ED: Das Magazin für Literatur, 60. Jg., Nr. 52 vom 26.12.1891.

S. 126/2 Brief an Hermann Kletke am 25.1.1872
HFA IV/2, S. 399. – ED: FK, S. 38f.

S. 126/3 Die gesellschaftliche Stellung der Schriftsteller (1891)
HFA III/1, S. 574.

S. 126/4 Brief an Mathilde von Rohr am 9.1.1886
HFA IV/3, S. 447. – ED: LA II, S. 402f. (authentisch BSJ III, S. 222).

S. 127/1 Brief an Rudolf Genée am 15.4.1886
HFA IV/3, S. 465.

S. 127/2 Brief an Bernhard von Lepel am 6.11.1852
HFA IV/1, S. 324. – ED: FL II, S. 29.

S. 127/3 Theaterkritik »Die Unterschrift des Königs« von Gustav zu Putlitz (5.12.1886)
HFA III/2, S. 706. – ED: Causerien über Theater. Berlin 1905. S. 165.

S. 127/4 »Der echte Dichter» – ursprünglich u. d. T. »Wie sich die oberen Zehntausend einen ›echten‹ Dichter denken und wünschen« (entstanden 1891)
HFA I/6, S. 385f. – ED: Gedichte. 4., verm. Aufl. 1892.

S. 128/1 Brief an Bernhard von Lepel am 16.12.1884
HFA IV/3, S. 367. – ED: FL II, S. 377.

S. 128/2 Brief an Otto Neumann-Hofer am 21.7.1894
HFA IV/4, S. 374f. – ED: Fr. II, S. 323.

S. 128/3 Brief an Adolf Hoffmann (Entwurf Mai/Juni 1897)
HFA IV/4, S. 650. – ED: LA II, S. 604f.

S. 128/4 Brief an Friedrich (Friedel) am 4.9.1898
HFA IV/4, S. 746. – ED: Fa II, S. 333f.

S. 129/1 Aus »Auf der Treppe von Sanssouci« (7./8. 12. 1885 – Zu Menzels 70. Geburtstag)
HFA I/6, S. 262. – ED in Buchform: Gedichte. 3., verm. Aufl. 1889.

S. 130/1 Brief an Emilie am 25. 6. 1884 (aus Thale)
HFA IV/3, S. 336. – ED: BSJ I, S. 278f.

S. 130/2 Brief an Georg Friedlaender am 14. 1. 1892
HFA IV/4, S. 177. – ED: FFr (1954); Ausgabe 1994, S. 230.

S. 130/3 Brief an Bernhard von Lepel am 7. 4. 1849
HFA IV/1, S. 66f. – ED: FL I, S. 161.

S. 130/4 Brief an Mathilde von Rohr am 30. 3. 1872
BSJ III, S. 123.

S. 130/5 Brief an Emilie am 23. 8. 1877
Dichter über ihre Dichtungen, Bd. 12/II: Theodor Fontane. Teil II. Hrsg. von Richard Brinkmann. München 1973. S. 650.

S. 131/1 Brief an Georg Friedlaender am 5. 2. 1890
HFA IV/4, S. 25. – ED: Fr II, S. 247 (authentisch FFr, S. 166).

S. 131/2 Brief an Georg Friedlaender am 4. 7. 1893
HFA IV/4, S. 264. – ED: FFr (1954); Ausgabe 1994, S. 303f.

S. 131/3 Brief an Martha (Mete) am 8. 9. 1885 (aus Krummhübel)
HFA IV/3, S. 415.

S. 131/4 Brief an Georg Friedlaender am 17. 6. 1887
HFA IV/3, S. 541. – ED: FFr (1954); Ausgabe 1994, S. 105.

S. 131/5 Brief an Mathilde von Rohr am 6. 6. 1881
HFA IV/3, S. 141. ED: BSJ III, S. 200.

S. 132/1 Brief an Theodor (Theo) am 13. 12. 1886
Fa II, S. 144.

S. 132/2 Brief an Emilie am 17. 9. 1898
HFA IV/4, S. 753. – ED: Fa II, S. 338.

S. 132/3 Von Zwanzig bis Dreißig – Der Tunnel über der Spree, 7. Kapitel
HFA III/4, S. 416. – EA: Berlin 1898. S. 444f.

S. 132/4 Brief an Georg Friedlaender am 22. 4. 1892
HFA IV/4, S. 191. – ED: FFr (1954); Ausgabe 1994, S. 238.

S. 132/5 Brief an Friedrich (Friedel) am 12. 8. 1886 (aus Krummhübel)
HFA IV/3, S. 481.

S. 132/6 Aus »Arm oder reich« (entstanden 1896 oder früher)
HFA I/6, S. 337. – ED in Buchform: Gedichte. 5., verm. Aufl. 1898.

S. 133/1 Brief an Paul Heyse am 11.6.1883 (aus Thale)
HFA IV/3, S. 253. – ED: FH, S. 147.

S. 133/2 Brief an Martha (Mete) am 22.8.1893 (aus Karlsbad)
HFA IV/4, S. 281. – ED: Fa II, S. 288f. (authentisch BSJ II, S. 216).

S. 134/1 Brief an Emilie am 31.7.1876
HFA IV/2, S. 538. – ED: Fa I, S. 236.

S. 134/2 Brief an Friedrich (Friedel) am 4.9.1886 (aus Krummhübel)
HFA IV/3, S. 486.

S. 134/3 Brief an Mathilde von Rohr am 25.9.1872
BSJ III, S. 132. – ED: Fr I, S. 302.

S. 134/4 Brief an Karl Zöllner am 8.8.1892 (aus Zillerthal im Riesengebirge)
HFA IV/4, S. 202. – ED: Fr II, S. 291f. (authentisch BSJ IV, S. 114).

S. 134/5 Brief an Emilie am 23.8.1882
HFA IV/3, S. 204f. – ED: Fa II, S. 19 (authentisch BSJ I, S. 182).

S. 135/1 Brief an Mathilde von Rohr am 21.3.1877
HFA IV/2, S. 556. – ED: Fr I, S. 383f. (authentisch BSJ III, S. 179f.).

S. 135/2 Brief an Friedrich Witte am 5.1.1880
HFA IV/3, S. 56. – ED: LA II, S. 329.

S. 135/3 Brief an Emilie am 21.3.1880
HFA IV/3, S. 68. – ED: BSJ I, S. 110f.

S. 135/4 Brief an Georg Friedlaender am 24.10.1890
HFA IV/4, S. 68. – ED: FFr (1954); Ausgabe 1994, S. 189f.

S. 135/5 Brief an Friedrich (Friedel) am 23.12.1884
HFA IV/3, S. 370f. – ED: Fa II, S. 113.

S. 135/6 Brief an Wilhelm Hertz am 10.2.1887
HFA IV/3, S. 517. – ED: FHe, S. 290.

S. 136/1 Tagebuch-Eintragung 1891
AFT II, S. 254. – ED: Das Fontane-Buch. Berlin 1919. S. 183f.

S. 136/2 Brief an Hans Hertz am 20.4.1891
HFA IV/4, S. 114. – ED: Fr II, S. 263 (authentisch FHe, S. 330).

S. 136/3 Brief an Hermann Wichmann am 5.2.1891
HFA IV/4, S. 94.

S. 136/4 »Summa Summarum« (entstanden um 1895)
HFA I/6, S. 339. – ED: Aus dem Nachlaß von Th. Fontane. Berlin 1907. S. 166.

S. 137/1 Brief an Georg Friedlaender am 11. 11. 1889
HFA IV/3, S. 734. – ED: Fr II, S. 225 (authentisch FFr, S. 157).

S. 137/2 Brief an Paul Heyse am 30. 3. 1890
HFA IV/4, S. 35. – ED: FH (Petzet), S. 208.

S. 137/3 Brief an Otto Franz Gensichen am 2. 4. 1876
Dichter über ihre Dichtungen, Bd. 12/II: Theodor Fontane. Teil II. Hrsg. von Richard Brinkmann. München 1973. S. 642.

S. 137/4 An Emilie. Zum 14. November 1880 (»Mit neuen Pfropfen«)
HFA I/6, S. 418. – ED: Aus dem Nachlaß von Th. Fontane. Berlin 1907. S. 138.

S. 138/1 Brief an Paula Schlenther-Conrad am 11. 2. 1895
HFA IV/4, S. 422.

S. 138/2 Brief an Karl Eggers am 3. 1. 1896
HFA IV/4, S. 522. – ED: LA II, S. 568.

S. 139/1 Brief an Georg Friedlaender am 12. 10. 1887
HFA IV/3, S. 569. – ED: FFr (1954); Ausgabe 1994, S. 114.

S. 139/2 Brief an Georg Friedlaender am 19. 3. 1895
HFA IV/4, S. 436. – ED: FFr (1954); Ausgabe 1994, S. 377.

S. 139/3 Brief an Martha (Mete) am 12. 7. 1888
HFA IV/3, S. 623. – ED: Fa II, S. 186 (authentisch BSJ II, S. 110).

S. 139/4 Brief an Georg Friedlaender am 11. 11. 1889
HFA IV/3, S. 734f. – ED: Fr II, S. 225f. (authentisch FFr, S. 158).

S. 139/5 Brief an Ludwig Pietsch am 23. 12. 1885
HFA IV/3, S. 441. – ED: Fr II, S. 104.

S. 139/6 Brief an Emilie am 12. 6. 1878
HFA IV/2, S. 588. – ED: Fa I, S. 256.

S. 140/1 Brief an die Mutter (Emilie) am 17. 9. 1858 (aus London)
BSJ I, S. 41. – ED: Fa I, S. 98.

S. 140/2 Brief an Mathilde von Rohr am 23. 5. 1885
HFA IV/3, S. 387. – ED: LA II, S. 391 (authentisch BSJ III, S. 220).

S. 140/3 Brief an Wilhelm von Merckel am 1. 12. 1857 (aus London)
HFA IV/1, S. 600. – ED: Fr I, S. 192f.

S. 140/4 Brief an Paul Heyse am 18. 3. 1853
HFA IV/1, S. 336. – ED in Buchform: FH, S. 10 und 12.

S. 141/1 Brief an Theodor Storm am 25. 7. 1854
HFA IV/1, S. 387. – ED in Buchform: Fr I, S. 123.

S. 141/2 Brief an Wilhelm Hertz am 24. 11. 1878
HFA IV/2, S. 637. – ED: Fr I, S. 393f. (authentisch FHe, S. 280f.).
S. 141/3 Brief an Moritz Lazarus am 1. 7. 1891
HFA IV/4, S. 131f. – ED: Fr II, S. 268.
S. 141/4 Aufsatz »Mathilde von Rohr« (1892)
HFA II/3, S. 455. – AFW VI, S. 113.
S. 141/5 Entwurf der Figuren des Romans »Der Stechlin«
HFA I/5, S. 430.

S. 142/1 Brief an Martha (Mete) am 25. 8. 1891
HFA IV/4, S. 148. – ED: Fa II, S. 268f. (authentisch BSJ II, S. 196).
S. 142/2 Brief an Georg Friedlaender am 21. 9. 1893
HFA IV/4, S. 295f. – ED: FFr (1954); Ausgabe 1994, S. 315f.
S. 142/3 Brief an Georg Friedlaender am 7. 11. 1892
HFA IV/4, S. 231. – ED: FFr (1954); Ausgabe 1994, S. 268.
S. 142/4 Brief an Otto Brahm am 3. 12. 1893
HFA IV/4, S. 313. – ED: Fr II, S. 312f.

S. 143/1 Brief an Martha (Mete) am 22. 5. 1889
HFA IV/3, S. 693. – ED: Fa II, S. 208 (authentisch BSJ II, S. 130f.).
S. 143/2 Brief an Georg Friedlaender am 27. 11. 1887
HFA IV/3, S. 571. – ED: FFr (1954); Ausgabe 1994, S. 116.
S. 143/3 Brief an Georg Friedlaender am 22. 4. 1892
HFA IV/4, S. 191. – ED: FFr (1954); Ausgabe 1994, S. 238.
S. 143/4 Brief an Georg Friedlaender am 3. 2. 1898
HFA IV/4, S. 694f. – ED: Fr II, S. 448f. (authentisch FFr, S. 428).
S. 143/5 Brief an Georg Friedlaender am 24. 10. 1888
HFA IV/3, S. 651. – ED: FFr (1954); Ausgabe 1994, S. 137.

S. 144/1 Brief an Ludwig Pietsch am 29. 6. 1898
HFA IV/4, S. 731. – ED: Fr II, S. 468.
S. 144/2 Brief an Georg Friedlaender am 1. 8. 1894
HFA IV/4, S. 377. – ED: FFr (1954); Ausgabe 1994, S. 360.
S. 144/3 Brief an Wilhelm Friedrich am 19. 1. 1883
HFA IV/3, S. 230f. – ED: Fr II, S. 84.

S. 145/1 Brief an Adolf Hoffmann zu Anfang August 1897
HFA IV/4, S. 660.

S. 145/2 Brief an Georg Friedlaender am 1. 8. 1894
HFA IV/4, S. 376. – ED: FFr (1954); Ausgabe 1994, S. 359f.
S. 145/3 Brief an Hermann Pantenius (Entwurf Ende Februar 1891)
HFA IV/4, S. 105. – ED: LA II, S. 485.
S. 145/4 Brief an Martha (Mete) am 19. 6. 1896
HFA IV/4, S. 568. – ED: Fa II, S. 323 (authentisch BSJ II, S. 258).

S. 146/1 Theaterkritik »Struensee« von Michael Beer (2. 11. 1883)
HFA III/2, S. 600. – ED: Causerien über Theater. Berlin 1905. S. 428.
S. 146/2 »Nur nicht loben« (Aus der Gesellschaft – 9)
HFA I/6, S. 376f. – ED: Gedichte. 3., verm. Aufl. 1889.
S. 146/3 Brief an Emilie am 28. 7. 1856 (aus London)
Fa I, S. 61.
S. 146/4 Brief an Paul Lindau am 7. 12. 1872
Deutsche Rundschau, 54. Jg. 1927. Bd. 210. S. 240.

S. 147/1 Brief an Gustav Karpeles am 13. 3. 1890
HFA IV/4, S. 33.
S. 147/2 Brief an Guido Weiß am 14. 8. 1889
HFA IV/3, S. 709.
S. 147/3 »Rückblick« (entstanden vermutlich 1888)
HFA I/6, S. 345. – ED: Gedichte. 3., verm. Aufl. 1889.
S. 147/4 Brief an Emilie am 29. 6. 1883 (aus Thale)
HFA IV/3, S. 265. – ED: Fa II, S. 47 (authentisch BSJ I, S. 215).
S. 147/5 Brief an Mathilde von Rohr am 6. 6. 1881
HFA IV/3, S. 140f. (authentisch BSJ III, S. 200).

S. 148/1 Brief an Emilie am 20. 9. 1898 (letzter Brief, am Todestag)
HFA IV/4, S. 759. – ED: Fa II, S. 341f.

S. 149/1 Brief an Clara Stockhausen am 27. 12. 1878
HFA IV/2, S. 644.
S. 149/2 Brief an Emilie am 12. 12. 1856 (aus London)
HFA IV/1, S. 543. – ED: Fa I, S. 79.
S. 149/3 Brief an die Mutter (Emilie) am 17. 9. 1858 (aus London)
BSJ I, S. 42. – ED: Fa I, S. 97.
S. 149/4 Brief an Friedrich Stephany am 3. 11. 1895
HFA IV/4, S. 499. – ED: Fr II, S. 364.

S. 149/5 Brief an Emilie am 21.6. 1878
HFA IV/2, S. 598.

S. 149/6 Brief an Karl Zöllner am 23.7. 1870 (aus Warnemünde)
HFA IV/2, S. 325. – ED: LA I, S. 237 (authentisch BSJ IV, S. 23f.).

S. 150/1 Brief an Georg Friedlaender am 2.5. 1890
HFA IV/4, S. 44. – ED: FFr (1954); Ausgabe 1994, S. 174.

S. 150/2 Brief an Hermann Scherenberg am 19. 11. 1881
HFA IV/3, S. 165. – ED: Fr II, S. 60.

S. 150/3 Brief an Martha (Mete) am 4. 8. 1880
HFA IV/3, S. 94. – ED: Fa I, S. 301 (authentisch BSJ II, S. 26).

S. 150/4 Brief an Wilhelm Wolfsohn Anfang Juli 1842 (aus Dresden)
HFA IV/1, S. 7. – ED: FW, S. 12.

S. 150/5 Brief an Martha (Mete) am 15.7. 1889 (aus Kissingen)
BSJ II, S. 140. – ED: Fa II, S. 218f.

S. 150/6 Brief an Emilie am 2.7. 1889 (aus Kissingen)
HFA IV/3, S. 702. – ED: Fa II, S. 216.

S. 151/1 Brief an Martha (Mete) am 25.6. 1891 (aus Kissingen)
HFA IV/4, S. 129. – ED: BSJ II, S. 187.

S. 151/2 Brief an Theodor (Theo) am 9.5. 1888
HFA IV/3, S. 601. – ED: Fa II, S. 174.

S. 151/3 Brief an Georg Friedlaender am 8.7. 1895
HFA IV/4, S. 461. – ED: FFr (1954); Ausgabe 1994, S. 384.

S. 152/1 Brief an Martha (Mete) am 24. 4. 1891
HFA IV/4, S.117 – dieser Passus nicht in Fa II, S. 252 (vgl. BSJ II, S. 181).

S. 152/2 Brief an Emilie am 17.7. 1880 (aus Bremen)
BSJ I, S. 131. – ED: Fa I, S. 296f.

S. 153/1 Brief an Emilie am 25.3. 1880
BSJ I, S. 112f. – ED: Fa I, S. 285.

S. 153/2 Brief an Emilie am 10. 8. 1880 (aus Wernigerode)
BSJ I, S. 145. – ED: Fa I, S. 307.

S. 153/3 Brief an Martha (Mete) am 24. 8. 1893 (aus Karlsbad)
HFA IV/4, S. 283. – ED: Fa II, S. 289f. (authentisch BSJ II, S. 218).

S. 153/4 Brief an Eduard Engel am 2. 11. 1882
HFA IV/3, S. 214f. – ED: Fr II, S. 76f.

S. 153/5 Brief an Emilie am 27. 8. 1882
HFA IV/3, S. 208. – ED: Fa II, S. 24 (authentisch BSJ I, S. 186).

S. 154/1 Brief an Bernhard von Lepel am 7. 10. 1849
FL I, S. 120f.
S. 154/2 Brief an Emilie am 12. 6. 1878
HFA IV/2, S. 589. – ED: Fa I, S. 257.
S. 154/3 Brief an Martha (Mete) am 3. 6. 1881
HFA IV/3, S. 137. – ED: Fa I, S. 311 (authentisch BSJ II, S. 34).
S. 154/4 Brief an Karl Bormann am 11. 9. 1878
HFA IV/2, S. 620.
S. 154/5 Brief an Ludwig Pietsch am 24. 4. 1880
HFA IV/3, S. 80. – ED: Fr II, S. 6.
S. 154/6 Brief an Martha (Mete) am 22. 5. 1889
HFA IV/3, S. 694. – ED: Fa II, S. 209 (authentisch BSJ II, S. 131f.).
S. 154/7 Brief an Friedrich Stephany am 30. 5. 1894
HFA IV/4, S. 359. – ED: LA II, S. 530.
S. 154/8 Brief an Emilie am 15. 6. 1879
BSJ I, S. 94. – ED: Fa I, S. 280.

S. 155/1 Brief an Georg Friedlaender am 3. 10. 1893
HFA IV/4, S. 300. – ED: Fr II, S. 310 (authentisch FFr, S. 320).
S. 155/2 Brief an Emilie am 14. 8. 1882
BSJ I, S. 176. – ED: Fa II, S. 15.
S. 155/3 Brief an Theodor Storm am 14. 2. 1854
HFA IV/1, S. 374. – ED: Fr I, S. 105.
S. 155/4 Brief an Georg Friedlaender am 22. 10. 1886
HFA IV/3, S. 495. – ED: FFr (1954); Ausgabe 1994, S. 84.

S. 156/1 Brief an Theodor (Theo) am 25. 11. 1895
HFA IV/4, S. 514.
S. 156/2 Weihnachtsspruch an Emilie (24. Dezember 1861)
HFA I/6, S. 411. – ED: Das Fontane-Buch. Berlin 1919. S. 9.

S. 157/1 Der Stechlin, 6. Kapitel – zitiert Dubslav von Stechlin
HFA I/5, S. 64f. – EA: Berlin 1899. S. 77.
S. 157/2 Brief an Emilie am 12. 6. 1878
HFA IV/2, S. 588f. – ED: Fa I, S. 256f.
S. 157/3 Ein Sommer in London – Out of town
HFA III/3/I, S. 161. – EA: Dessau 1854. S. 255.

S. 157/4 Brief an Emilie am 28. 5. 1870
HFA IV/2, S. 320. – ED: Fa I, S. 199.
S. 157/5 Brief an Martha (Mete) am 16. 10. 1879
HFA IV/3, S. 45. – ED: BSJ II, S. 21.

S. 158/1 Von Zwanzig bis Dreißig – Der Tunnel über der Spree, 8. Kapitel
HFA III/4, S. 450. – EA: Berlin 1898. S. 503.
S. 158/2 Brief an Mathilde von Rohr am 6. 6. 1881
HFA IV/3, S. 140. – ED: BSJ III, S. 199.
S. 158/3 Brief an Wilhelm Hertz am 17. 6. 1866
HFA IV/2, S. 163. – ED in Buchform: FHe, S. 131.

S. 159/1 Kriegsgefangen – Ile d'Oléron, 8. Teestunde
HFA III/4, S. 637. – EA: Berlin 1871. S. 218f.
S. 159/2 Brief an Theodor Storm am 17. 4. 1854
HFA IV/1, S. 379. – ED: Fr I, S. 112f.
S. 159/3 Brief an Martha (Mete) am 5. 5. 1883
HFA IV/3, S. 243. – ED: Fa II, S. 27 (authentisch BSJ II, S. 48f.).
S. 159/4 Brief an Theodor (Theo) am 14. 5. 1886
HFA IV/3, S. 472. – ED: Fa II, S. 139.

S. 160/1 Brief an Mathilde von Rohr am 15. 1. 1880
HFA IV/3, S. 59f. – ED: Fr II, S. 1f. (authentisch BSJ III, S. 193f.).
S. 160/2 Brief an Martha (Mete) am 22. 8. 1895 (aus Karlsbad)
HFA IV/4, S. 472. – ED: Fa II, S. 316 (authentisch BSJ II, S. 242).
S. 160/3 Brief an Martha (Mete) am 18. 4. 1884
HFA IV/3, S. 315. – ED: Fa II, S. 89 (authentisch BSJ II, S. 64).

S. 160/4 Brief an Martha (Mete) am 16. 3. 1884
HFA IV/3, S. 302. – ED: Fa II, S. 83.
S. 160/5 Brief an Georg Friedlaender am 19. 11. 1895
HFA IV/4, S. 504. – ED: FFr (1954); Ausgabe 1994, S. 389.

S. 161/1 Brief an Mathilde von Rohr am 20. 4. 1875
HFA IV/2, S. 495 (Passus nicht in Fr I, S. 353). – ED: BSJ III, S. 159f.
S. 161/2 Brief an Schwester Lischen (Lise) am 22. 12. 1880
HFA IV/3, S. 115. – ED: BSJ II, S. 338.
S. 161/3 Brief an Emilie am 9. 8. 1884 (aus Krummhübel)
HFA IV/3, S. 349. – ED: BSJ I, S. 293.

S. 162/1 Brief an Mathilde von Rohr am 13. 7. 1885 (aus Krummhübel)
HFA IV/3, S. 404. – ED in Buchform: BSJ III, S. 221.

S. 162/2 T. F., Aus dem Nachlaß
Die Neue Rundschau, 35. Jg. 1924, Heft 9, S. 944.

S. 163/1 »Jung-Bismarck« (zweite Strophe – entstanden 1885)
HFA I/6, S. 249. – ED: Gedichte. 3., verm. Aufl. 1889.

S. 163/2 Brief an Maximilian Harden am 4. 3. 1894
HFA IV/4, S. 336.

S. 163/3 Aufsatz »Walter Scott« (1871)
HFA III/1, S. 388.

S. 163/4 Brief an Mathilde von Rohr am 17. 3. 1872
HFA IV/2, S. 405. – ED: LA I, S. 261 (authentisch BSJ III, S. 121).

S. 163/5 Brief an Emilie am 8. 6. 1879
HFA IV/3, S. 25. – ED: Fa I, S. 276 (authentisch BSJ I, S. 88).

S. 163/6 Tagebuch-Eintragung am 8. 6. 1881
AFT II, S. 124.

S. 164/1 Brief an Martha (Mete) am 29. 1. 1894
HFA IV/4, S. 325. – ED: Fa II, S. 300 (authentisch BSJ II, S. 230).

S. 164/2 Brief an Graf Philipp zu Eulenburg am 12. 3. 1881
HFA IV/3, S. 125. – ED: Fr II, S. 36f.

S. 164/3 Brief an Graf Philipp zu Eulenburg am 23. 4. 1881
HFA IV/3, S. 131. – ED: Fr II, S. 42.

S. 165/1 Brief an Paul Heyse am 8. 1. 1891
HFA IV/4, S. 86. – ED: FH, S. 216.

S. 165/2 Brief an August von Heyden am 5. 8. 1893
HFA IV/4, S. 272. – ED: Fr II, S. 304.

S. 165/3 Brief an Martha (Mete) am 29. 1. 1894
HFA IV/4, S. 326. – ED: Fa II, S. 301 (authentisch BSJ II, S. 231).

S. 165/4 Brief an Martha (Mete) am 1. 4. 1895
HFA IV/4, S. 440. – ED: Fa II, S. 308f. (gekürzt; authentisch BSJ II, S. 237).

S. 166/1 Brief an Gustav Keyßner am 2. 4. 1896
HFA IV/4, S. 550. – ED: LA II, S. 577.

S. 166/2 Brief an Gustav Keyßner am 8. 8. 1898
HFA IV/4, S. 739. – ED: LA II, S. 628.

S. 166/3 Brief an Georg Friedlaender am 5. 4. 1897 (Dienstag, 6. April)
HFA IV/4, S. 644. – ED in Buchform: FFr (1954); Ausgabe 1994, S. 418.

S. 166/4 »Wo Bismarck liegen soll« (erste Strophe – geschrieben am 31. Juli 1898)
HFA I/6, S. 249. – ED in Buchform: Gedichte. 10. Aufl. 1903.

S. 167/1 Brief an Georg Friedlaender am 4. 10. 1891
HFA IV/4, S. 159. – ED: FFr (1954); Ausgabe 1994, S. 217.

S. 167/2 Brief an Martha (Mete) am 30. 8. 1895 (aus Karlsbad)
HFA IV/4, S. 476. – ED: BSJ II, S. 245.

S. 167/3 Brief an Georg Friedlaender am 7. 11. 1892 (Mittwoch, 9. 11.)
HFA IV/4, S. 232. – ED: FFr (1954); Ausgabe 1994, S. 269.

S. 168/1 Brief an Martha (Mete) am 9. 6. 1890
HFA IV/4, S. 49. – ED: BSJ II, S. 160.

S. 168/2 Brief an Paul Schlenther am 13. 9. 1895
HFA IV/4, S. 481.

S. 168/3 Brief an Georg Friedlaender am 20. 8. 1889
HFA IV/3, S. 715. – ED: FFr (1954); Ausgabe 1994, S. 152.

S. 168/4 Brief an Georg Friedlaender am 14. 5. 1894
HFA IV/4, S. 352. – ED: FFr (1954); Ausgabe 1994, S. 345.

S. 168/5 »An meinem Fünfundsiebzigsten« (letzte Strophe – entstanden 1894/95)
HFA I/6, S. 341. – ED in Buchform: Aus dem Nachlaß. Berlin 1907. S. 163.

S. 169/1 Brief an Georg Friedlaender am 5. 4. 1897 (Dienstag, 6. April)
HFA IV/4, S. 645. – ED: FFr (1954); Ausgabe 1994, S. 419.

S. 169/2 Brief an Friedrich Paulsen am 12. 5. 1898
HFA IV/4, S. 714. – ED: LA II, S. 616.

S. 169/3 Brief an Martha (Mete) am 22. 8. 1895 (aus Karlsbad)
HFA IV/4, S. 473. – ED: BSJ II, S. 242.

S. 169/4 Brief an Friedrich Paulsen am 12. 5. 1898
HFA IV/4, S. 714. – ED: LA II, S. 616.

S. 169/5 Brief an Friedrich Stephany am 20. 11. 1896
HFA IV/4, S. 612f. – ED: Fr II, S. 407.

S. 170/1 Brief an Mathilde von Rohr am 13. 7. 1885 (aus Krummhübel)
HFA IV/3, S. 404. – ED in Buchform: BSJ III, S. 221.

S. 170/2 Brief an Georg Friedlaender am 8.7.1895
HFA IV/4, S. 460. – ED: FFr (1954); Ausgabe 1994, S. 384.

S. 170/3 Brief an Georg Friedlaender am 19.9.1886
HFA IV/3, S. 487 f. – ED: FFr (1954); Ausgabe 1994, S. 79.

S. 170/4 Brief an Wilhelm Friedrich am 2.11.1882
HFA IV/3, S. 216.

S. 171/1 Brief an Georg Friedlaender am 7.9.1886 (aus Krummhübel)
FFr 1994, S. 76. – ED: FFr 1954, S. 52.

S. 171/2 Die Sommerfrischen (entstanden nach 1892)
HFA III/4, S. 1039. – EA: Kritische Jahre – Kritiker-Jahre. Eisenach 1934. S. 12.

S. 171/3 Brief an Martha (Mete) am 28.8.1889
HFA IV/3, S. 717. – ED: BSJ II, S. 149.

S. 172/1 Brief an Georg Friedlaender am 19.3.1895
HFA IV/4, S. 437. – ED: FFr (1954); Ausgabe 1994, S. 379.

S. 172/2 Brief an Friedrich Stephany am 14.2.1892
HFA IV/4, S. 213. – ED: LA II, S. 505.

S. 172/3 Brief an Martha (Mete) am 13.6.1892 (aus Karlsbad)
HFA IV/4, S. 566.

S. 172/4 Brief an Emilie am 19.7.1884 (aus Krummhübel)
BSJ I, S. 281. – ED: Fa II, S. 105.

S. 172/5 Brief an Emilie am 25.8.1868 (aus Erdmannsdorf)
Fa I, S. 154.

S. 173/1 Brief an Emilie am 4.10.1870 (aus Toul)
HFA IV/2, S. 337. – ED: Fa I, S. 206.

S. 173/2 Brief an Emilie am 6.4.1852 (aus Aachen)
HFA IV/1, S. 214. – ED: Fa I, S. 3.

S. 174/1 Brief an Emilie am 27.7.1889 (aus Bayreuth)
HFA IV/3, S. 705. – ED: Fa II, S. 220.

S. 174/2 Brief an Emilie am 21.8.1891 (aus Wyk)
Fa II, S. 265.

S. 174/3 Brief an Emilie am 9.8.1882 (aus Norderney)
BSJ I, S. 169. – ED: Fa II, S. 10.

S. 174/4 Brief an Emilie am 24.8.1863 (aus Heringsdorf)
HFA IV/2, S. 102. – ED: Fa I, S. 131.

S. 175/1 Brief an Martha (Mete) am 18.8.1884 (aus Krummhübel)
HFA IV/3, S. 351f. – ED: BSJ II, S. 68.

S. 175/2 Brief an Martha (Mete) am 3. 8. 1889 (aus Kissingen)
BSJ II, S. 143. – ED: Fa II, S. 222f.

S. 175/3 Brief an Martha (Mete) am 4. 8. 1883 (aus Norderney)
HFA IV/3, S. 277. – ED: Fa II, S. 70 (authentisch BSJ II, S. 53).

S. 175/4 Brief an Georg Friedlaender am 14. 8. 1896
HFA IV/4, S. 582. – ED: FFr (1954); Ausgabe 1994, S. 402f. (der Passus ist in Fr II nicht mit abgedruckt).

S. 176/1 Der Stechlin, 41. Kapitel – zitiert Dubslav von Stechlin
HFA I/5, S. 364. – EA: Berlin 1899. S. 483f.

S. 176/2 Die Poggenpuhls, 4. Kapitel – zitiert Leo von Poggenpuhl
HFA I/4, S. 502. – EA: Berlin 1896. S. 41f.

S. 176/3 Auf der Suche. Spaziergang am Berliner Kanal (1889)
HFA I/7, S. 85, 86, 87f., 88f.

S. 178/1 »Tu ich einen Spaziergang machen« (entstanden um 1889)
HFA I/6, S. 335f. – ED in Buchform: Allerlei Gereimtes. Dresden 1932. S. 23f.

S. 179/1 Brief an Emilie am 26. 7. 1883 (aus Norderney)
BSJ I, S. 229. – ED: Fa II, S. 62.

S. 179/2 Brief an Martha (Mete) am 16. 1. 1881
HFA IV/3, S. 117. – ED: Fa I, S. 309 (authentisch BSJ II, S. 33).

S. 179/3 Von Zwanzig bis Dreißig – Der Tunnel über der Spree, 4. Kapitel
HFA III/4, S. 374f. – EA: Berlin 1898. S. 367f.

S. 180/1 Brief an Mathilde von Rohr am 25. 8. 1881
HFA IV/3, S. 161. – ED: Fr II, S. 55 (authentisch BSJ III, S. 203f.).

S. 180/2 Brief an August von Heyden am 2. 3. 1892
HFA IV/4, S. 184. – ED: Fr II, S. 286.

S. 180/3 Brief an Frau Neumann-Hofer am 9. 1. 1894
HFA IV/4, S. 319.

S. 180/4 Brief an Georg Friedlaender am 12. 10. 1892
HFA IV/4, S. 220f. – ED: FFr (1954); Ausgabe 1994, S. 260f.

S. 181/1 »Lebenswege« (entstanden um 1888)
HFA I/6, S. 330. – ED: Gedichte. 3., verm. Aufl. 1889.

S. 182/1 Brief an Bernhard von Lepel am 21. 8. 1851
HFA IV/1, S. 181. – ED: FL I, S. 354.
S. 182/2 Brief an Friedrich Witte am 19. 3. 1851
HFA IV/1, S. 159. – ED: Fr I, S. 26.
S. 182/3 Brief an Martha (Mete) am 28. 8. 1889
HFA IV/3, S. 718f.
S. 182/4 Brief an Otto Brahm am 30. 12. 1891
HFA IV/4, S. 169f. – ED: Fr II, S. 179.

S. 183/1 Brief an Emilie am 31. 7. 1876
HFA IV/2, S. 537. – ED: Fa I, S. 235f.
S. 183/2 Brief an Wilhelm Wolfsohn am 26. 5. 1859
HFA IV/1, S. 673. – ED in Buchform: FW, S. 116.
S. 183/3 Brief an Emilie am 15. 6. 1883 (aus Thale)
HFA IV/3, S. 256. – ED: Fa II, S. 36 (authentisch BSJ I, S. 201).
S. 183/4 Brief an Martha (Mete) am 30. 8. 1895 (aus Karlsbad)
HFA IV/4, S. 475. – ED: BSJ II, S. 243.
S. 183/5 Der Stechlin, 5. Kapitel – zitiert Dubslav von Stechlin
HFA I/5, S. 51. – EA: Berlin 1899. S. 60.

S. 184/1 Brief an Emilie am 19. 7. 1883 (aus Norderney)
HFA IV/3, S. 267f. – ED: Fa II, S. 51.
S. 184/2 Brief an Wilhelm Hertz am 12. 2. 1892
HFA IV/4, S. 183. – ED: LA II, S. 497.
S. 184/3 Brief an Emilie am 10. 3. 1857 (aus London)
HFA IV/1, S. 566. – ED: Fa I, S. 90.
S. 184/4 Brief an Emilie am 13. 8. 1878
HFA IV/2, S. 614 (dieser Passus nicht im kontaminierten Brief Fa I, S. 267f.).
S. 184/5 Brief an Karl und Emilie Zöllner am 10. 10. 1874
HFA IV/2, S. 477. – ED: Fr I, S. 338 (authentisch BSJ IV, S. 46).

S. 185/1 Brief an Paul und Paula Schlenther am 6. 12. 1894
HFA IV/4, S. 405. – ED: Fr II, S. 328.
S. 185/2 »Einer Dame ins Stammbuch« (entstanden 1853/54)
HFA I/6, S. 325. – ED: T. F.s Engere Welt. Aus dem Nachlaß hrsg. Berlin 1920.
S. 185/3 Brief an Georg Friedlaender am 14. 8. 1885 (aus Krummhübel)
HFA IV/3, S. 412. – ED: FFr (1954); Ausgabe 1994, S. 30f.
S. 185/4 Brief an Georg Friedlaender am 14. 1. 1892
HFA IV/4, S. 177. – ED: FFr (1954); Ausgabe 1994, S. 230.

S. 185/5 Irrungen, Wirrungen, Schluß des 23. Kapitels – zitiert Baron Botho von Rienäcker
HFA I/2, S. 463. – EA: Berlin 1888. S. 262.

S. 185/6 Brief an Colmar Grünhagen am 10. 10. 1895
HFA IV/4, S. 487f. – ED in Buchform: LA II, S. 560.

S. 186/1 Quitt, Ende des 16. Kapitels – zitiert Geraldine
HFA I/1, S. 320. – EA: Berlin 1891. S. 153.

S. 186/2 Brief an Otto Neumann-Hofer am 1. 3. 1895
HFA IV/4, S. 429. – ED: Fr II, S. 340.

S. 186/3 Brief an Georg Friedlaender am 16. 11. 1891
HFA IV/4, S. 162. – ED: FFr (1954); Ausgabe 1994, S. 220.

S. 186/4 Brief an Georg Friedlaender am 7. 11. 1892
HFA IV/4, S. 231. – ED: FFr (1954), Ausgabe 1994, S. 268.

S. 186/5 Brief an Emilie am 28. 5. 1870
HFA IV/2, S. 317 (diese Passage nicht in Fa I, S. 197f.).

S. 186/6 Brief an Friedrich Witte am 3. 2. 1851
Fr I, S. 22.

S. 187/1 Brief an Julius Rodenberg am 7. 12. 1895
HFA IV/4, S. 509. – ED: FR, S. 79.

S. 187/2 Brief an Martha (Mete) am 25. 8. 1893 (aus Karlsbad)
HFA IV/4, S. 285f. – ED: Fa II, S. 292 (authentisch BSJ II, S. 221).

S. 188/1 Brief an Emilie am 28. 6. 1879
HFA IV/3, S. 33. – ED: BSJ I, S. 105.

S. 188/2 Brief an Colmar Grünhagen am 10. 10. 1895
HFA IV/4, S. 487. – ED in Buchform: LA II, S. 500.

S. 188/3 Brief an Emilie am 23. 9. 1873 (aus Neu-Ruppin)
HFA IV/2, S. 439. – ED: Fa I, S. 225.

S. 188/4 Zitiert nach Helmuth Nürnberger, Fontanes Welt. Berlin 1997. S. 19.

S. 188/5 Brief an Mathilde von Rohr am 5. 11. 1869
HFA IV/2, S. 264. – ED: Fr I, S. 265 (authentisch BSJ III, S. 86).

S. 188/6 Brief an Emilie am 18. 7. 1888 (aus Brotbaude/ Krummhübel)
HFA IV/3, S. 625. – ED: BSJ I, S. 343.

S. 188/7 Brief an Emilie am 21. 10. 1868
HFA IV/2, S. 221. – ED: Fa I, S. 164.

S. 188/8 Brief an Emilie am 23. 5. 1870
HFA IV/2, S. 316.

S. 189/1 Brief an Emilie am 11. 5. 1870
HFA IV/2, S. 308. – ED: Fa I, S. 193.

S. 189/2 Sprüche Nr. 5, letzte Strophe (entstanden ab 1849)
HFA I/6, S. 317. – ED: Gedichte. Berlin 1851.

S. 189/3 Brief an Karl Zöllner am 12. 12. 1891
HFA IV/4, S. 168. – ED: Fr II, S. 278 (authentisch BSJ IV, S. 113).

S. 189/4 Brief an Theodor (Theo) am 25. 11. 1895
HFA IV/4, S. 515.

S. 189/5 »Verzeiht« (zweite Strophe – entstanden 1891)
HFA I/6, S. 326. – ED: Gedichte. 4., verm. Aufl. 1892.

S. 189/6 Brief an Emilie am 7. 7. 1887 (Seebad Rüdersdorf)
HFA IV/3, S. 545. – ED: Fa II, S. 150 (authentisch BSJ I, S. 320).

S. 189/7 Brief an Martha (Mete) am 8. 8. 1888 (aus Wernigerode)
HFA IV/3, S. 96. – ED: Fa I, S. 304.

S. 189/8 Brief an Martha (Mete) am 4. 8. 1880
HFA IV/3, S. 94. – ED: Fa I, S. 302 (authentisch BSJ II, S. 27).

S. 190/1 Brief an Theodor (Theo) am 7. 10. 1890
HFA IV/4, S. 64.

S. 190/2 Brief an Martha (Mete) am 9. 7. 1893
HFA IV/4, S. 267. – ED: Fa II, S. 282 (authentisch BSJ II, S. 209).

S. 190/3 Aufsatz »Willibald Alexis« (1872)
HFA III/1, S. 461.

S. 190/4 Aufsatz »Willibald Alexis« (1872) – Über den Roman »Ruhe ist die erste Bürgerpflicht«
HFA III/1, S. 449.

S. 190/5 Brief an Karl Zöllner am 17. 8. 1888 (aus Krummhübel)
HFA IV/3, S. 631. – ED: Fr II, S. 157 (authentisch BSJ IV, S. 100).

S. 190/6 Brief an Emilie am 8. 7. 1887 (aus Seebad Rüdersdorf)
BSJ I, S. 321.

S. 190/7 Brief an Martha (Mete) am 25. 6. 1880
HFA IV/3, S. 87. – ED: Fa I, S. 295 (authentisch BSJ II, S. 24).

S. 190/8 Brief an Wilhelm Hertz am 27. 2. 1882
HFA IV/3, S. 184. – ED: Fr II, S. 68 (authentisch FHe, S. 262).

S. 190/9 Brief an Clara Stockhausen am 27. 12. 1878
HFA IV/2, S. 646.

S. 191/1 Kriegsgefangen – Frei, 3. Der letzte Abend
HFA III/4, S. 680. – EA: Berlin 1871. S. 316.

S. 191/2 »Was mir gefällt«
HFA I/6, S. 343. – ED in Buchform: Gedichte. 3., verm. Aufl. 1889.

S. 191/3 Brief an Emilie am 13.6.1878
HFA IV/2, S. 591.

S. 191/4 Brief an Emilie am 22.6.1883 (aus Thale)
HFA IV/3, S. 259. – ED: Fa II, S. 42 (authentisch BSJ I, S. 207).

S. 192/1 Brief an Georg Friedlaender am 6.1.1886
HFA IV/3, S. 445. – ED: FFr (1954); Ausgabe 1994, S. 42.

S. 192/2 Brief an Martha (Mete) am 2.1.1887
Fa II, S. 145f.

S. 192/3 Brief an Mathilde von Rohr am 3.1.1883
HFA IV/3, S. 227f. – ED: LA II, S. 367 (authentisch BSJ III, S. 207f.).

S. 192/4 »Was mir fehlte« (erste Strophe – entstanden 1888)
HFA I/6, S. 331. – ED: Gedichte. 3., verm. Aufl. 1889.

S. 193/1 Brief an Emilie am 28.6.1879
HFA IV/3, S. 33. – ED: BSJ I, S. 105.

S. 193/2 Brief an Gustav Karpeles am 3.4.1879
HFA IV/3, S. 19. – ED: Fr I, S. 413.

S. 193/3 Brief an Mathilde von Rohr am 17.6.1876
HFA IV/2, S. 527. – ED: Fr I, S. 362 (authentisch BSJ III, S. 163).

S. 193/4 Entwurf zu einem Roman »Allerlei Glück« (1877–79)
HFA I/7, S. 259f. – ED: Julius Petersen, Fontanes erster Berliner Gesellschaftsroman.
In: Sitzungsberichte der Preuß. Akad.d.Wiss. 1929, Phil.-hist. Klasse, XXIV. Heft.

S. 193/5 Entwurf zu einem Roman »Allerlei Glück« (1877–79)
HFA I/7, S. 268.

S. 193/6 Brief an Emilie am 19.10.1869
HFA IV/2, S. 254.

S. 193/7 Brief an Georg Friedlaender am 25.10.1897
FFr 1994, S. 425. – ED: FFr 1954, S. 316.

S. 193/8 Brief an Emilie am 11.6.1883 (aus Thale)
BSJ I, S. 197. – ED: Fa II, S. 32 (Nachschrift)

S. 193/9 Brief an Emilie am 29.6.1883 (aus Thale)
HFA IV/3, S. 264f. – ED: Fa II, S. 47 (authentisch BSJ I, S. 215).

S. 194/1 Brief an Georg Friedlaender am 11. 11. 1889
HFA IV/3, S. 735. – ED: Fr II, S. 227 (authentisch FFr, S. 159).

S. 194/2 Brief an Theodor (Theo) am 2. 11. 1894
HFA IV/4, S. 393. – ED: Fa II, S. 307.

S. 194/3 »Unterwegs und wieder daheim«, Nr. 4 – entstanden 1856
HFA I/6, S. 302f. – ED: Gedichte. 3., verm. Aufl. 1889 (dort Sprüche, Nr. 9).

S. 194/4 Brief an Emilie am 1. 4. 1852
Fa I, S. 8.

S. 194/5 Brief an Martha (Mete) am 17. 5. 1889
BSJ II, S. 128.

S. 194/6 Sprüche, Nr. 1 (entstanden 1849)
HFA I/6, S. 315. – ED: Gedichte. Berlin 1851.

S. 195/1 Brief an Theodor (Theo) am 16. 4. 1889
HFA IV/3, S. 681. – ED: Fa II, S. 197.

S. 195/2 Brief an Emilie am 19. 7. 86 (aus Krummhübel)
HFA IV/3, S. 479. – ED: BSJ I, S. 315.

S. 195/3 Brief an Emilie am 21. 8. 1891
Fa II, S. 262.

S. 195/4 Brief an Georg Friedlaender am 9. 5. 1886
HFA IV/3, S. 469f. – ED: FFr (1954); Ausgabe 1994, S. 54.

S. 196/1 »Aber wir lassen es andere machen« (entstanden 1888)
HFA I/6, S. 353. – ED: Gedichte. 3., verm. Aufl. 1889.

S. 197/1 Brief an Martha (Mete) am 30. 5. 1878
HFA IV/2, S. 574. – ED: BSJ II, S. 13f.

S. 197/2 Brief an Georg Friedlaender am 10. 11. 1894
HFA IV/4, S. 397. – ED: FFr (1954); Ausgabe 1994, S. 370.

S. 197/3 Brief an Georg Friedlaender am 27. 2. 1893 (1. März 93)
FFr, S. 290. – ED: FFr 1954, S. 214.

S. 197/4 Brief an Paul Schlenther am 9. 1. 1887
HFA IV/3, S. 512. – ED: Fr II, S. 122.

S. 197/5 Brief an Martha (Mete) am 25. 1. 1894
HFA IV/4, S. 323. – ED: BSJ II, S. 229.

S. 197/6 Brief an Paul Lindau am 27. 7. 1878
Dt. Rundschau, 54. Jg. 1927. Bd. 210. S. 243.

S. 197/7 Brief an Karl Frenzel am 5. 1. 1890
HFA IV/4, S. 7. – ED: FR, S. 216.

S. 197/8 Brief an Paul Schlenther am 4. 6. 1888
HFA IV/3, S. 609. – ED: LA II, S. 430.
S. 197/9 Brief an Paul Schlenther am 28. 9. 1894
HFA IV/4, S. 387. – ED: Fr II, S. 326.

S. 198/1 Brief an James Morris am 16. 4. 1896
HFA IV/4, S. 554. – ED: Fr II, S. 385.
S. 198/2 L'Adultera, Kapitel 16: Abschied – zitiert Van der Straaten
HFA I/2, S. 99. – EA: Breslau 1882. S. 154f.
S. 198/3 Der Stechlin, 19. Kapitel – zitiert Dubslav von Stechlin
HFA I/5, S. 181. – EA: Berlin 1899. S. 232.
S. 198/4 Brief an Ludwig Pietsch am 27. 4. 1895
HFA IV/4, S. 445f.
S. 198/5 Brief an Mathilde von Rohr am 1. 7. 1876
HFA IV/2, S. 533. – ED: Fr I, S. 363 (authentisch BSJ III, S. 164).
S. 198/6 Brief an Paul Heyse am 9. 12. 1878
HFA IV/2, S. 639. – ED: FH, S. 134.
S. 198/7 Brief an Otto Brahm am 14. 1. 1895
HFA IV/4, S. 417. – ED: Fr II, S. 335.
S. 198/8 Brief an Gerhart Hauptmann am 16. 1. 1890
HFA IV/4, S. 14.
S. 198/9 Brief an Moritz Lazarus am 19. 12. 1881 (20. Dezember)
HFA IV/3, S. 170. – ED: Fr II, S. 62.
S. 198/10 Brief an Martha (Mete) am 25. 1. 1894
HFA IV/4, S. 323. – ED: BSJ II, S. 228f.
S. 198/11 Brief an Martha (Mete) am 6. 7. 1888
HFA IV/3, S. 619 (dieser Passus fehlt in Fa II, S. 182 – vgl. BSJ II, S. 106).
S. 198/12 Brief an Martha (Mete) am 25. 1. 1894
HFA IV/4, S. 324. – ED: BSJ II, S. 229.

S. 199/1 Brief an Martha (Mete) am 30. 9. 1894
HFA IV/4, S. 388. – ED: BSJ II, S. 236.
S. 199/2 Brief an Moritz Lazarus am 2. 11. 1894
HFA IV/4, S. 394f.
S. 199/3 Brief an Anna Witte am 18. 10. 1895
HFA IV/4, S. 491.
S. 199/4 Brief an Paul Schlenther am 18. 12. 1889
HFA IV/3, S. 744. – ED: FR II, S. 236.
S. 199/5 Brief an Emilie am 25. 6. 1883 (aus Thale)
HFA IV/3, S. 263. – ED: Fa II, S. 45 (authentisch BSJ I, S. 211).

S. 199/6 Brief an Georg Friedlaender am 19. 3. 1895
HFA IV/4, S. 436. – ED: FFr (1954); Ausgabe 1994, S. 377.
S. 199/7 Brief an Emilie am 25. 6. 1883 (aus Thale)
HFA IV/3, S. 262 (dieser Passus fehlt in Fa II, S. 44f. – vgl. BSJ I, S. 210).
S. 199/8 Brief an die Redaktion »Gartenlaube« am 15. 11. 1889
HFA IV/3, S. 737.
S. 199/9 Brief an Martha (Mete) am 11. 11. 1880
HFA IV/3, S. 111f. – ED: BSJ II, S. 32.
S. 199/10 Die Poggenpuhls – Schlußwort
HFA I/4, S. 576. – EA: Berlin 1896. S. 176.
S. 199/11 »Neueste Väterweisheit« (entstanden in den 90er Jahren)
HFA I/6, S. 388. – ED: Gedichte. 5., verm. Aufl. 1898.

S. 201/1 Der Stechlin, 29. Kapitel – zitiert Melusine
HFA I/5, S. 270. – EA: Berlin 1899. S. 354.
S. 201/2 Der Stechlin, 43. Kapitel – aus der Grabrede auf Dubslav von Stechlin
HFA I/5, S. 377. – EA: Berlin 1899. S. 501.
S. 201/3 Brief an Friedrich Stephany am 23. 2. 1895
HFA IV/4, S. 426.
S. 201/4 Brief an Georg Friedlaender am 6. 5. 1895
HFA IV/4, S. 451. – ED: FFr (1954); Ausgabe 1994, S. 382.
S. 201/5 Brief an Pol de Mont am 13. 1. 1888
HFA IV/3, S. 580.
S. 201/6 Brief an James Morris am 6. 1. 1898
HFA IV/4, S. 687. – ED: Fr II, S. 445.

S. 202/1 Der Stechlin, 9. Kapitel – zitiert Adelheid (die Domina)
HFA I/5, S. 98. – EA: Berlin 1899. S. 121.
S. 202/2 Brief an Martha (Mete) am 30. 8. 1895 (aus Karlsbad)
HFA IV/4, S. 475. – ED: BSJ II, S. 244.
S. 202/3 Brief an Georg Friedlaender am 5. 4. 1897
HFA IV/4, S. 642. – ED: FFr (1954); Ausgabe 1994, S. 415.
S. 202/4 Brief an Georg Friedlaender am 5. 4. 1897
HFA IV/4, S. 643. – ED: FFr (1954); Ausgabe 1994, S. 416.
S. 202/5 Brief an James Morris am 22. 2. 1896
HFA IV/4, S. 539. – ED: Fr II, S. 380.

S. 203/1 Brief an Georg Friedlaender am 22. 5. 1893
HFA IV/4, S. 255. – ED: FFr (1954); Ausgabe 1994, S. 296.

S. 203/2 Brief an Friedrich (Friedel) am 16. 6. 1898
HFA IV/4, S. 728. – ED: Fa II, S. 331.
S. 203/3 Brief an Martha (Mete) am 9. 7. 1893
HFA IV/4, S. 265. – ED: Fa II, S. 280 (authentisch BSJ II, S. 208).
S. 203/4 Brief an Karl Zöllner am 17. 8. 1888 (aus Krummhübel)
HFA IV/3, S. 632. – ED: Fr II, S. 158 (authentisch BSJ IV, S. 101).
S. 203/5 Tagebuch-Eintragung 1895
AFT II, S. 263. – ED: Das Fontane-Buch. Berlin 1919. S. 192.
S. 203/6 Brief an die Nichte Marianne am 4. 1. 1897
HFA IV/4, S. 625f.
S. 203/7 Meine Kinderjahre, 9. Kapitel
HFA III/4, S. 81. – EA: Berlin 1894. S. 136f.

S. 204/1 Brief an Karl Bleibtreu am 24. 10. 1881
HFA IV/3, S. 163. – ED: Fr II, S. 57.
S. 204/2 Brief an Bernhard von Lepel am 10. bis 15. 5. 1852 (aus London)
HFA IV/1, S. 235. – ED: FL II, S. 6.
S. 204/3 Brief an Theodor (Theo) am 9. 5. 1888
HFA IV/3, S. 603. – ED: Fa II, S. 178.
S. 204/4 Brief an Martha (Mete) am 29. 4. 1891
HFA IV/4, S. 118. – ED: Fa II, S. 253 (authentisch BSJ II, S. 182).
S. 204/5 Brief an James Morris am 3. 6. 1897
HFA IV/4, S. 651. – ED: Fr II, S. 422.
S. 204/6 »Die Alten und die Jungen« (entstanden 1897)
HFA I/6, S. 350. – ED: Gedichte. 5., verm. Aufl. 1898.

S. 206/1 Brief an die Mutter (Emilie) am 7. 3. 1861
HFA IV/2, S. 26. – ED: Fa I, S. 114 (authentisch BSJ I, S. 58).
S. 206/2 Brief an Emilie am 28. 8. 1882
BSJ I, S. 188f.
S. 206/3 Brief an Friedrich Stephany am 20. 11. 1889
HFA IV/3, S. 738. – ED: Fr II, S. 230.
S. 206/4 Brief an Georg Friedlaender am 12. 10. 1887
HFA IV/3, S. 568f. – ED: FFr (1954); Ausgabe 1994, S. 113f.

S. 207/1 Brief an Theodor (Theo) am 9. 12. 1887
HFA IV/3, S. 573. – ED: Fa II, S. 159.
S. 207/2 »Am Jahrestag (27. September 1888)« – die letzten Verse
HFA I/6, S. 348. – ED: Gedichte. 3., verm. Aufl. 1889.

S. 207/3 Brief an Mathilde von Rohr am 23. 5. 1888
HFA IV/3, S. 606f. – ED: Fr II, S. 153 (authentisch BSJ II, S. 228f.).

S. 207/4 Brief an Karl Zöllner am 13. 8. 1892 (aus Zillerthal im Riesengebirge)
HFA IV/4, S. 205. – ED: Fr II, S. 293 (authentisch BSJ IV, S. 115).

S. 207/5 Brief an Martha (Mete) am 6. 7. 1888
HFA IV/3, S. 620. – ED: Fa II, S. 182 (authentisch BSJ II, S. 106).

S. 208/1 Brief an Martha (Mete) am 28. 3. 1891
HFA IV/4, S. 107. – ED: Fa II, S. 247 (authentisch BSJ II, S. 175).

S. 208/2 Brief an Theodor (Theo) am 9. 5. 1888
HFA IV/3, S. 602f. – ED: Fa II, S. 176f.

S. 208/3 Der Stechlin, 36. Kapitel – zitiert Dubslav von Stechlin
HFA I/5, S. 317. – EA: Berlin 1899. S. 420.

S. 208/4 Brief an Georg Friedlaender am 9. 5. 1892
HFA IV/4, S. 194f. – ED: FFr (1954); Ausgabe 1994, S. 241f.

S. 209/1 Brief an Georg Friedlaender am 28. 9. 1892
HFA IV/4, S. 218. – ED: FFr (1954); Ausgabe 1994, S. 257.

S. 209/2 »Mein Leben« (entstanden in den 90er Jahren)
HFA I/6, S. 346. – ED in Buchform: Allerlei Gereimtes. Dresden 1932. S. 27.

S. 209/3 Brief an Georg Friedlaender am 25. 12. 1892 (26. Dezember 92)
HFA IV/4, S. 242. – ED: FFr (1954); Ausgabe 1994, S. 279.

S. 209/4 Brief an Georg Friedlaender am 1. 2. 1894
HFA IV/4, S. 328. – ED: FFr (1954); Ausgabe 1994, S. 338.

S. 209/5 Brief an Emilie am 18. 9. 1898
HFA IV/4, S. 757f. – ED: Fa II, S. 340 (dort datiert mit 19. 9.)

S. 209/6 »Leben« (entstanden Ende der 90er Jahre)
HFA I/6, S. 392. – ED: T. F., Aus dem Nachlaß. Berlin 1907. S. 162.

S. 210/1 Brief an Theodor (Theo) am 12. 8. 1895
HFA IV/4, S. 469. – ED: Fa II, S. 324.

S. 210/2 Brief an Martha (Mete) am 24. 4. 1891
HFA IV/4, S. 116. – ED: Fa II, S. 250f. (authentisch BSJ II, S. 180).

S. 210/3	Brief an Gustav Keyßner am 2. 4. 1895 HFA IV/4, S. 441. – ED in Buchform: LA II, S. 554.
S. 210/4	»Umsonst« (entstanden in den 90er Jahren) HFA I/6, S. 301. – ED: T. F., Aus dem Nachlaß. Berlin 1907. S. 161f.
S. 211/1	Brief an Georg Friedlaender am 12. 9. 1891 HFA IV/4, S. 155. – ED: FFr (1954); Ausgabe 1994, S. 214.
S. 211/2	Brief an Emilie am 12. 4. 1852 (aus Aachen) HFA IV/1, S. 219f. – ED: Fa I, S. 5f.
S. 211/3	Brief an Georg Friedlaender am 13. 3. 1896 HFA IV/4, S. 542. – ED: FFr (1954); Ausgabe 1994, S. 395.
S. 211/4	Brief an Maximilian Harden am 8. 8. 1895 HFA IV/4, S. 465.
S. 211/5	Brief an Martha (Mete) am 13. 3. 1888 HFA IV/3, S. 590. – ED: Fa II, S. 167 (authentisch BSJ II, S. 93f.).
S. 212/1	Brief an James Morris am 8. 2. 1897 HFA IV/4, S. 634f. – ED: Fr II, S. 417.
S. 212/2	Brief an Maximilian Harden am 27. 7. 1895 HFA IV/4, S. 464.
S. 212/3	Brief an Georg Friedlaender am 7. 11. 1892 HFA IV/4, S. 231. – ED: FFr (1954); Ausgabe 1994, S. 269.
S. 212/4	Brief an Moritz Lazarus am 2. 11. 1894 HFA IV/4, S. 394.
S. 213/1	Brief an Martha (Mete) am 24. 8. 1893 (aus Karlsbad) HFA IV/4, S. 283. – ED: Fa II, S. 290 (authentisch BSJ II, S. 218).
S. 213/2	Brief an Martha (Mete) am 24. 8. 1893 (aus Karlsbad) HFA IV/4, S. 284. – ED: Fa II, S. 291 (authentisch BSJ II, S. 219).
S. 213/3	Zitiert nach Josef Ettlinger, Theodor Fontane. Ein Essai. Berlin 1904. S. 55. (Die Literatur, Bd. 18).
S. 213/4	»Die Frage bleibt« (entstanden um 1888) HFA I/6, S. 393. – ED: Gedichte. 3., verm. Aufl. 1889.

Theodor Fontane
Werke, Schriften und Briefe
Hanser Klassiker

Herausgegeben von
Walter Keitel und Helmuth Nürnberger
22 Dünndruckbände

»Was die Ausgabe nun aber über ihre zuverlässige Textgestaltung hinaus zu einer empfehlenswerten Arbeits- und Leseausgabe macht, ist der Anmerkungsteil. Die Herausgeber bieten hier nicht nur Angaben zu den Quellen, der Entstehungsgeschichte und den Druckvorlagen der einzelnen Werke und Gedichte, sondern setzen ihre Texterläuterungen jeweils in Beziehung zu Fontanes Leben und Denkweise, schlagen Querverbindungen zu den anderen Werken und versuchen, in den Einzelheiten Fontanes Eigenart zu erfassen.« *Mitteilungen des Deutschen Germanistenverbandes*

Abteilung I
Sämtliche Romane, Erzählungen, Gedichte, Nachgelassenes

1: Grete Minde · Ellernklipp · Quitt · Unterm Birnbaum · Schach von Wuthenow · Graf Petöfy
2: L'Adultera · Cécile · Irrungen, Wirrungen · Stine · Unwiederbringlich
3: Vor dem Sturm
4: Effi Briest · Frau Jenny Treibel · Die Poggenpuhls · Mathilde Möhring
5: Der Stechlin
6: Balladen, Lieder, Sprüche · Gelegenheitsgedichte · Frühe Gedichte · Versuche und Fragmente
7: Von, vor und nach der Reise · Erzählungen · Prosafragmente und -entwürfe

Carl Hanser Verlag München

Abteilung II
Wanderungen durch die Mark Brandenburg

1: Die Grafschaft Ruppin · Das Oderland
2: Havelland · Spreeland
3: Fünf Schlösser · Von Fontane aus den »Wanderungen« ausgeschiedene oder zur Aufnahme in die »Wanderungen« vorgesehene Kapitel · Aufsätze aus dem thematischen Umkreis der »Wanderungen« · Ländchen Friesack · Kommentar · Register · Karte

Abteilung III
Erinnerungen, Ausgewählte Schriften und Kritiken

1: Aufsätze und Aufzeichnungen
2: Theaterkritiken
3/I: Reiseberichte
3/II: Tagebücher
4: Meine Kinderjahre · Von Zwanzig bis Dreißig · Kriegsgefangen · Aus den Tagen der Okkupation · Kleinere autobiographische Texte
5: Zur deutschen Geschichte, Kunst und Kunstgeschichte

Abteilung IV
Briefe

1: Briefe 1833-1860
2: Briefe 1860-1878
3: Briefe 1879-1889
4: Briefe 1890-1898
5/I: Register
5/II: Kommentar

»Es wird kommentiert und erklärt und erläutert, daß es eine Art hat. Das ist rühmenswert, weil Herausgeber immer in Gefahr sind, zu verklären, was sie nur erklären sollten. Der Band ist ein Meisterwerk nützlicher Philologie.«

Peter von Matt in der FAZ